모든 열정이 다하고

All Passion Spent

KB109055

비타 색빌웨스트(1925)

비타 색빌웨스트
임슬애 옮김

모든 열정이 다하고

All Passion Spent

베네딕트와 나이절,
두 풋풋한 청년에게
이 노인들의 이야기를 바친다.

차례

그는 중대한 사건을 통해 참된 경험을 얻어

평화와 위로가 깃든 마음으로

충실한 종복들을 떠나보냈으니,

내면이 평온했으며 모든 열정이 다하고 없었다.

— 존 밀턴, 『투사 삼손』

1부

1대 슬레인 백작 헨리 라이얼프 홀랜드는 어찌나 오래 살았는지 사람들은 줄곧 그를 불멸자라 여겼다. 일반적으로 대중은 장수하는 사람을 보며 위안을 얻는 법이라 불가피한 의아함이 간주처럼 지나가고 나면 마치 초고령이 훌륭한 인간성의 징표라도 되는 양 생각한다. 오래 살았다는 사실은 인간의 타고난 결점 중 적어도 하나를, 즉 삶의 유한성을 극복했다는 뜻이니까. 영원한 소멸을 이십 년 정도 유보했다는 사실은 그가 너무나도 우월한 까닭에 신조차 미리 짜 놓은 계획을 바꿀 수밖에 없었다는 의미이리라. 우리가 스스로의 가치를 측정하는 저울은 이토록 보잘것없다. 그래서 따뜻한 5월 아침, 기차에 탄 런던 사람들은 신문을 펴고 슬레인 경의 부고를 읽었을 때 정말이지 믿을 수 없었다. 향년 94세로, 전날 저녁 식사 후 돌연 사망했다고 적혀 있었다. "심장 마비야." 사람들은 짐짓 아는 체했지만 사실은 신문에서 읽은 것을 인용하고 있을 뿐이었다. 그러고는 한숨 쉬며 덧붙였다. "거참, 오래된 거물이 또 하나 사라졌군그래." 그것이 지배적인 감정이었다.

오래된 거물이 또 하나 사라졌고, 삶이 얼마나 불안한지 다시금 상기하게 된 것. 언론은 헨리 홀랜드의 삶을 채웠던 모든 사건과 성공에 얽힌 이야기를 그러모아 발표함으로써 마지막으로 그의 명성을 드높였다. 크리켓 공처럼 단단하고 묵직한 신문이 사람들의 얼굴로 날아왔다. 그의 '찬란한 대학생 시절'부터 놀랄 만큼 젊은 나이로 의회에 입성했던 청년기, 또 슬레인 백작으로, 기사와 대십자 기사와 대사령관 기사와 인도 대사령관 기사로 등극한 끝에 — 세월이 지나며 그의 영광은 혜성의 꼬리처럼 서서히 잦아들었다. — 어느 날 저녁 식사를 마치고 의자에 앉았다가 그대로 몸이 축 늘어져 버린 최후의 날까지, 갑자기 역사의 뒤안길로 사라지게 된 구십여 년 세월에 관한 기사가 연이었다. 늙은 팔을 길게 늘여 세월의 흐름을 막아 줄 슬레인 경이 사라지자 갑자기 시간이 빨리 흐르는 것만 같았다. 그는 약 십오 년 동안 공적 영역에서 적극적인 행보를 보여 주지는 않았으나 존재감만큼은 분명했고, 가끔 국회에 등장해서 반박의 여지가 없는 교양과 예의범절과 달변의 조롱을 과시하면 다들 동요하곤 했다. 물론 아무리 그러더라도 미친 듯 저돌적인 동료들을 완전히 저지할 수는 없었다. 어쨌든 헨리 홀랜드는 언제나 과유불급을 중요시하는 인물이었기에 이런 국회 출몰은 드물었지만, 오히려 드문 빈도 때문에 그가 등장할 때마다 좌중 사이에 어떤 유익한 불편함이 조성되었다. 워낙 전설적인 경력을 거쳐 온 인물이라 그랬다. 만약 그 팔십 대 노인이, 아니 구십 대 노인이 부러 힘을 짜내서 웨스트민스터까지 출동했다면, 그만의 비할 바 없는 품위를 보여 주며 조심스럽고 냉철하고 냉소적으로 자기 의견을 표현했다면, 언론과 대중은 관심을 표할 수밖에 없었다. 그 누구도 감히 슬레인 경에게 진심으로 칼을 겨누지 못했다. 아무도 슬레인 경에게 한물갔다고 욕하지 못했다. 그의 유머, 매력, 고민, 판단력은 세대와 당파를 막론하고 모두에게 신성불가침의 영역이었다. 이 나라의 모든 정치인과 원로를 통틀어 그런 경지에 도달한 자는 오직 그뿐이었다. 온 세상 구석구석에 슬레인 경의 손길이 닿은 듯했으나 정작 본인은 특유의 초월적 면모를 보여 주며 세속적인 것들에 영향받지 않고 살았다. 그래서인지 전문 분야에 종사하는 사람들이 흔히 감내해야 하는 대중의 혐오와 불신을 피해 갈 수 있었다. 그는 쾌락주의자이자 휴머니스트, 스포츠맨, 철학자, 학자였으며 매력과 재치를 겸비한 인물이었다. 참된 성인의 정신을 타고났음이 저주가 아니라 행운이었던, 영국에서는 드물디드문 인물이었다. 그러나 현실적인 문제라면 어느 것이든 제대로 처리하기를 저어했으므로 그의 동료와 부하 들은 즐겁다가도 분노하고는 했다. 슬레인 경에게서 확답을 받아 내기란 어려웠다. 중요한 문제일수록 그의 대답도 성의 없었다. 서로 상반되는 두 가지 정책의 장점을 각각 설명해 놓은 제안서를 보여 주면 그 밑에 '알았음.'이라고만 적었다. 보좌진은 고민에 빠져서 미간을 문질렀다. 그들은 슬레인 경이 항상 양쪽의 입장을 고려하는 인물이라 지도자로서는 함량 미달이라고 여겼다. 하지만 낙담해서 그런 식으로 말할 때조차 진심은 아니었다. 막상 결단의 순간이 오면, 단호하고 위엄 있는 얼굴로 한자리씩 차지하고 앉은 그 어떤 정치계 인사보다 예리하고 치명적인 한 방을 날리는 인물이 바로 슬레인 경이라는 사실을 알았기 때문이다. 보고서를 보여 주면 그는 다른 사람이 끝까지 읽지도 못한 사이에 그 핵심과 약점까지 전부 짚어 냈고, 특유의 섬세하고 예의 바른 언사로 상대의 근거 없는 낙관과 근시안적 견해를 격파했다. 그렇게 적이 패배해서 널브러지면, 어김없이 예의 바르고 고상한 태도로 자리를 떴다.

그만의 기이한 외모 역시 풍자만화가뿐 아니라 대중에게도 사랑받았다. 그의 검은색 새틴 옷깃 장식, 넓은 줄이 치렁치렁한 안경, 야회용 조끼에 달린 산호 빛깔 단추, 진작부터 자동차가 유행하고 있는데도 여전히 고집하는 개인 마차. 그가 정당하게 또 부당하게 전설적인 인물이 되는 동안 이런 것들이 그만의 독보적인 이미지를 만들어 냈다. 그리고 마침내 그가 85세였을 때, 그의 말이 더비 경마에서 1위를 차지했는데 그 당시 받은 박수갈채는 전례 없이 요란했다. 슬레인 경이 독특한 인물이라고 해서 그의 정치적 업적까지 높이 평가할 수 없다고 추측하는 사람은 오직 그의 아내뿐이었다. 그의 아내는 일말의 냉소조차 모르는 유순한 천성이었지만, 칠십 년이 넘도록 헨리 홀랜드의 옆을 지킨 끝에 한 겹의 냉소로 자신을 무장하는 방법을 배우게 되었다. "가여운 노인네." 기차 안의 런던 사람들이 말했다. "거참, 정말 가 버렸군."

정말로 그는 가 버렸다. 돌이킬 수 없는 최종의 방식으로. 엘름 파크 가든스에 있는 슬레인 경의 아내도 죽은 남편이 자기 침대에 누워 있는 모습을 바라보며 그렇게 생각하고 있었다. 블라인드는 올려놓은 상태였다. 생전에 그는 자신이 죽어도 집을 부러 어둡게 하지 말라고 당부했다. 이제는 떠나고 없으나 아무도 감히 그의 분부를 어기지 못했다. 시신은 햇볕 한가운데에 놓여 있었다. 석공을 시켜서 굳이 장례용 석상을 만들 필요도 없었다. 슬레인 경이 가장 아꼈던 손주, 무슨 말이든 할 수 있었던 손주는 종종 킥킥대면서 할아버지가 죽으면 그 모습마저 멋질 거라고 말하곤 했었다. 이제 그 예상은 진실이 되었다. 농담으로 예고된 진실이라는 점에서 더욱 인상적이었다. 그의 얼굴은 살아 움직이는 동안에도 죽음의 무거운 위엄을 상기하는 유형이었다. 죽고 나니 코와 턱, 관자놀이의 날카로운 곡선이 푹 꺼진 볼 때문에 더욱 도드라졌다. 입술 윤곽은 더 선명했고, 굳게 다문 입술 뒤로 평생 축적한 지혜가 봉인되었다. 게다가 가장 중요한 점은, 죽은 슬레인 경이 살아 있을 때와 같이 말쑥한 차림이라는 것이었다. 그의 몸 위에 침구를 덮어 놓았음에도 누구든 그를 보면 이렇게 말할 법했다. "이것 봐, 이 사람은 댄디군."

그의 죽음이 이토록 위엄 있었던 건 사실이지만, 그로 인해 새로운 진실도 드러났다. 생전에 얼굴 위로 감돌던 지극히도 귀족적인 분위기가 이제는 다소 휘발된 것이다. 기분 나쁜 냉소를 감추어 주던 입술, 재치가 어른거리던 그 입술은 이제 얄팍한 곡선을 그대로 노출했다. 잘 숨겨 두었던 야망은 과감하게 굴곡진 콧구멍에서 여과 없이 그 실체를 드러냈다. 매력적인 몸가짐으로 덮어 두었던 경직된 성격은 미소라는 방패를 잃었으므로 무방비했다. 그는 아름다웠으나 생전만큼 호감이 가지는 않았다. 슬레인 경의 아내는 시신 옆에서 홀로 생각에 잠겼다. 자식들이 그녀 마음을 읽을 수 있었다면 그녀가 죽은 남편을 두고 하는 생각들에 굉장히 놀랐으리라.

하지만 자식들은 그곳에 없었기에 어머니를 관찰하지 못했다. 그들 여섯은 모두 거실에 모여 있었다. 며느리 둘과 사위 하나까지 더하면 총 아홉이었다. 참 어마어마한 가족 모임이야. 늙은 까마귀들 천지로군. 막내 이디스가 생각했다. 항상 허둥지둥하는 이디스는 단지에 물을 따르듯 자기 마음속의 생각을 문장이라는 틀에 잘 담아내고자 애쓰는 성격이었는데, 의미와 암시의 물방울은 어김없이 넘치고 흘러서 소실되기 마련이었다. 잃어버린 뒤에 되찾으려 한들 엎질러진 물을 그러모으는 것만큼 속절없는 일이었다. 가는 곳마다 노트와 연필을 가지고 다닐 수도 있겠지만, 아무리 그러더라도 정확한 단어를 찾는 사이에 생각은 소실되고 말 것이다. 게다가 노트에 필기하는 모습을 다들 목격할 터였다. 속기로 쓰면 어떨까? 하지만 생각이 마음껏 활개 치도록 고삐를 풀어 주는 것보다는 정신을 단련해서 지금 이 순간에 집중하는 편이 바람직했다. 다들 별다른 어려움 없이 그렇게 살지 않던가. 그렇지만 예순 살이 되도록 숙달하지 못한 것은 죽을 때까지 마찬가지일 확률이 높았다. 참 어마머마한 가족 모임이야. 이디스는 다시 하던 생각으로 돌아왔다. 허버트, 캐리, 찰스, 윌리엄, 케이. 메이블, 라비니아. 롤랜드. 그들은 끼리끼리 모여 있었다. 홀랜드 가족은 홀랜드 가족끼리, 며느리는 며느리끼리, 그리고 사위는 혼자. 그러더니 무리를 재편성했다. 허버트와 메이블, 캐리와 롤랜드, 찰스, 윌리엄과 라비니아. 케이는 혼자 저 멀리 떨어져 있었다. 한 명도 빠짐없이 한자리에 모이는 게 자주 있는 일은 아니었다. 재미있네. 이디스는 생각했다. 죽음이 회의를 소집했고, 산 사람들은 서로를 보호하고 위로받으려고 부리나케 모여들었어. 세상에, 모두 노인네가 다 됐잖아. 허버트가 분명 예순여덟이고, 난 예순이지. 아버지는 아흔 살이 넘었고, 어머니는 여든여덟이야. 이디스는 가족의 나이를 전부 합하면 얼마나 될지 계산하다가 불쑥 이런 질문을 던져서 모두를 깜짝 놀라게 했다. "그런데 몇 살이에요, 라비니아?" 사람들은 전부 뜬금없다는 듯 이디스를 향해 힐책의 시선을 던졌다. 하지만 이디스는 원래 그랬다. 주변에서 무슨 이야기를 하든 한 귀로 듣고 한 귀로 흘리다가 별안간 아무 상관도 없는 말을 내뱉었다. 이디스의 속마음을 말하자면, 그녀는 평생 동안 자신의 진심을 표현하려 애썼으나 한 번도 성공한적이 없었다. 원래 하려던 말을 정반대로 하게 되는 경우가 너무 많았다. 이디스는 그렇게 헤매다가 실수로 부적절한 말을 뇌까릴까 봐 두려웠다. '아버지가 돌아가셔서 정말 안됐어.'라고 하는 대신 '정말 잘됐다.'라고 할 수도 있었고, 그것보다 더 끔찍한 가능성은 무궁무진했다. 엄청나게 혐오스러운 단어를, 푸줏간의 남자아이들이 지하 통로의 회반죽 벽에 연필로 끄적여 놓는 그런 종류의 단어를, 요리사에게도 얼버무리며 말해야 하는 그런 종류의 단어를 내뱉을 수도 있었다. 정말 불쾌한 일이었다. 엘름 파크 가든스의 이디스에게 충분히 일어날 법한 일이자 런던 각지의 수많은 이디스들에게 일어나고 있는 일이었다. 그러나 이디스의 가족들은 이런 사정에 대해서는 아무것도 몰랐다.

그들은 막내가 얼굴을 붉히며 긴장한 손짓으로 잿빛 머리카락 몇 가닥을 만지작거리는 모습에 마음을 풀었다. 그런 손짓은 이디스가 했던 말을 취소한다는 뜻이었다. 그들은 막내의 발언을 순간의 착각으로 매듭짓고, 상황에 맞는 비통하고 숨죽인 대화로 돌아갔다. 평소에는 억센 허버트와 캐리의 목소리도 조용조용했다. 그들의 아버지가 위층에, 어머니가 그 옆에 있었다.

"어머니가 정말 의연하시네."

끝도 없이 저 말을 반복하고 있다고, 이디스는 생각했다. 그들의 말투에는 놀라움이 감돌고 있었다. 마치 어머니가 상실감에 겨워 고함치고 악을 쓰고 괴성을 지르고 무너져 내리기를 기대했다는 듯한 말투였다. 언니와 오빠들이 내심 어머니를 어수룩한 여자로 보며 흡족해한다는 사실을 이디스는 아주 잘 알았다. 어머니는 분명 보편적인 상식과 합치하지 않는 말을 흘릴 때가 있었다. 세상 물정을 잘 몰랐다. 충동적인 말을 하기도 했는데, 그럴 때면 영어로 말하는데도 다른 행성의 언어로 말하는 듯 이치에 맞지 않게 들렸다. 어머니는 사실 외계인이 아닐까, 하고 그들은 조심스럽게 말하곤 했다. 가족끼리 하는 농담에 걸맞은 달콤쌉쌀한 어조였다. 하지만 이제는 위기 상황에 어울리는 새로운 문장을 찾아냈다. '어머니가 정말 의연하시네.' 이것은 마땅히 해야 할 말이었으므로 몇 번이나 반복했고, 마치 후렴구처럼 주기적으로 등장해서 그들의 대화를 고조시켰다. 그리고 분위기는 어김없이 다시 침울해졌다. 실질적인 문제가 있었다. 어머니는 정말 의연했지만, 그런 어머니를 어떻게 해야 하나? 당연히 어머니가 평생 의연하지는 못할 것이다. 어디에서든, 어떤 방식으로든 어머니는 무너져 내릴 것이고 무너져 내린 뒤에는 은밀하게 운반해 와서 가둬 두고 돌봐야 할 터였다.

집 밖의 길거리에서는 전단이 펄럭이고 있는 듯했다. '슬레인 경의 죽음.' 기자들이 플리트 스트리트를 활보하며 기삿거리를 모으고 있는지도 몰랐다. 어쩌면 부고가 차곡차곡 쌓여 있는 신문함 — 그 소름 끼치는 죽음의 상자 — 앞에 모였는지도 몰랐다. 자기들끼리 정보를 얻어 내려는 것이다. "이봐, 슬레인 영감은 항상 잔돈을 들고 다녔다던데, 사실이야? 크레이프 고무창을 댄 구두만 신었다지? 빵을 커피에 적셔 먹었다던데?" 기사가 될 만한 것이라면 무엇에든 달려들 태세였다. 전보 배달부 소년들이 벨을 울리며 달려오더니 빨간 자전거를 갓돌 옆에 댔다. 아마도 애도 인사가 적힌 갈색 쪽지들을 전해 주러 온 것 같았다. 전 세계에 걸친 대영제국 곳곳에서, 특히 슬레인 경이 임기를 마친 지역에서 보내온 것들이었다. 꽃집은 화환을 배달하느라 바빴다. 좁은 복도가 이미 꽃으로 가득했다. "이렇게 빨리 보내다니, 경우도 없지." 허버트가 말했다. 단안경 너머로 화환에 붙은 카드를 응시하는 눈빛이 못마땅했다. 집까지 찾아와서 이렇게 말하는 이들은 오랜 친구들이었다. "허버트, 이렇게 갑작스럽게 가시다니 참담하군. 가여운 어머니는 당연히 뵐 수 없겠지." 그러나 그들은 내심 기대했을 것이다. 자기들만큼은 예외적으로 상심한 부인을 만날 수 있으리라고. 허버트는 어느 정도 이런 상황을 즐기며 그들을 돌려보내야 했다. "있잖아, 어머니는 꽤 침착하게 받아들이고 계셔. 의연하다고도 할 수 있겠지. 하지만 너도 이해하겠지, 지금은 우리 말고는 아무도 만나지 않으시겠대." 그렇게 그들은 복도나 문간 너머로는 한 발짝도 더 나아가지 못하고 허버트의 연이은 압박에 떠밀려 돌아가야 했다. 한편 가슴께에 까만색 콘서티나[1] 같은 카메라를 대롱거리며 집 앞 보도를 어슬렁거리는 기자들도 적잖았다. 집 안팎이 이렇게 소란스러울지언정 어머니는 위층, 아버지 곁에 머물렀고, 어머니의 미래가 아들과 딸 들을 무겁게 짓누르고 있었다.

물론 그들이 어떤 제안을 한들 어머니는 자식들의 지혜에 의문을 표하지 않을 것이다. 어머니는 자기만의 의지가 없었다. 한평생 자애롭고 온화했으며 전적으로 가족의 의지에 따

---

1 건반 대신 버튼이 달린 작은 아코디언 같은 악기.

랐다. 일종의 부속물이었다. 그들은 어머니가 자기주장을 내세울 만큼 똑똑하지 않다는 데 암묵적으로 동의했다. "정말 다행이지." 허버트는 가끔 말했다. "어머니는 잘났다고 설치는 다른 여자들이랑 다르잖아." 아무도 어머니에게 자기만의 비밀스러운 내면이 있으리라고, 또 아무도 어머니가 문제를 일으키리라고 생각하지 않았다. 오랜 세월 동안 자식들에게 부산스러운 애정만을 보여 줬던 어머니가 태도를 바꿔서 그들을 놀려 먹으리라고 — 그것도 여러 번이나 — 그 누구도 생각하지 않았다. 어머니는 분명 잘났다고 설치는 여자가 아니었다. 얼마 남지 않은 여생 동안 어떻게 살아야 할지 자식들이 알아서 계획해 주면 고마워할 터였다.

거실에 옹기종기 모인 그들은 한쪽 발에서 다른 쪽 발로 무게 중심을 바꿔 가며 불편하게 서 있었으나 결코 앉을 수는 없었다. 이런 상황에 편히 앉아 있는 건 경우가 아니었다. 지극히 상식적인 그들이지만 죽음은, 비록 예견된 죽음이었다고 해도, 그들을 다소 불안하게 했다. 그들 주변에는 긴 여행을 앞두거나 인생이 송두리째 뒤바뀐 자들 주위에 어김없이 존재하는 불편하고 뒤숭숭한 기운이 감돌았다. 이디스는 앉고 싶었으나 감히 그러지 못했다. 전부 몸집이 크기도 하다고, 그녀는 생각했다. 몸집이 크고 새까만 노인들, 다들 손주가 주렁주렁한 노인들이었다. 정말 다행이야. 그녀는 또 생각했다. 우리가 검은색을 즐겨 입으니 다행이지. 상복을 끄집어낼 겨를조차 없었던 참에 캐리가 분홍색 셔츠라도 입고 왔다면 정말 끔찍했을 거야. 실제로 그들 모두가 까마귀처럼 새카맸고, 캐리의 검은색 장갑은 책상 위, 털목도리와 가방 옆에 놓여 있었다. 홀랜드 집안 여자들은 유행에 개의치 않고 여전히 털목도리와 높은 옷깃과 긴 치마를 고집했으므로 길을 건널 때면 치맛단을 들어야 했다. 유행을 좇는 것은 그들 나이에 어울리지 않는다고 여겼다. 이디스는 언니인 캐리를 동경했다. 언니를 사랑하지 않았고 사실은 두려워했지만, 엄청난 감탄과 질투도 품고 있었다. 캐리는 아버지의 독수리 같은 코와 압도적인 존재감을 물려받았다. 키가 크고 피부는 희고 기품 있었다. 허버트와 찰스와 윌리엄도 키가 훌쩍하고 우아했다. 케이와 이디스만 몽땅했다. 이디스는 다시금 딴생각에 빠졌다. 우리는, 케이와 나는 생판 남이라고 해도 믿겠네. 그녀는 생각했다. 케이는 간단히 말하면 통통하고 짤막한 노신사로, 밝은 푸른색 눈과 잘 정돈된 흰색 턱수염이 눈에 띄었다. 그의 수염역시 깔끔하게 면도한 다른 형제들과 구별되는 특징이었다. 외모란 얼마나 기이한가, 또 얼마나 부당한지. 인간은 죽을 때까지 외모만 보고 자신을 판단하는 타인을 견뎌야 한다. 생김새가 평범하면 평범한 사람으로 낙인찍힌다. 하지만 어쩌면, 평범한 사람이 평범한 외모를 갖게 되는 건 아닐까. 어쨌든 케이는 행복해 보였다. 평범함이나 비범함 중 어느 쪽도 신경 쓰지 않았다. 세간의 존경, 아내나 가정 같은 것을 누리지 못해도 자기만의 집에서 그동안 수집한 나침반과 아스트롤라베[2]를 탐구하며 만족했다. 사실 케이는 지구본, 나침반, 아스트롤라베와 그 비슷한 장치들에 관해서는 생존하는 인물 중 최고의 권위자였다. 케이는 운이 좋다고, 이디스는 생각했다. 저렇게 특정한 분야에 몰두하면서 만족하는 법을 배웠으니까. (그래도 케이가 바다를 좋아하지 않고 등산 한번 해 본 적 없음을 고려하

---

2   천체의 높이나 각거리를 재는 기구.

면 특이한 선택이기는 했다. 그에게 나침반 같은 것들은 분류하고 명명해야 할 수집품이었으나, 낭만주의자인 이디스는 그것들 너머로 기니금과 밤색 나무의 세계를, 별자리와 돌고래가 솟아오르는 바다를 보았다. 놋쇠와 마호가니로 된 수많은 작은 기계, 이리저리 얽힌 회전축과 송곳, 작고 큰 원형 부품 너머로 광대하고 어두운 세계가 펼쳐졌다. 그곳은 지도에 표시된 지역마다 위험과 불안이 가득하고, 모험에 지친 남자들이 총알을 씹으며 갈증을 달래는 세계였다.) "그리고 수입 문제도 있지." 윌리엄의 목소리가 들렸다.

어머니의 미래를 수입과 관련지어 생각하다니, 윌리엄다웠다. 윌리엄과 그의 아내 라비니아에게 절약은 그 자체로 직업이나 다름없었다. 덜 익은 채로 낙과한 사과는 상하기 전에 재빨리 푸딩으로 만들어야 직성이 풀리는 사람들이었다. 윌리엄과 라비니아의 삶에서 낭비는 악마의 만행이었다. 신문조차 돌돌 말아 불쏘시개로 써서 성냥을 아껴야 했다. 그들은 쓰레기에서 쓸모를 끌어내는 일에 열성을 다했다. 라비니아는 산울타리에서 블랙베리가 한 알씩 자랄 때마다 고민에 빠졌고, 결국 다 따서 유리병에 담아야 겨우 마음이 놓였다. 부부는 고덜밍에 있는 2에이커 넓이의 대지에 살면서, 키우는 돼지가 잔반값은 하는지, 암탉 열두 마리가 옥수수 사료비만큼 달걀을 낳는지 계산하느라 매일 저녁 고통과 기쁨을 맛보았다. 뭐, 그렇게 한결같이 집중할 일이 있다면 시간은 훨훨 지나가겠지. 이디스는 생각했다. 하지만 결혼한 뒤로 줄줄 새어 나간 돈을 생각하면 가슴이 쓰라릴 거야. 보자, 윌리엄은 넷째니까 예순네 살이군. 삼십 년 동안 결혼 생활을 했으니, 매년 1500파운드씩 썼다고 계산하면 — 아이들 교육비니 뭐니 돈 쓸 데가 많으니까. — 총 4만 5000파운드를 쓴 거야. 그 정도면 금은보화 수십 자루지. 토버모리섬에는 그 정도 보물을 손에 넣으려고 바다에 뛰어드는 사람이 수두룩하잖아.[3] 그때, 이디스의 내면으로 허버트의 목소리가 파고들었다. 허버트는 항상 정보가 많았다. 놀라운 점이라면, 허버트 자신은 멍청한데도 그가 실어 나르는 정보는 대체로 정확하다는 것이었다.

"그 이야기는 내가 해 주지." 그는 손가락 두 개를 옷깃에 넣어 세우면서 턱을 치켜들고 목을 가다듬었다. 기선 제압을 하려는 듯 강렬한 눈빛으로 가족을 바라보았다. "그래, 그 이야기는 내가 해 주지. 아버지가 내게 말씀하셨거든. 뭐랄까, 나를 믿고 맡기신 거지. 으흠! 다들 알다시피 아버지는 부자가 아니었고, 이제 돌아가셨으니 수입도 없어. 어머니의 순수입은 일 년에 500파운드 정도가 될 거야."

그들은 이 정보를 곱씹었다. 윌리엄과 라비니아는 시선을 교환했는데, 마치 재빠르고 능숙하게 두 사람만의 머릿속 계산기를 두드리는 듯했다. 이디스는 가족들 사이에서 은밀히 바보라고 통했으나 가끔씩 놀라울 만큼 예리했으므로 사람들의 이야기만 듣고도 숨겨진 동기를 꿰뚫어 보았다. 물론 신중하다기보다는 심란한 솔직함이었기에 스스로 추리를 폭로하기도 했다. 지금도 윌리엄이 곧 뭐라고 말할지 잘 알았으나 이번만은 입을 다물었다. 그러나 자신의 예상이 딱 맞아떨어지자 조용히 웃었다.

---

3   전설에 따르면 1588년에 격파당한 에스파냐의 무적함대 중 보물선이 있었는데, 퇴각하다가 스코틀랜드 토버모리섬 주변에서 난파했고, 그 해저에 보물이 널려 있다고 전해진다.

"아버지가 믿고 맡긴다고 하셨을 때 보석에 관한 언급은 없었나, 허버트?"

"하셨지. 알다시피 보석이 아버지의 재산 목록 중 최하위에 있지는 않으니까. 그건 아버지 개인 재산이고, 조건 없이 어머니에게 남기는 편이 좋겠다고 하셨어."

허버트와 메이블은 한 대 맞은 기분이겠군. 이디스는 생각했다. 아버지가 가보와 함께 보석까지 장남에게 맡기리라고 기대했을 테니까. 그러나 메이블의 얼굴을 흘긋 바라본 이디스는 그가 이 소식에 전혀 놀라지 않았음을 깨달았다. 분명 허버트가 이런 아버지의 의향을 미리 알고 아내에게 전한 듯했다. 허버트는 장남인데도 유산을 다 긁어모으지 못했으니 화가 단단히 났을 텐데, 라고 이디스는 생각했다. 메이블에게 화풀이라도 하지 않았을까, 안 했다면 메이블로서는 큰 다행이었을 것이다.

"그렇다면," 윌리엄이 결론을 내듯 말하기 시작했다. 분명 윌리엄과 라비니아는 보석을 일부라도 물려받기를 원했겠지만, 허버트와 메이블 역시 빈손이라는 사실이 고소했을 것이다. "그렇다면, 어머니는 분명 보석을 팔고 싶으시겠지. 그게 옳은 일이기도 하고. 쓸데도 없는 보석을 왜 은행에 쌓아 두시겠어? 내 생각에는 보석을 잘 팔면 5000파운드, 아니 7000파운드까지도 마련할 수 있을 것 같아."

"그런데 보석이나 수입 문제보다 중요한 건," 허버트가 입을 열었다. "어머니를 누가 모시느냐는 거지. 혼자 사실 수는 없잖아. 어찌 됐든 이 집은 관리비가 너무 많이 들어. 팔아야 해. 그러면 어머니는 어디서 사시지?" 그는 다시금 강렬한 눈빛을 번득였다. "분명 어머니를 돌보는 게 자식 된 도리지. 우리가 모셔야 해." 허버트의 말은 사전에 준비한 듯 딱딱했다.

이 늙은이들이 자기들보다 더 늙은 늙은이를 처리하게 생겼네! 이디스는 생각했다. 그래도 어쩔 수 없는 일인 것 같았다. 이제 어머니는 여생을 잘게 쪼개서 자식들 집에 차례대로 머물게 될 모양이었다. 석 달은 허버트와 메이블의 집에서, 다음 석 달은 캐리와 롤랜드의 집에서, 그다음 석 달은 찰스의 집에서, 그다음 석 달은 윌리엄과 라비니아의 집에서, 하지만 이디스와 케이는 어떻게 해야 하나? 이디스는 항상 그러듯 또 한 번 수면 위로 떠오른 부적절한 한마디를 던졌다. "그건 내가 짊어져야 할 짐이지. 난 이제껏 계속 부모님과 살았잖아. 결혼도 안 했고."

"짐이라고?" 캐리가 이디스 쪽으로 고개를 돌리며 말했다. 이디스는 즉시 완파당했다. "짐이라니? 세상에, 이디스! 누가 짐이라고 했어? 다들 자식 된 도리를 할 수 있어서, 슬픈 여생을 앞둔 어머니를 모실 수 있어서 기쁘다고 — 이런 기회는 특권이잖아. — 생각하고 있을 텐데. 남은 삶 동안 얼마나 슬프시겠어, 삶의 유일한 이유를 잃어버리셨잖아. 짐이라니, 그건 상황에 맞지 않는 단어구나, 이디스."

이디스는 순순히 수긍했다. '짐'은 상황에 맞지 않는 단어였다. 그런데 그런 식으로 '짊어지다'라는 동사 없이 '짐'이라고만 반복해서 발음하다 보니 어딘가 이상하고 어색하게 들렸다. 마치 허겁지겁에서 허겁, 우왕좌왕에서 우왕, 들쑥날쑥에서 들쑥만 따로 떼어 놓은 것 같았다. 그것은 '대청(woad)'이나 '자문 협의회(witenagemot)' 같은 색슨족 단어처럼 생경하고 거칠었다. '짐', 발음하기에 어딘가 둔탁했다. 그렇다, 둔탁한 단어였다. 게다가 짐을 짊어지다니, 무슨 말이 그런가?

짐이라는 건 또 뭔가? 그래, 짐은 상황에 맞지 않는 단어였다. "어쨌든," 이디스가 말했다. "내 생각에는 내가 어머니를 모셔야 할 것 같아."

이디스는 케이의 얼굴에 번진 안도감을 확인했다. 과연 케이는 자기만의 아늑하고 조붓한 방과 수집품을 생각하고 있었다. 트럼펫처럼 쩌렁쩌렁한 허버트의 목소리는 분명 은둔자 케이의 보금자리를 뒤흔들었을 것이다. 다른 사람들 역시 이디스와 이디스가 내놓은 제안을 고민했다. 미혼의 딸은 당연한 해법이었다. 하지만 홀랜드 집안은 의무를 저버리지 않았고, 실로 껄끄러운 의무일수록 절대 회피하는 법이 없었다. 그들의 삶에서 즐거움은 그다지 큰 자리를 차지하지 못했으나 의무는, 항상 진지하고 가끔은 가혹하기까지 한 의무는 언제나 존재했다. 슬레인 경의 정신력이 그들에게 이어지긴 했으나 유전 과정에서 약간 상했던 것이다. 캐리가 모두의 의견을 대변하듯 이야기하기 시작했다. 캐리는 올바른 사람이었지만, 올바른 사람들이 으레 그렇듯 항상 다른 사람들 사이에 싸움을 붙이고는 했다.

"이디스가 하는 말도 분명 일리는 있지. 평생 부모님 집에 살았으니 어머니를 모신다고 삶이 급격하게 달라지지는 않을 거야. 물론 알아, 이디스가 독립해서 자기만의 집을 갖고 싶다고 종종 말했다는 사실을. 귀여운 이디스." 말을 잇는 캐리의 얼굴에 어색한 미소가 떠올랐다. "하지만 아버지와 어머니에게 도움이 된다면 독립하지 않겠다고도 했지. 내가 보기에는 참 온당한 생각이야. 그래도 지금은 우리가 돌아가면서 어머니를 모시는 게 좋다고 생각해. 이디스나 어머니의 이타심을 이용해서는 안 되겠지. 허버트, 그리고 윌리엄도 내 생각에 동의하리라 믿어. 새로운 집을 찾겠다고 나서는 것보다 얼마간 돌아가면서 자식들 집에 사시는 편이 어머니에게도 훨씬 좋을 거야."

"분명 그럴 거야." 허버트가 동의하며 다시금 옷깃을 매만졌다. "분명 그럴 테지, 분명해."

윌리엄과 라비니아는 또 시선을 교환했다.

"물론," 윌리엄이 입을 열었다. "라비니아와 내 수입이 적기는 하지만 기쁜 마음으로 어머니를 모시겠어. 그렇다고는 해도 재정에 관해 논의할 필요는 있겠지. 그래야 어머니가 만족스럽게 사실 테니까. 민망하실 일도 없고. 일주일에 2파운드는 어떨까, 아니면 35실링은……."

"윌리엄의 의견에 전적으로 동의해." 찰스가 갑자기 끼어들었다. "내 형편을 설명하자면, 한때 장군이었어도 연금은 말도 안 되게 짜서 집에 손님을 들이면 경제적으로 큰 타격이야. 다들 알다시피 나는 작은 아파트에서 지극히 검소하게 사는데도 그래. 남는 침실도 없다고. 물론 언젠가 연금 문제가 해결되기를 바라고 있어. 육군성에 긴 제안서를 써 보냈거든. 《타임스》에도 편지를 보냈는데 아직 안 실린 걸 보면 보관하고 있다가 적절한 때에 발표할 건가 봐. 사실대로 말하자면, 이 끔찍한 정부가 사라지지 않는 한 연금 상황이 나아질 가망은 없다고 볼 수 있지." 찰스가 코웃음을 쳤다. 그는 자신의 이야기가 꽤 훌륭하다고 생각했고, 동의를 구하는 눈빛으로 가족을 둘러보았다. 그가 괜히 서(sir) 찰스 홀랜드 장군[4]인 건

---

4 찰스는 장남이 아니기에 귀족 작위를 물려받을 수 없으므로 '경(Lord)'이라고 불리진 못하지만 국가에 공을 세워 기사 작위를 받았으므로 '서(Sir)'라고 불린다.

아니었다.

"그건 조금 민감한⋯⋯." 새로이 '레이디 슬레인'이라는 작위를 물려받게 된 메이블이 말했다.

"조용히 해, 메이블." 허버트가 가로막았다. 허버트는 항상 아내 메이블에게 조용히 하라고 성화였으므로, 메이블은 늘 하고 싶은 말을 네다섯 마디 이상 해 본 적이 없었다. "제발 좀. 이건 전적으로 가족끼리 해결해야 할 문제라고. 어쨌든, 자세한 논의는, 흠, 가여운 아버지의 장례식을 치른 다음으로 미뤄 두자. 어쩌다가 이런 불편한 이야기가 시작되었는지 모르겠네. (그건 윌리엄 때문이지. 이디스는 생각했다.) 그때까지 당연히 어머니를 최우선으로 생각해야겠지. 어머니 마음을 위로할 수 있다면 무엇이든 해야 해⋯⋯. 어쨌든, 어머니의 인생이 산산이 조각났다는 걸 우리는 명심해야 할 거야. 어머니가 아버지만을 위해서 살았다는 점은 다 알지. 또 지금 우리가 외로운 어머니를 내팽개친다면 마땅히 손가락질을 피할 수 없을 거야."

아, 바로 그거야. 결국 중요한 건 다른 사람들의 의견이잖아? 그러니까, 저들은 평판도 챙기고 가여운 어머니의 돈도 조금 챙기려는 심산인 거야. 싸우고 또 싸우겠지. 이디스는 생각했다. 과거에도 이런 가족회의는 빈번했기에 그 씁쓸한 뒷맛을 알았던 것이다. 저들은 오래된, 아주 오래된 뼈다귀를 놓고 다투는 개들처럼 한동안 어머니를 두고 다투겠지. 케이만은 끼어들지 않을 거고. 윌리엄과 라비니아가 제일 꼴사납겠지. 돈을 받고 어머니를 모시려고 할 거야. 어머니를 깔보면서 친구들의 찬사는 챙겨 듣겠지. 그리고 캐리는 대단한 희생이라도 한 것처럼 굴 테고. 누군가가 죽으면 이런 일이 일어나는 법이거든. 그때 이디스는 이 생각의 흐름 아래서 또 다른 흐름을 발견했다. 드디어 혼자 살 수 있겠다고 생각하던 참에 그 꿈이 좌절될까 봐 걱정하고 있었던 것이다. 자기만의 작은 아파트를, 생기 넘치는 거실을, 단 한 명의 하인과 열쇠를, 책 한 권을 들고 난롯가에 앉은 저녁 풍경을 그려 보았다. 이제 아버지의 편지를 대신 쓸 일도, 어머니를 모시고 병원에 갈 일도 없으며, 집안 가계부를 작성할 일도, 아버지와 함께 공원을 산책할 일도 없다. 이제야 비로소 기르고 싶었던 카나리아를 키울 수 있을 것이다. 그러니 이디스로서는 허버트와 캐리, 찰스, 윌리엄이 저마다 돌아가며 어머니를 맡아 주기를 바랄 수밖에. 그녀는 가족의 뻔뻔한 태도에 충격받았으나 스스로도 그들과 다를 바 없다는 사실을 조용히 인정할 수밖에 없었다.

이디스는 분위기가 뒤숭숭한 집에 혼자 남아서 죽은 아버지와 살아 있는 어머니의 곁을 지켜야 한다고 생각하니 두려웠다. 그런 두려움을 고백할 수는 없었지만, 오빠들과 언니가 떠나는 일을 막고자 할 수 있는 모든 것을 했다. 캐리와 허버트에게 딱히 애정을 느끼지 않았고 찰스와 윌리엄은 경멸스러울 정도였지만 누구라도 남아 줬으면 좋겠다고 생각했다. 그들을 묶어 둘 핑계들을 궁리하면서, 모두가 떠난 뒤 현관문이 굳게 닫힐 순간을 두려워했다. 케이만 남는다 해도 아무도 없는 것보다는 나을 터였다. 하지만 케이는 그 누구보다 빨리 자리에서 일어나더니 이디스를 두고 떠났다. 이디스는 헐레벌떡 층계참까지 따라나섰고, 케이는 누가 자기 뒤를 따라오는지 보려고 몸을 돌렸다. 잘 정돈된 짧은 수염과 넉넉하고 완만하게 둥근 배, 배 위를 가로지르는 시곗줄이 보였다. "가려고, 케이?" 이디스의 말투에서 비난의 기색을 읽은 케이는 짜증이 났다. 그러나 정말 읽어 내야 했던 것은 애원이었다. 사실 케이는 선약을 지키려고 자리에서 먼저 일어나야 하는 상황에 자격지심을 느끼고 있었다. 그냥 엘름 파크 가든스에 남아서 저녁까지 먹고 갔어야 하나? 그러나 저녁까지 먹었다가는 하인들에게 부담이 됐으리라는 변명으로 겨우 불편한 마음을 달래고 있었다. 그래서 뒤쫓아 온 이디스를 돌아보던 케이의 얼굴에는 치밀어 오르는 짜증을 힘껏 억누른 듯한 표정이 떠올라 있었다. "가려고, 케이?"

그렇다, 케이는 떠나려는 것이었다. 저녁에 선약이 있고, 이디스가 원한다면 나중에 다시 올 수도 있었다. 그럼에도 이디스는 어떻게든 불쾌한 대화를 피해 보고자 안달이 나서 비겁하고 이기적인 말을 덧붙였다. 케이에게는 다행스럽게도 이디스 역시 용감한 성격이 아니었다. 그래서 자기 말에 담겨 있었을지도 모를 그 어떤 비난이나 애원도 즉시 거둬들였다. "아니, 케이, 당연히 다시 안 와도 돼. 굳이 그럴 필요 없잖아? 어머니 옆에는 내가 있을게. 내일 아침에 올 거지?"

안도한 케이가 그렇다고, 대답했다. 그는 내일 아침에 올 것이다, 일찍. 둘은 볼에 입을 맞추었다. 두 사람이 볼에 입을 맞춘 지는 오랜만이었다. 이런 게 죽음이 야기하는 기이한 효과 중 하나다. 나이 든 남매들이 볼에 입을 맞추는 것. 익숙하지 않은 일이라 그들은 코를 부딪고 말았다. 그러고는 함께 아버지가 누워 있는 2층으로 이어지는 어두컴컴한 계단 위를 바라보았고, 갑자기 부끄러워진 케이는 서둘러 계단을 내려갔다. 현관문을 닫고 길거리로 나왔을 때는 안도감을 느꼈다. 5월 저녁의 런던은 여느 때와 다름없었다. 킹스로드에 택시들이 지나다녔다. 피츠조지가 클럽에서 기다리고 있을 것이었다. 피츠를 기다리게 할 수는 없었다. 그는 버스를 타지 않고, 택시를 타기로 했다.

피츠조지는 케이의 친구 중 가장 나이가 많았다. 사실 케이에게 친구는 그뿐이었다. 둘은 스무 살이나 차이가 났지만, 예순이 넘어가니 그 정도 차이는 크게 느껴지지 않았다. 두 노신사는 공통된 취향을 가지고 있었다. 둘 다 수집에 열성이었다. 유일한 차이점이라면 재산이었다. 피츠조지는 막대한 부자, 백만장자였다. 케이 홀랜드는 빈털터리였다. 홀랜드 가족은 아버지가 인도 총독이었는데도 전부 곤궁한 편이었다. 피츠조지는 원하는 것이라면 무엇이든 살 수 있는 부자였는데, 특이한 성격 탓에 버나드 스트리트에 있는 주택 꼭대기에 방두 개만 차지하고 자린고비처럼 살았다. 게다가 예술품도 자기가 직접 발견해서 값을 크게 깎은 다음에야만 기꺼이 구입했다. 예술품을 발견하는 데에도, 값을 흥정하는 데에도 굉장한 재능이 있었기에 — 어딜 봐도 도나텔로가 만든 것이 분명한 작품을 토트넘 코트 로드에 있는 가구점 지하에서 찾아내기도 했다. — 큰 지출 없이 대영 박물관이나 사우스 켄싱턴 박물관 등에서 탐낼 만한 수집품을 다채로이 모을 수 있었다.(피츠조지에게는 즐거운 일이었고, 케이 홀랜드에게는 질투와 탄식섞인 동경을 유발하는 일이었다.) 피츠조지가 자신의 수집품으로 무엇을 할지는 아무도 몰랐다. 케이 홀랜드에게 물려줄 수도, 러셀 스퀘어 한복판에 쌓아 놓고 불을 지를 수도 있었다. 피츠조지는 명확한 조상이 없듯이 상속자 역시 없었다. 여하튼 지금은 자신의 보물을 곁에 꼭 끼고 살았다. 그의 방 두 개짜리 집에 초대받는 영광을 누린 소수의 사람들은 양말에 싸인 명

나라 조각상이나 욕조에 쌓아 놓은 레오나르도 다빈치의 그림, 의자에 올려 둔 엘람 왕국의 도자기 등에 얽힌 사연을 들을 수 있었다. 물론 그 집에는 빈 의자가 없었기에 머무르는 내내 서 있어야 했다. 싸구려 차라도 한잔 얻어 마시려면, 피츠조지 씨가 툴툴대며 옥으로 된 그릇을 비우고 직접 가스레인지에 주전자를 올린 뒤 찻물을 우릴 때까지 잠자코 기다려야 했다. 그가 차를 마시겠느냐고 제안했을 때 거절한 사람들만 다시 초대받을 수 있었다.

모두가 그를 알았다. 네모진 모자와 유행 지난 프록코트 차림으로 크리스티 경매장에 들어가는 그를 본 사람들은 "저기 피츠 할아범이다." 하고 말했다. 겨울이든 여름이든 그의 옷차림은 변함없었다. 각진 모자와 프록코트, 대개 옆구리에 꾸러미를 하나 끼고 있었다. 꾸러미에 무엇이 들어 있는지는 밝혀진 바 없었다. 드레스덴 도자기 컵일 수도, 저녁에 먹을 훈제 청어일 수도 있었다. 런던 사람들은 런던의 기인으로 이름난 그에게 애정을 느꼈으나 아무도, 심지어 케이 홀랜드조차 대놓고 '피츠'라고[5] 부를 생각은 못 했다. 그가 지나갈 때마다 뒤통수에 대고 "저기 피츠 할아범이다." 하고 말할 뿐이었다. 소문에 따르면 그의 인생에서 가장 행복했던 순간은 클랜리카드 경이 죽은 날이었다. 그날 피츠 할아범은 단춧구멍에 꽃을 끼우고 세인트 제임스 스트리트를 활보했다. 클럽 창문 너머로 그 모습을 지켜보던 다른 신사들은 그 이유를 아주 잘 알고 있었다.

---

5   피츠조지(FitzGeorge)의 '피츠(Fitz)'는 '아들'이라는 뜻으로, 주로 사생아의 이름에 붙는 접두사다.

피츠조지 씨와 케이 홀랜드가 친구로 지낸 지도 벌써 삼십 년쯤 됐지만, 내밀한 사생활 이야기로 친목을 다진 적은 결코 없었다. 함께 저녁 식사를 할 때면 — 두 사람이 부들스 클럽이나 대치드 하우스 클럽에서 각자 자기 몫의 식사 비용을 치르거나 보리차를 마시는 광경을 자주 볼 수 있었다. — 연인들이 자기 감정을 토로하듯 지치지 않고 소장품과 그 가격을 논의했는데, 그 밖에는 서로에 대해 아무것도 몰랐다. 물론 피츠조지 씨는 케이가 늙은 슬레인 백작의 아들이라는 사실을 알았으나, 케이는 피츠조지 씨의 부모에 관해 다른 사람들과 마찬가지로 전혀 아는 바가 없었다. 피츠조지 씨조차 모를지도 몰랐다. 그의 이름에 붙은 접두사가 암시하는 바 때문에 그렇게들 말했다. 당연히 케이는 그런 것을 궁금해하지 않았다. 심지어 궁금하다는 기색조차 보이지 않았다. 그들의 관계는 바람직한 거리감을 바탕으로 엮여 있었다. 그리고 바로 그 점이 케이를 기다리는 피츠조지 씨가 다소 불안했던 이유였다. 홀랜드의 상실에 대해 무슨 말이든 해야 한다는 사실을 알았지만, 두 사람 사이의 암묵적인 이해를 깨고 싶지 않았으므로 불편했다. 그는 케이가 못마땅했다. 아버지를 잃다니, 그러고도 약속을 취소하지 않다니 배려가 없었다. 하지만 그는 자신과의 약속을 취소하고도 용서받을 수 있는 사람이 아무도 없음을 잘 알았다. 그는 잔뜩 화가 난 채 부들스 클럽의 창문을 손가락으로 도닥거리며 케이가 도착하기를 기다렸다. 무슨 말이든 해야 했다. 그렇다면 만나자마자 바로 한마디 던지고 잊어버리는 편이 좋았다. 케이가 늦을 일은 없겠지? 그는 삼십 년 동안 단 한 번도 약속에 늦지 않았다. 절대 늦지도 않았고 바람맞히는 일도 없었다. 피츠조지 씨는 주머니에서 오

실링짜리 거대한 은제 회중시계를 꺼낸 뒤 몇 시인지 보았다. 8시 17분이었다. 세인트 제임스 팰리스의 벽시계와 비교했다. 이제 케이가 지각했음이 확실해졌다, 무려 이 분이나. 하지만 저기, 택시에서 내리는 케이의 모습이 보였다.

"안녕하십니까." 케이가 안으로 들어오며 말했다.

"안녕하십니까." 피츠조지 씨가 말했다. "늦으셨군그래."

"세상에, 늦었군요." 케이가 말했다. "어서 식사합시다. 가실까요?"

저녁 식사 내내 그들은 피츠조지 씨가 풀햄 로드에서 발견했다는 세브르 도자기 그릇 두 점에 관해 이야기했다. 케이 역시 그 도자기를 봤지만 진짜 세브르산은 아니라는 입장이었으므로 이러한 의견 차이가 대화의 물꼬를 터 주었다. 그러고는 마침내 두 신사가 지극히 즐기는 논쟁이 시작되었다. 하지만 그날 저녁 피츠조지 씨는 대화를 만끽할 수 없었다. 하려던 말을 못 했기 때문이었다. 게다가 점점 시간이 지날수록 그 이야기를 꺼내는 일이 더욱 어색하게 느껴져서 도저히 입을 열 수 없었다. 그는 케이에게 더욱 짜증이 났다. 두 사람이 함께하는 식사가 불만족스럽기는 이번이 처음이었고, 실망감에 휩싸인 피츠조지 씨는 급기야 우정이라는 것에 근본적인 회의를 품기 시작했다. 화가 난 그는 케이와 가깝게 지내기로 했던 스스로의 결정을 후회했다. 다른 사람들과는 항상 서먹서먹한 거리감을 유지했고, 이것은 제법 훌륭한 삶의 방식이었다. 예외를 두었음은 실수, 그것도 굉장한 실수였다. 그는 테이블 건너편에 있는 케이를 쏘아보았다. 보리차를 마신 뒤 단정한 수염을 조심스럽게 닦고 있는 케이는 지금 자신이 상대방의 적개심을 자극하고 있다는 사실을 꿈에도 몰랐다.

"커피 드시려나?" 피츠조지 씨가 말했다.

"그럴까요. 네, 커피 좋지요."

불쌍한 노인네, 피곤해 보이는군. 문득 피츠조지 씨는 생각했다. 케이는 평소처럼 말끔하지 않았다. 어깨가 조금 처진 것 같았다. 대화를 이어 가기도 힘겨워 보였다. "브랜디 한잔 할까?" 피츠조지 씨가 말했다.

케이가 놀라서 고개를 들었다. 두 사람은 단 한 번도 같이 브랜디를 마신 적이 없었다.

"아뇨, 괜찮습니다."

"한잔하라고. 웨이터, 홀랜드 씨한테 브랜디 한 잔. 내 장부에 달아 두고."

"저는 그다지……." 케이가 입을 열었다.

"그쯤 해 둬. 웨이터, 브랜디 제일 좋은 걸로. 1840년산. 이러니저러니 해도, 홀랜드, 난 자네가 요람에 누워 있는 모습마저 봤다고. 1840년산 브랜디도 그때는 겨우 삼십 년 묵었을 뿐이었지. 그러니 괜히 마다하지 마."

케이는 더 이상 사양하지 않았다. 어린 케이가 요람에 누워 있는 모습을 봤다는 피츠 할아범의 돌연한 고백에 놀랐던 것이다. 그의 영혼은 과거로, 이국으로 날아갔다. 때는 1874년, 장소는 인도였다. 그러니까 피츠 할아범도 1874년에 인도에 있었던 것이다. "그 시절에 캘커타에 있었다는 말씀은 안 하셨는데요." 케이가 반다이크 같은 수염 사이로 브랜디를 홀짝이며 말했다. "안 했나?" 피츠 할아범은 별일 아니라는 듯 무심하게 말했다. "어쨌든, 그때 인도에 있었어. 내 후견인들은 대학을 질색했지. 그래서 대학에 입학하는 대신 세계를 둘러보라며 등을 떠밀었어. (굉장한 정보였다! 그러면 피츠 할아범 후견인 아래서 청소년기를 보냈다는 말인가?) 자네 부모님이 참 다정하셨어." 피츠조지 씨가 이야기를 이어 갔다. "물론 총독인 자네 아버지야 일 때문에 항상 정신이 없었지. 하지만 자네 어머니는, 내가 기억하는데, 참으로 우아하고 매력적이었어. 그때는 어렸지. 어리기도 어렸지만 어찌나 예뻤는지 몰라. 그때까지 인도에서 본 사람과 사물을 통틀어 가장 예쁘다고 생각했던 기억이 나는군. 여하튼 도자기 건은 자네가 틀렸어, 홀랜드. 자네는 도자기에 대해서는 그냥 바보야. 항상 그랬고, 앞으로도 그럴 거야. 자네한테 도자기는 너무 세련된 분야인 게지. 앞으로는 아스트롤라베 같은 꼬질꼬질한 것에만 집중하고 살라고. 자네한테는 그게 안성맞춤이야. 도자기를 감별하려고 들다니, 그것참! 게다가 이 몸을 상대로 말이야. 내가 도자기에 대해 배웠다가 잊어버린 게 자네의 지식을 다 합친 것보다도 많다고."

케이는 이런 장난스러운 독설에 익숙했다. 피츠 할아범의 괴롭힘이 좋았고, 적잖이 즐겁기까지 했다. 피츠 할아범이 케이는 절대 예술품 감정가가 아니라고, 차라리 우표나 모으는 편이 낫겠다고 재잘거리는 동안 케이는 가만히 듣고 있었다. 피츠가 마치 땅바닥을 쪼아 대며 구애하는 늙은 비둘기처럼 마음에도 없는 말을 종알거리는 모습이 재미있어서, 항상 그러듯 고개를 돌린 뒤 감정을 누그러뜨린 은근한 미소를 머금은 채 테이블보를 내려다보며 칼과 포크를 만지작거릴 뿐이었다. 그들의 관계는 기적처럼 평소 상태로 돌아왔고, 이런 회복에 마음이 크게 고양된 피츠조지 씨는 자기도 당장 브랜디를 한잔 마셔야겠다고, 도저히 못 참겠다고 선언했다. 그는 정작 케이에게 하려던 말에 대해서는 까맣게 잊어버렸다. 아니,

잊어버렸다는 것은 착각이고 실은 줄곧 그것에 관해 생각 중이었는지도 몰랐다. 왜냐하면 그들이 함께 클럽에서 나와 계단에서 떠날 채비를 하고 있을 때, 그러니까 케이가 섀미 장갑을 끼고 있을 때 — 피츠조지 씨는 평생 장갑을 한 짝도 사본 적 없는 반면, 케이 홀랜드의 손은 언제나 버터 같은 노란색 장갑에 감싸여 있었다. — 피츠조지 씨가 자기도 모르게 이렇게 내뱉고 말았으니까. "아버지 일은 안타깝네, 홀랜드."

자, 마침내 말해 버렸다. 그런 말을 했다가는 세인트 제임스 스트리트가 반으로 갈라지며 그를 집어삼킬 줄 알았건만 아무 일도 일어나지 않았다. 그래, 말해 버렸다. 사실 그렇게 어려운 일도 아니었다. 하지만 대체 무엇 때문에 그는 거기서 멈추지 않고 다음과 같이 도무지 말도 안 되는, 불필요한 제안을 했을까? "조만간 자네랑 같이 레이디 슬레인을 한번 뵈면 어떨까 싶어." 그는 무엇에 사로잡혀서 이런 말을 하게 됐을까? 케이는 깜짝 놀란 듯했고, 그건 당연한 반응이었다. "아, 그럼요. 당연히 그래야지요, 부러 가 주시겠다면." 케이가 서둘러 대답했다. "그래요, 좋은 밤, 좋은 밤 보내십시오." 그렇게 케이는 잽싸게 사라졌고, 피츠 할아범은 케이의 뒷모습을 바라보며 앞으로 케이 홀랜드를 영영 못 보는 건 아닐까 생각했다.

집안 분위기가 뒤숭숭하다고, 이디스는 하던 생각을 이어갔다. 집 안에서 일어나는 일과 밖에서 일어나는 일은 극명히 달랐다. 집 밖은 다닥다닥 붙은 전단, 여전히 담장 주변을 어슬렁거리는 기자들, 술렁이는 웨스트민스터 사원, 연설이 이어지는 상원과 하원 등으로 시끌벅적하고 요란하고 화려했다. 반면 집 안은 조용하고 은밀해서 무슨 음모라도 진행 중인 듯했다. 하인들은 속닥거렸고 다들 조용히 계단을 오르내렸다. 레이디 슬레인이 등장하면 전부 하던 이야기를 멈추고 일어섰으며, 어김없이 누군가는 그녀에게 조심스럽게 다가가서 빈 의자로 안내했다. 사람들은 레이디 슬레인이 사고를 당했거나 잠시 정신이 이상해지기라도 한 듯 행동했다. 그러나 이디스만은 알았다. 어머니는 의자로 안내받거나, 공손하고 조용한 입맞춤을 받거나, 저녁은 혼자 방에서 드시고 싶지 않은지 질문받기를 원하지 않았다. 평소와 다름없이 레이디 슬레인을 대하는 사람은 제누, 그의 나이 든 프랑스인 하녀뿐이었다. 제누는 레이디 슬레인만큼이나 나이가 많았는데, 그녀가 결혼식을 올릴 때부터 남편과 사별할 때까지 줄곧 옆을 지킨 사람이었다. 제누는 변함없이 부산스럽게 집 안을 돌아다녔고, 프랑스어와 영어가 섞인 그녀만의 독특한 어법으로 습관처럼 혼잣말하며 다음 할 일을 챙겼다. 상중인 데에 개의치 않고 평소처럼 레이디 슬레인을 찾아서 거실로 들이닥쳤다. 또 누가 있든 신경 쓰지 않았고, 이런 질문까지 던지며 모여 있는 가족을 경악하게 했다. "파든, 마님. 나리 윗옷은 런드리 맡길 필요가 있으려나요?"[6] 사람들은 레이디 슬레인이 바닥에 떨어진 꽃병처럼 그 자리에서 산산이 무너져 내리기를 기대하며 바라보았지만, 그녀는 평소처럼 나긋나긋한 목소리로 그래야겠다고, 나리의 윗옷은 꼭 세탁 맡기라고 말할 뿐이었다. 그러고는 허버트를 바라보며 말했다. "네 아버지 옷들을 어떻

---

6 프랑스인 제누는 기본적으로 프랑스어를 구사하며 일부 단어만 영어로 이야기한다. 원문도 프랑스어와 영어가 뒤섞여 있다.

게 해야 할지 모르겠구나, 허버트. 집사에게 다 줘 버리기에는 아까운 데다 몸에 맞지도 않을 거야."

어머니와 제누만이 이 뒤숭숭한 분위기에 개의치 않는군. 이디스는 생각했다. 그는 허버트, 캐리, 찰스, 윌리엄의 눈빛에서 못마땅한 기색을 포착했다. 당연히 그런 못마땅한 마음을 표현할 수는 없었다. 기껏해야 자기들이 도리라고 여기는 바가 지켜지도록 은근히 압박하는 수밖에. 그들의 생각으로는 아버지가 죽으면 어머니의 삶도 무너져야 했고, 그러한 붕괴를 의연하게 견뎌야 했다. 어머니가 혼자서 일생의 비극을 감당하는 동안 처리해야 할 일들은 처리되고, 불가피한 외부와의 접촉 역시 이뤄질 것이었다. 유능한 세 아들과 유능한 딸에 의해. 가여운 이디스는 별다른 도움이 되지 못할 터였다. 다들 이디스가 부적절한 순간에 부적절한 말을 하는 사람임을 알았고, '너무 바빴다'는 말도 안 되는 핑계로 해야 할 일을 내팽개친다는 점도 알았다. 케이도 그다지 도움이 되지 않았으나 그는 애초에 가족의 일원으로 쳐주지 않을 때가 많았다. 허버트, 캐리, 윌리엄, 찰스가 어머니와 외부 세계 사이의 장벽으로서 우뚝 서 있었다. 때때로 당도하는 너무나도 특별한 소식만큼은 네 자식이 세운 장벽을 뚫고 어머니에게 가닿아야만 했다. 이를테면, 왕과 여왕이 사려 깊은 서신을 보냈는데 허버트 혼자만 알고 있을 수는 없었다. 또, 슬레인 경이 태어난 허더즈필드에서 추모 행사를 열고 싶다며 가족의 허락을 구해 왔다. 장례식에는 왕을 대신해서 글로스터 공작이 참석할 예정이며 왕립 자수 학교 여성들이 ─ 매우 서둘러 ─ 장막을 준비했다고 한다. 총리가 장막의 한쪽 끝을 들고 야당 대표가 반대쪽 끝을 들 것이다. 프랑스 정부에서 사절을 보낼 예정이고 벨기에 정부를 대신해서는 브라반트 공작이 조문하리라는 이야기도 있었다. 허버트는 이런 정보의 조각들을 조금씩 조심스럽게 어머니에게 전했다. 그는 어머니가 어떻게 받아들일지 미리 치밀하게 계산했다. 어머니는 처음부터 끝까지 무관심하게 반응했다. "아, 사려 깊으시네. 그렇고말고." 한번은 이런 말도 했다. "네가 좋다면 나도 좋은 거지, 아들아." 허버트는 이 말이 달가우면서도 기분 나빴다. 사람들이 그의 아버지에게 표하는 헌사는 분명 집안의 가장인 허버트에게 표하는 것이기도 했다. 하지만 이 상황의 중심에는 어머니가 있어야 마땅했다. 죽음과 장례 사이의 사나흘은 어머니의 것이어야만 했다. 허버트는 상식 있고 지각 있게 대처하는 스스로에게 자부심을 느꼈다. 슬레인 경으로서 세상에 나서는 일은 장례를 마친 다음에 시작해도 충분했다. 후대는 선대가 지나간 길을 걸어야 하는 법이었다. 그것이 도리였다. 아버지의 육체가 이 집에 실재하는 한 윗사람의 권리는 어머니에게 있었다. 그런데 저런 무관심한 태도는 어머니의 자리를 성급하게 포기하는 것이었다. 불필요하고 부적절할 정도로 성급했다. 어머니는 아버지의 죽음 뒤 사나흘 동안 가족을 강력하게 결집시킴으로써 남편을 기려야 했다. 이렇게 권한을 내놓는 태도는 보기에 좋지 않았다. 적어도 허버트가 생각하기에는 그랬다. 그러나 이디스 안의 작은 도깨비는 이렇게 재잘거렸다. 어쩌면 어머니는 평생 동안 아버지에게 지겹도록 시달린 나머지 그를 기리고 싶지 않은 건 아닐까?

분명 집안 분위기는 뒤숭숭했다. 이런 기이한 분위기는 한 번도 집안으로 침투한 적 없었고 앞으로도 그러지 못할 터였다. 아버지가 두 번 죽을 수는 없으니까. 아버지는 죽음을 통해 이런 특이한 상황을, 분명 아무도 예상하지 못한 상황을 연출해 냈다. 실제로 벌어지기 전까지 아무도 이런 상황을 예측하지 못했다. 항상 누구보다 압도적이며 어딜 가든 가장 중요한 인물이었던 아버지의 죽음을 통해 어머니가 가장 중요한 인물로 격상되리라고는 아무도 생각하지 못했다. 물론, 어머니의 중요성은 길어야 사나흘 정도 지속되리라. 하지만 그 찰나 동안은 절대적이어야 했다. 다들 어머니에게 복종해야 했다. 어머니, 오직 어머니만이 웨스트민스터 사원의 문이 열려야 할지, 닫혀야 할지 결정할 수 있었다. 온 국가가 어머니의 결정을 기다려야 했으며, 주교와 사제단도 어머니의 바람에 복종해야 했다. 아주 부드럽게, 또 조심스럽게 어머니와 모든 사안을 논의하고 어머니의 의견을 확인해야 했다. 그토록 자기 존재를 숨겨 왔던 사람이 이토록 중요한 사람으로 부상했다는 점은 참 기이했다. 꼭 게임 같았다. 이디스는 지난날의 추억을 떠올렸다. 차 마시는 시간이 지나면 가끔 아버지는 기분이 들떠서 거실에 왔고, 아이들에게 둘러싸여 이야기책을 읽어 주는 어머니에게 다가왔다. 그러고는 책을 뺏어 덮은 다음, 이제부터 집 안 곳곳을 누비면서 '대장 따라 하기' 놀이를 할 건데 어머니가 대장 역할을 해야 한다고 했다. 이제 온 가족은 깡충깡충 뛰면서 적막한 공관을, 홀랜드 천으로 감싼 샹들리에가 드리운 무도회장 나무 바닥을 쿵쾅거리며 온갖 우스꽝스러운 짓을 했고 ─ 어머니는 끊임없이 해괴한 몸짓을 생각해 냈다. ─ 행렬의 마지막에 꼬리처럼 붙어 있던 아버지는 대장을 제대로 따라 하지 못해서 광대 꼴을 면치 못했다. 그러면 아이들은 재미있어서 깔깔 웃으며 아버지가 제대로 따라 할 수 있게 도와주는 척했고, 어머니는 치맛단에 달라붙은 케이와 함께 뒤를 돌아보며 짐짓 나무라는 양 외쳤다. "그게 뭐예요, 헨리!" 그들의 웃음소리가 울려 퍼졌던 대사관과 총독 관저는 한둘이 아니었다. 그러나 이디스가 기억하기로는 언젠가 (당시에는 젊었던) 어머니가 실수로 기록 보관실에 쌓여 있던 문서를 떨어뜨리자 아이들은 휘날리는 종이로 난장판을 만들려고 신이 나서 달려들었는데, 돌연 아버지의 얼굴에 어두운 장막이 덮이더니 어른들이 으레 그러는 방식으로 불쾌한 티를 냈다. 아버지와 어머니의 들뜬 기분은 장미 꽃잎처럼 분분히 추락했다. 어머니와 아이들은 꾸중 같은 침묵 속에서 거실로 돌아가야 했다. 마치 제우스가 멀리 떠난 듯 위장하고 올림포스에 숨어 있는 동안, 인간 하나가 제멋대로 활보하고 다니다가 벌을 받은 것 같았다.

바야흐로 어머니는 원하는 만큼 대장 따라 하기 놀이를 할 수 있었다. 사나흘 동안 대장 따라 하기 놀이를 하면서, 세상의 기대대로 웨스트민스터 사원이나 브롬프턴 묘지에 시신을 묻는 대신, 유럽과 대영제국의 고관들을 끌고 골더스 그린이든 허더즈필드든 자기가 원하는 곳이라면 어디든 갈 수 있었다. 그러나 실망스럽게도 — 이디스 내면의 작은 도깨비에게는 실망스러웠다. — 어머니는 대장이 될 생각이 없었다. 그저 허버트가 하자는 대로 했다. 일곱 살배기 허버트가 대장 따라 하기 놀이를 하다가 어머니에게 "이제 부엌에서 놀아요."라고 했을 때와 마찬가지로, 허버트가 예순여덟이고 어머니는 여든여덟인 지금도 이디스에게 어머니의 순응은 놀랍고 기이했다. 허버트 역시 놀라기는 마찬가지였지만, 그 아버지에 그 아들답게 여성이 자신에게 의지하는 상황을 즐기고 있었다. 결국 이 예외적인 사나흘 동안에만 — 지금 그는 '사회

적 관습 지키기'라는 게임을 하고 있었으므로. —— 어머니에게
자기만의 의견을 가지라고 요구하는 것이었다. 하지만 남자
란 원래 모순적이기에 어머니가 자기 의견과 반대되는 결정
을 한다면 분노할 터였다.

그래서 허버트는 자신의 의견이 하나둘 받아들여질수록
점차 유순해졌으며, 자기가 아니라 어머니가 모든 결정을 내
렸다고 스스로 설득할 수 있었다. 그는 어머니의 방에 갔다가
형제자매가 다들 모여 있는 거실로 돌아오기를 반복했다. 이
디스는 질릴 것 같았다. 어머니는 결국 웨스트민스터 사원을
선택했다. 그러니 아버지는 사원에 묻혀야 했다. 어찌 되었든
어머니의 판단이 옳았다. 영국의 훌륭한 아들들은 전부 웨스
트민스터 사원에 잠들어 있었다. 허버트가 "아버지는 허더즈
필드에 있는 교구 교회를 더 좋아하셨겠지만, 뭐."라고 말했
으나 이디스는 그 말이 진심인지 날카롭게 의심했고, 허버트
가 우리 모두의 의견인 양 자기 생각을 관철하고 있음도 간파
했다. 그러나 어머니의 바람은 존중되어야 했다. 그들은 웨스
트민스터 사원의 명성에 고개를 숙여야 했다. 어쨌든 사원에
묻힌다는 것은 영광, 아니 굉장한 영광, 아버지의 인생 마지막
을 장식하는 궁극의 영광이었다. 캐리, 윌리엄, 찰스는 이 엄
숙한 사실을 깨닫고 조용히 고개를 숙였다. 하지만 이디스는
혼자 생각했다. 아버지가 자신의 시신이 웨스트민스터 사원
에 묻히는 광경을 볼 수 있었다면 우스워했으리라고, 감사하
는 한편 코웃음을 쳤으리라고.

왕립 자수 학교의 여성들이 만든 장막은 의문의 여지 없
이 매우 아름다웠다. 보라색 플러시 직물7에 문장이 새겨져
있었다. 총리는 예상대로 장막 한쪽 끝을 들었는데, 자기 품성

을 증명하는 적당히 진지한 태도를 보여 주었으므로 그를 포착한 사람이면 누구나 망설임 없이 말할 수 있었다. "저기 총리 지나간다. 총리는 아니더라도 내각의 일원, 장관급 인물임이 틀림없어." 야당 대표는 총리와 나란히 걸었다. 한 시간 동안 두 사람은 서로의 견해 차이 따위는 묻어 두었는데, 정말이지 이것마저 게임의 일부였다. 그들은 각자의 지지자들을 의식해서 다른 언어를 사용할 뿐, 같은 교육을 받고 같은 의무를 배우고 같은 지식을 함양한 사람들이었으니까. 수행원들이 두 앳된 왕자들을 정중히 재촉하며 미리 마련된 자리로 안내했다. 어쩌면 왕자들은 자문하고 있을지도 몰랐다. 어째서 자신들은 평범한 청년들과 다른 운명을 타고났는지, 왜 새로운 간선 도로가 놓이면 앞장서서 테이프를 자르고, 웬 정치인이 죽으면 장례식에 참석해야 하는지. 물론 이 모든 것을 그저 주어진 일과의 일부로 받아들이고 있을 가능성이 더 컸다.

하지만 진실은 무엇일까? 이디스는 궁금했다.

장례식이 끝나자 엘름 파크 가든스의 모든 것이 미묘하게 바뀌었다. 레이디 슬레인을 배려하려고 애쓰는 분위기는 변함없었지만, 허버트와 캐리가 짜증을 내고 슬슬 제멋대로 행동하기 시작했다. 허버트는 확실하게 집안의 가장 역할을 맡았고 캐리는 그의 오른팔이 되었다. 그들은 어머니에게 친절하되 단호한 태도를 보여 줄 준비가 되어 있었다. 예전처럼 어머니를 의자로 안내하거나 어머니가 의자에 앉으면 다정하게 보호해 주려는 듯 어깨를 도닥일 수도 있었지만, 당장 처리해

7 　벨벳과 비슷하나 길고 보드라운 보풀이 있는 비단 또는 무명 옷감.

야 할 일이 잔뜩 쌓여 있었으므로 죽음이 삶을 영원히 정지시킬 수 없다는 점을 결단코 이해시켜야 했다. 슬레인 경의 책상에 놓인 묵은 신문처럼 레이디 슬레인 역시 치워져야 했다. 그러면 허버트와 캐리도 이전의 삶으로 돌아갈 수 있었다. 말로 설명하지 않아도 그들의 심리는 더없이 명명백백했다.

레이디 슬레인은 아주 조용히, 아주 우아하게, 아주 늙고 아주 연약한 몸으로 가만 앉아서 아들딸들을 바라보았다. 그들은 어머니의 외모에 익숙해서 몰랐지만, 처음 보는 사람들은 그녀의 실제 나이를 알고 나면 절대 일흔 살 이상으로 보이지 않는다며 놀라곤는 했다. 레이디 슬레인은 아름다운 노인이었다. 키가 크고 호리호리하며 창백했고, 단 한 번도 우아한 몸가짐을 잃은 적 없었다. 그녀가 옷을 입으면 옷이 아니라 휘장처럼 멋들어졌다. 몸의 곡선이 은밀하게 아름다움을 더했고, 부드러운 단아함이 팔다리를 타고 흘러내렸다. 회색 눈은 깊고 그윽했다. 코는 짧고 곧았다. 가만한 양손은 반다이크의 그림처럼 고상했다. 백발과 그 위의 검은색 레이스 베일이 완벽한 조화를 이루었다. 레이디 슬레인은 오랫동안 특별한 이유 없이 줄곧 부드러운 검은색 옷을 고집했다. 그녀를 보고 있으면 여자는 손쉽게 아름답고 우아해질 수 있다고 믿게 되다. 천재의 작품을 보고 있으면 왠지 손쉽게 창작했을 듯한 기분이 드는 것과 비슷했다. 그런 레이디 슬레인이 평생 꾸려 온 삶은 그녀와 어울리지 않았으므로 의아했다. 그녀의 일상은 의무, 자선 사업, 육아, 사회적 책무, 공적 행사 같은 것들로 채워졌던 것이다. 그리고 그녀의 이름이 언급될 때마다 필연적으로 이런 말이 따라붙고는 했다. "남편 내조를 참 잘해!" 오, 그럼, 어머니는 대단하지. 이디스는 생각했다. 허버트가 얘기하듯 어머니는 의연하서. 그때 허버트가 목을 가다듬었다. 무슨 말을 하려는 걸까?

"어머니, 우리 어머니……." 우리 어머니라니, 흔히 쓰는 말이기는 했으나 낯간지러웠다. 허버트는 손가락으로 옷깃을 매만지고 있었다. 한때 그는 레이디 슬레인과 함께 바닥에 앉아서 팽이 돌리는 법을 배우던 꼬마에 지나지 않았는데.

"우리 어머니, 들어 보세요. 동생들이랑 이야기해 봤는데…… 그러니까, 당연한 말이지만 어머니의 미래가 걱정됐거든요. 어머니는 워낙 아버지에게 헌신하셨으니, 이제 아버지가 안 계셔서 삶에 구멍이라도 뚫린 기분이시겠지요. 다들 궁금한 점이 있는데 ─ 그래서 우리가 각자의 집으로 돌아가기 전에 이렇듯 어머니를 모시고 거실에 모여서 이야기하자고 했던 거랍니다. ─ 앞으로 어디서 어떻게 사실지 생각해 보셨나요?"

"네가 이미 정해 놓은 것 같은데, 허버트. 아니니?" 레이디 슬레인은 더할 나위 없이 다정하게 말했다.

허버트가 손가락을 옷깃에 넣고 끊임없이 매만졌으므로, 이디스는 혹시 저러다가 질식이라도 하지 않을지 걱정했다.

"아니! 이미 정했다니요! 우리 어머니, 말씀도 참! 정해 놨다는 말은 맞지 않지요. 대강 계획을 그려 본 건 사실이지만, 그냥 어머니께 넌지시 제안해 볼 뿐이지요. 어머니의 취향을 고려했고, 취미와 맡은 일을 이어 가실 수 있도록 고려했습니다. 그러면서도……."

"잠깐, 허버트." 레이디 슬레인이 말했다. "내 취미와 맡은 일이라니 무슨 말이지?"

"당연한 걸 물어보시네, 우리 어머니." 캐리가 나무라듯 말했다. "어머니가 참여하는 모임을 말하는 거잖아요. '배터시 빈곤 여성을 위한 클럽', '고아 보호소', '불우 자매 협력 단체', 그리고……."

"아, 그렇지." 레이디 슬레인이 말했다. "내 취미와 맡은 일. 맞아. 계속하렴, 허버트."

"그런 모임들은," 캐리가 말했다. "어머니가 없으면 무너질 거예요. 우리도 알지요. 모임을 많이도 만드셨어. 다른 사람들을 돌보느라 그러셨지요. 지금 와서 그만두지는 않으실 거라고 생각해요."

"그리고 레이디 슬레인." 라비니아가 입을 열었다. 라비니아는 절대 긴장을 늦추지 않았으므로 시어머니를 '레이디 슬레인' 외에 다른 호칭으로 부른 적이 단 한 번도 없었다. "딱히 할 일이 없으면 지루하실 테니까요. 항상 적극적이고 생기 넘치셨잖아요! 세상에, 레이디 슬레인이 런던 말고 다른 곳에 사신다는 건 상상도 못 할 일이에요."

그때까지 레이디 슬레인은 아무 말도 하지 않았다. 자식들을 한 명씩 둘러보는 그녀의 얼굴에는 그토록 상냥한 사람에게 어울리지 않는, 뜻밖의 냉소적인 표정이 떠올라 있었다.

"그렇기는 하지만," 허버트가 원래 하던 말을 이어 갔다. 사람들이 자꾸 말을 끊을 때마다 묵묵히 참았지만 달갑지는 않았다. "어머니 수입으로는 어머니에게 합당한 수준의 집을 구할 수가 없어요. 그러니까, 우리의 제안은……." 그가 간략하게 설명한 계획이란 우리가 이미 들었던바, 다시 귀 기울여 듣지 않아도 무방할 터였다.

반면 레이디 슬레인은 귀 기울여 들었다. 그녀는 수많은 나날을 별다른 첨언 없이 상대를 경청하며 보냈고, 지금은 아무런 대꾸 없이 아들의 이야기에 귀를 기울였다. 아들로서는 어머니의 침묵에 개의치 않았다. 그가 알기로 어머니는 평생 다른 사람의 결정에 맞춰 오가고 머무는 삶에 익숙했다. 케이프타운이나 봄베이나 시드니로 가는 기선을 탈 때도, 옷과 아이 용품을 챙겨 다우닝 스트리트로 갈 때도, 주말을 맞아 남편과 윈저에 다녀올 때도 마찬가지였다. 새로운 지침이 있을 때마다 놀라는 법 없이 재바르고 묵묵히 하라는 대로 했다. 언제든 말끔하고 적당한 옷차림으로 부두나 승강장에 짐을 두고 서서 자기를 데리러 올 사람을 기다릴 준비가 되어 있었다. 허버트로서는 어머니가 순순히 자식들의 뜻을 따라 그들 집의 남는 침실에서 여생을 보내지 않으리라고 생각할 이유가 없었다.

그가 이야기를 마치자, 레이디 슬레인이 말했다. "내 생각을 많이 해 줬네, 허버트. 내일 중개사에게 이 집을 내놓겠다고 말해 주면 고맙겠구나."

"좋습니다!" 허버트가 말했다. "동의하시니 기쁘네요. 그렇지만 서두르실 필요는 없어요. 집이 팔리려면 분명 어느 정도 시간이 필요할 테니까요. 언제든 내킬 때 오세요. 메이블과 내가 기다리고 있을 테니." 그는 몸을 굽히고 어머니의 손을 도닥였다.

"아, 잠깐." 레이디 슬레인이 손을 들어 보이며 말했다. 처음으로 해 보인 손짓이었다. "너무 성급하구나, 허버트. 난 동의하지 않았어."

다들 실망한 얼굴로 어머니를 바라보았다.

"동의하지 않는다고요, 어머니?"

"응." 레이디 슬레인이 미소 지으며 말했다. "난 너희 집에서 살지 않을 거다, 허버트. 너희 집에서도 안 살아, 캐리. 네 집도 싫다, 윌리엄. 너도 마찬가지고, 찰스. 다들 친절하기는 하다만. 나는 혼자 살 거야."

"혼자 사신다고요? 말도 안 돼요. 혼자 어디서 사시려고 요?"

"햄스테드에서." 레이디 슬레인은 어떤 내면의 계시에 응답하듯 조용히 고개를 끄덕였다.

"햄스테드라고요? 하지만 어머니에게 걸맞은 집을 찾을 수 있겠어요? 안락하지만 너무 비싸지 않은 집이 있을까요? 정말이지," 캐리가 말했다. "이런 속내도 모르고 다 해결됐다는 듯이 집 이야기를 하고 있었네. 말도 안 돼. 우리가 뜬구름 잡고 있었어."

"내게 맞는 집이 있어." 레이디 슬레인이 다시금 고개를 끄덕이며 말했다. "내가 봤다."

"하지만 어머니, 햄스테드에 가 보신 적도 없잖아요." 참을 수 없는 일이었다. 캐리는 적어도 십오 년 전부터 지금까지 어머니가 매일 어디서 무얼 했는지 속속들이 알고 있었기에, 자신에게 알리지 않고 햄스테드에 다녀왔다고 암시하는 어머니에게 화가 났다. 그런 식으로 독립심을 내비치는 것은 거의 선전 포고라고 할 만한, 분노할 만한 행동이었다. 레이디 슬레인과 큰딸은 항상 긴밀하게 연결되어 있었으므로 매일 무엇을 할지 논의하고는 했다. 아침이면 제누가 쪽지를 들고 왕래하기도 했고, 오랫동안 통화를 하기도 했다. 아니면 아침 식사를 마친 캐리가 거창하고 실리적이고 부산스럽고 으스대는 자세로, 장갑과 모자와 털목도리와 쇼핑 목록을 넣은 가방에 더해 오후에 있을 회의 안건까지 챙겨서 엘름 파크 가든스에 들르기도 했는데, 그러면 뜨개질을 하는 레이디 슬레인과 큰딸, 나이 지긋한 두 숙녀는 그날의 계획을 논의하다가 11시 반쯤에 함께 집을 나섰다. 검은색으로 차려입은 키가 훌쩍한 두 인물의 형상은 그 동네의 다른 나이 든 숙녀들에게도 익숙한 광경이었다. 어쩌다 한 번씩 두 사람이 각자 다른 방향에서 볼일을 봐야 하는 날에는 캐리가 오후 티타임에 맞춰 엘름 파크 가든스에 들렀고, 어머니가 정확히 어떤 방식으로 하루를 보냈는지 이야기를 들었다. 레이디 슬레인이 햄스테드에 다녀왔으면서 그 사실을 캐리에게 숨기기란 불가능했다.

"삼십 년 전에 봤지." 레이디 슬레인이 말했다. "그때 본 집이야." 그녀는 뜨개 바구니에서 털실 한 뭉치를 꺼내더니 케이에게 건넸다. "이것 좀 잡아 주렴, 케이." 그러고는 조심스럽게 엉킨 실을 풀어내더니 돌돌 감기 시작했다. 평온 그 자체였다. "분명 지금도 그 자리에 있겠지." 그녀가 조심스럽게 실을 감으면서 말했다. 케이는 실 감는 어머니 옆에 서서 거들었던 경험이 풍부했기에 손에 들린 털실이 멈추지 않고 부드럽게 흘러가도록 리듬에 맞춰 손을 아래위로 움직이고 있었다. "분명 지금도 그 자리에 있을 거야." 레이디 슬레인의 어조에는 몽롱함과 자신감이 섞여 있었다. 꼭 그 집과 몰래 약속이라도 해 놓았다는 듯한, 그 집이 삼십 년 동안 진득하게 그 자리에서 레이디 슬레인을 기다렸다는 듯한 목소리였다. "아담하고 안락한 집이었지." 하고 아득하게 덧붙였다. "너무 작지도 크지도 않아서 제누 혼자서도 충분히 관리할 수 있을 거야. 일당으로 파출부를 한 명 고용해서 힘든 일만 맡겨도 되겠지. 정원도 참 좋더라. 담벼락 쪽에 복숭아나무가 있고, 남향이고. 내가 봤을 때 아직 임대 중이기는 했는데, 너희들 아버지가 싫어

할 테니 내버려 뒀지. 중개인 이름도 잊지 않았어."

"그래서," 캐리가 매섭게 받아쳤다. "중개인 이름이 뭐였는데요?"

"웃긴 이름이었어." 레이디 슬레인이 말했다. "그래서 이렇게 기억이 생생한지도 모르겠네. 벅트라우트.[8] 저비스 벅트라우트. 집이랑 잘 어울리는 것 같았지."

"아." 메이블이 양손을 맞잡으며 말했다. "정말이지 감미롭네요. 복숭아에, 송어에……."

"조용히 해, 메이블." 허버트가 말했다. "물론 우리 어머니가 이런, 음, 특이한 계획대로 사실 생각이라면, 왈가왈부할 필요가 없겠지요. 어쨌든 어머니에게도 자기만의 인생이 있으니까요. 하지만 세상 사람들이 보기에 조금 이상하지 않을까요? 착한 자식들이 이렇게나 많은데, 은퇴한 뒤에 혼자 햄스테드에서 노년을 보낸다는 게? 물론 어머니 인생을 제 마음대로 하려는 건 아닙니다만."

"그렇지 않을 거야, 허버트." 레이디 슬레인이 대답했다. 그리고 실을 다 감은 뒤 고개를 돌리며 말했다. "고맙다, 케이." 이제 긴 바늘에 코를 잡고 새로 뜨개질을 시작했다. "햄스테드에는 은퇴하고 홀로 사는 나이 든 여자들이 많아. 그리고 나는 어쩌나 오랫동안 사람들 눈치를 살피며 살았던지, 이제는 휴가를 좀 즐기고 싶구나. 늙어서도 자기 좋을 대로 살지 못한다면 언제 그러겠니? 살날이 얼마나 남았다고!"

"그렇다면," 캐리가 지푸라기라도 잡아 보려는 심산으로 말했다. "절대 적적하지 않게 해 드려야겠네요. 자식들이 많

---

8 '트라우트(trout)'는 '송어'라는 뜻이다.

으니까 적어도 하루에 한 명씩은 찾아가서 어머니를 뵙고 오면 되겠어요. 그렇지만 햄스테드는 꽤나 먼 데다가, 차편을 마련하기가 항상 수월하지만은 않아서." 캐리는 작달막한 남편이 풀 죽어 있는 모습을 의미심장하게 바라보며 덧붙였다. "하지만 증손주들도 있으니까."라고 말할 때는 얼굴이 밝아졌다. "아이들이 드나들면서 연락하고 지내는 편이 좋잖아요. 애들을 못 보면 서운하시겠지요."

"정반대야." 레이디 슬레인이 말했다. "내가 또 하나 결심한 게 있는데, 바로 그 증손주들 문제다. 들어 봐라, 캐리, 나는 완전히 내 멋대로 살 생각이야. 노년을 만끽하려고 말이다. 손주들은 출입 금지야. 너무 어려. 마흔넷 넘은 애가 하나도 없잖니. 증손주들도 출입 금지다. 그 애들은 더 심각하지. 난 괄괄한 젊은 애들은 질색이야. 무슨 일을 하든 굳이 왜 하는지 이유를 알려고 난리지, 묵묵히 하는 법이 없어. 그리고 그 애들이 아기를 낳아도 데려오지 말라고 해라. 그 어린 것들이 별일 없이 삶의 막바지까지 다다르려면 얼마나 치열하게 발버둥질해야 할지 생각나서 괴로울 테니까. 그런 건 다 잊고 살려고 해. 태어난 날보다 죽을 날이 더 가까운 사람들만 곁에 두고 살고 싶구나."

허버트, 캐리, 찰스, 윌리엄은 어머니가 미쳤음이 틀림없다고 결론 내렸다. 줄곧 어머니를 단순한 사람이라 치부해 온 그들은 거기서 한 발자국 더 나아가 노화가 뇌에 영향을 끼쳤음이 분명하다고 확신했다. 그렇지만 어머니의 광증은 무해한, 심지어 편리하기까지 한 방식으로 발현되고 있었다. 윌리엄은 이렇게 되면 어머니를 모신다는 핑계로 몇 푼 챙길 수 없겠다며 아쉬워하고 있을 테고, 캐리와 허버트는 여전히 세간의 이목을 걱정하고 있을 터였다. 그러나 전반적으로는 어머니가 스스로 삶을 알아서 해결한다면 일은 훨씬 수월해지리라. 케이는 호기심 어린 시선으로 어머니를 바라보았다. 그동안 케이는 아무렇지도 않게 어머니를 오해했다. 사실 가족 모두가 레이디 슬레인을 — 그녀의 상냥함과 이타심, 공적 활동까지도 — 오해했다. 아무리 오랫동안 알고 지내도 여전히 타인을 속속들이 알기란 불가능하다는 사실을 케이는 태어나서 처음으로 실감하고 있었다. 이디스만 신이 나서 속으로 방방 뛰고 있었다. 그녀는 어머니가 미치지 않았고 사실 그 어느 때보다 제정신이라고 생각했다. 어머니가 조용히 캐리와 허버트의 간섭을 저지함으로써 그들을 궤멸시키는 모습을 보고 있노라니 즐거웠다. 부드럽게 양손을 맞잡고 속삭였다. "잘한다, 어머니! 계속해요!" 일말의 분별력으로 함성을 자제할 뿐이었다. 새로 발견한 어머니의 말솜씨도 눈부셨다. 레이디 슬레인은 대화할 때 말을 삼가는 편이고 의견을 내놓는 일도 없는 데다가, 뜨갯거리나 자수품 위로 머리를 숙이고 표정까지 감춘 채 가끔 "그러니?" 하고 대꾸할 뿐이라 실제로 무슨 생각을 하는지 거의 알 수 없었으니, 그런 말솜씨는 그날 아침에 연달아 이어진 놀라움 속에서도 적잖이 놀라웠다. 이디스는 문득 이런 생각을 했다. 어쩌면 어머니는 그 오랜 세월 동안 다정하고 세심하게 사람들을 관찰하면서 내심 자기만의 세상을 품고 살았는지도 모르겠다고. 어머니는 얼마나 많은 것을 관찰하고, 눈치채고, 비판하고, 묻어 뒀을까? 레이디 슬레인은 바구니를 뒤적이면서 다시금 이야기를 시작했다.

"보석은 은행에서 찾아 뒀다, 허버트. 너랑 메이블이 가져가는 편이 낫겠지. 몇 년 전부터 메이블에게 주고 싶었는데 아버지가 반대하셨어. 어쨌든 여기 몇 개 있다." 그녀는 이야기를 이어 가면서 바구니를 뒤집더니 안에 있던 것을 무릎 위로 쏟았다. 가죽 상자, 화장지, 다이아몬드 알, 털실 타래가 어지럽게 얽혀 있었다. 그녀는 섬세한 손가락으로 그것들을 골라내기 시작했다. "이디스, 벨을 울려서 제누를 불러 주렴." 그녀가 이디스를 쳐다보며 말했다. "사실, 나는 보석엔 흥미가 없었어." 가족들보다 스스로에게 하는 말 같았다. "그래서 이렇게도 많은 보석이 내 손에 들어온다는 게 낭비 같아서 안타깝더구나. 너희들 아버지는 중요한 일에 맞춰 몸치장할 줄도 알아야 한다고 말하곤 했지. 인도에 있을 때 너희 아버지가 타시칸 경매장에서 제법 많은 보석을 되사들였어. 왕자들이 내게 보석을 선물로 주곤 했는데, 달리 관심 없었지. 하지만 아버지는 내가 그걸 걸고 있으면 그들이 좋아하겠다고 생각한 거야. 사실은 우리가 되사들였다는 걸 잘 알고 있을 텐데도 말이다. 너희 아버지가 옳았을 거야. 어쨌든 내 눈에는 그런 연극이 바보 같아 보였지만. 한번은 커다란 토파즈를 받았어. 수십 개의 면으로 깎은 커다란 청동색 토파즈였지. 너희들도 기억할지 모르겠구나? 불에 비춰 보라고 주고는 했지. 불에 비춰 보면 안에 작은 불꽃이 수백 개나 보였어. 어떤 불꽃은 똑바로, 어떤 것은 반대로 뒤집혀 있었지. 너희들이 차를 마시고 내려오면 다 같이 난로 앞에 앉아서 불에 비춰 보았잖아. 불타는 로마를 앞에 둔 네로처럼. 물론 불의 빛깔은 검붉었지, 초록색이 아니고. 너희들은 기억 못 하겠구나. 육십 년 전이니까. 당연한 말이지만 그건 잃어버렸어. 사람은 가장 아끼는 걸 꼭 잃어버리는 법이지. 그래도 다른 건 잃어버리지 않았단다. 어쩌면 제누가 잘 보관해 둬서 그랬는지도 모르겠네. 제누는 아주 특이한 곳만 골라서 보석을 숨겨 놨지. 금고는 못 미더워서 물병 같은 데다가 다이아몬드를 숨겼어. 도둑이 들어도 물병은 절대 들여다보지 않으리라고 했지. 가끔은 제누가 갑자기 죽기라도 하면 보석이 어디에 있는지 결코 못 찾겠다는 생각마저 들더라. 하지만 토파즈만은 내 주머니에 넣고 다녔단다."

레이디 슬레인의 꿈결 같은 회상은 제누의 등장과 함께 끊겼다. 제누는 바스락거리며 낙엽 더미를 가르는 뱀처럼, 삐걱거리는 안장처럼 요란했다. 5월이 지날 때까지는 영국의 고약한 기후로부터 자신의 건강을 지키기 위해 코르셋에 덧댄 누런 종이를 절대 벗지 않는 제누였다. "마님 부르셨어요?"

그래, 여기서 제누를 부를 수 있는 사람은 어머니뿐인 거야. 이디스는 생각했다. 어머니만 종을 울릴 수 있는 거지. 온 가족이 모여 있어도 명령할 수 있는 사람은 어머니뿐인 거야. 허버트는 옷깃 너머로 힐긋거리고, 캐리는 화가 나서 꼿꼿이 서 있고, 찰스는 연필이라도 깎듯 콧수염 끝을 비틀고 있네. 하지만 대체 누가 찰스에게 신경 쓰겠어? 육군성조차 무관심할 테고 찰스 역시 그 사실을 잘 알겠지. 다들 아무도 자기들한테 관심 없다는 걸 잘 알아. 그래서 저렇게 시끄러운 거야. 어머니는 항상 묵묵했지, 오늘이 오기 전까지는. 아닌 게 아니라 제누는 여기서, 이 집에서 명령을 내릴 수 있는 사람은 어머니밖에 없다는 듯이 행동하잖아. 제누는 누구를 존경해야 하는지 아는 거지. 제누는 보채는 목소리엔 귀 기울이지 않아. "마님 부르셨어요?"

"제누, 보석 가지고 있지요?"

"그럼요, 마님. 보석 가지고 있지요. 저는 금은보화라고 부른답니다. 가서 금은보화 가져올까요?"

"네, 제누." 레이디 슬레인은 짧게 대답했다. 하지만 제누는 가족들을 한 바퀴 쭉 둘러보며 허버트, 캐리, 찰스, 윌리엄, 라비니아, 심지어 말 한마디 못 하는 무해한 메이블마저 경계의 대상인 양, 그들 때문에 지금까지 밤마다 다이아몬드를 물병에 숨겼다는 듯 의미심장한 눈빛을 쏘았다. 오래전 제누는 인도와 남아프리카 베란다에서 총독 부부의 보석을 훔치러 온 도둑의 은밀한 발걸음 소리를 상상하고는 했다. "이런 더러운 원주민 놈들." 그러나 지금, 그간 잘 지켜 온 보물을 호시탐탐 엿보는 도둑들은 영국인이고 합법적인 존재였기에 더 위험했다. 그토록 나긋나긋하고 연약하고 세상 물정을 모르는 마님은 자신의 몸과 자기 소유물을 지킬 수 없었다. 제누는 천성적으로 보호 본능이 넘쳤다. "마님, 그 반지들은 나리가 특별히 선물했던 거잖아요? 기억하시지요?"

레이디 슬레인은 자기 손을 내려다보았다. 사람들이 흔히 표현하는 대로 반지가 주렁주렁했다. 그 표현은, 속된 어구에 무슨 특별한 의미가 있겠냐만 — 가령 클리셰는 처음 만들어졌을 때만 해도 삶 속의 경험과 긴밀하게 연결되어 있기 마련이었다. — 몸에 보석이 너무나 많아서 마치 과일나무에 열매가 잔뜩 달린 듯 보인다는 뜻일 터였다. 그녀 손에는 정말이지 반지가 주렁주렁했다. 슬레인 경이 달아 놓은 것이었다. 반지 선물은 분명 애정 표현이었지만, 차라리 그보다는 슬레인 경의 아내에게 걸맞은 손을 만들어 주겠다는 의지의 결실이었다. 커다란 다이아몬드 반지의 곡선이 손가락을 매끈하게 감쌌다. (슬레인 경은 아내의 손이 비둘기처럼 부드럽다고 생각하곤 했다. 그녀의 손은 한없이 나긋나긋해서 잡으면 녹아내리는 듯했으니 그렇게 생각할 수도 있었으리라. 그러나 한편 섬세한 조각처럼 강렬했기에 사실이 아니기도 했다. 슬레인 경은 단지 아내의 여성스러운 측면만을 포착했고, 더 미묘하고 불편한 측면은 무시해 버렸다.) 레이디 슬레인은 제누 때문에 처음으로 손의 존재를 인식하게 된 듯 멀거니 바라보았다. 원래 손은 갑자기 다른 사람의 몸처럼 생경해 보이는 일이 잦다. 문득 거리감이 느껴지는 것이다. 그러면 자기 손이 다른 사람이나 기계의 일부인 듯 그 놀라운 움직임을, 뇌의 명령을 받자마자 기적처럼 즉각 반응하는 모습을 관찰하게 된다. 손톱의 둥근 곡선, 피부 위의 모공, 관절에 잡힌 주름, 부드러운 부분과 쪼글쪼글한 부위까지, 호기심이 동해서 찬찬히 뜯어볼 수밖에 없다. 손은 한 사람의 하인인데, 지금껏 단 한 번도 그 생김새를 자세히 살펴보지 않았음을 깨닫게 되는 것이다. 수상술에 의하면 분명 주인의 성격과도 결부되어 있는데 말이다. 이처럼 반지가 주렁주렁하다거나 혹은 노동으로 거칠어졌다는 점도 정보로서 유의미하다. 그래서 레이디 슬레인은 자기 손을 내려다보았다. 두 손은 평생 그녀와 함께해 왔다. 그녀가 나이를 먹듯 손도 나이를 먹어서, 아이답게 통통했던 것이 나이 지긋한 여자의 보드라운 상앗빛 손으로 변했다. 그녀는 회상에 잠긴 채 손가락을 감싼 다이아몬드 반지와 루비 반지를 빙빙 돌렸다. 어찌나 오랫동안 꼈던지 아예 몸의 일부가 되어 버린 반지들이었다. "그럼, 제누. 걱정하지 마요. 잘 알아요, 이 반지들은 내 것이지요."

하지만 다른 보석은 아무래도 자기 것 같지 않았다. 정말이지 갖고 싶지 않았다. 제누는 보석을 하나둘 헤아린 뒤 허버트에게 넘겼는데, 꼭 농부가 그날 얻은 달걀을 하나둘 세어서 파는 것 같았다. 그리고 허버트가 차례차례 보석을 받아서 메이블에게 넘기는 모습은 꼭 미장이가 동료에게 벽돌을 넘겨

주는 듯했다. 허버트는 물건의 값에 대해서는 잘 알았지만 아름다움에 관해서는 잘 몰랐다. 레이디 슬레인은 옆에 앉아서 그들을 지켜보았다. 보석들의 값, 시장에서의 가격은 그녀에게 아무런 의미도 없었다. 그것들의 아름다움엔 상당한 의미가 있었으나 그렇다고 소유욕을 느끼지는 않았다. 보석들이 환기하는 기억은 그녀의 삶에서 가장 흥미진진했던 시기의 배경을 이루었으므로 의미 있었다. 옥으로 만든 지팡이는 무려 티베트 라마의 특사가 가져다준 것이었다! 레이디 슬레인은 그들이 보여 줬던 의례를 선명하게 기억했다. 노란 옷을 입은 특사가 쪼그리고 앉아서 매머드의 허벅지만큼 긴 뼈로 만든 악기를 연주했다. 기억 속 레이디 슬레인은 접견실의 총독 옆자리에 앉아서 웃음을 참고 있었다. 마치 폴란드 사람들의 이름을 듣고 그 색다른 자음 조합에 즐거워하면서 꽉 막힌 영국인티를 냈던 때와 똑같다고 생각했다. 익숙하지 않다는 점 외에 뼈로 만든 티베트 악기의 어떤 면이 그렇게 재미있었을까? 어쩌면 티베트 라마는 음악가 쿠벨리크[9]가 바이올린 켜는 모습을 보면서 레이디 슬레인처럼 웃을지도 몰랐다. 그때 인도 왕자들이 선물을 들고 등장했고, 이제 그것을 엘름 파크 가든스에서 제누가 상속자 허버트에게 건네고 있었다. 왕자들은 선물로 준 보석이 타시칸 경매장에 나왔다가, 총독이 원하기만 한다면 재량껏 다시 사들인다는 사실을 알았다. 울퉁불퉁한 진주와 질이 형편없는 에메랄드 원석은 비통한 제누의 손에서 예의 바르게 기쁨을 숨긴 허버트의 손으로 넘어갔

---

9   얀 쿠벨리크(Jan Kubelík, 1880∼1940), 20세기 최고의 바이올리니스트이자 작
      곡가.

다. 붉은색 벨벳 상자를 열자 팔찌와 목걸이가 나왔다. "다 됐습니다." 제누가 상자를 닫으며 말했다. 다 끝났을 때는 작은 테이블이 온갖 상자들로 어지러웠다. "착한 메이블." 레이디 슬레인이 말했다. "여행 가방에 담아 줘야겠구나."

전리품이었다. 윌리엄과 라비니아의 눈이 반짝였다. 레이디 슬레인은 그들의 탐욕스러운 눈길과 이런 일방적인 분배를 향한 불만에 깜깜했다. 라비니아는 브로치 하나조차 받지 못했다! 레이디 슬레인은 보석을 고루 나눠 줘야 한다는 생각은 꿈에도 못 했다. 분명 그랬다. 라비니아와 캐리는 조용한 분노 속에서 이 광경을 바라보았다. 이렇게 단순하다니 멍청한 것과 다름없었다. 하지만 허버트는 그들의 섭섭한 심정을 잘 알았으며 ── 우리의 은밀한 감정은 이토록 투명하게 들여다보이는 법이다. ── 심지어 고소해했다. 그들의 당혹감이 즐거웠고, 그것을 부채질하고자 모처럼 메이블에게 다정하게 굴었다. "진주 귀걸이 한번 해 봐, 여보. 아주 잘 어울릴 것 같아." 어울릴 것 같다는 말은 메이블의 작고 칙칙한 얼굴에는 당치도 않았다. 한때는 예뻤던 메이블이지만 피부가 유난히 흰 사람들이 흔히 그러듯 이제는 낯빛이 머리카락보다도 칙칙했고, 머리카락마저 윤기를 잃고 흙빛으로 변해 버린 까닭에 볼품없었다. 과거 레이디 슬레인의 부드러운 얼굴과 레이스 옆에서 광채를 내뿜던 진주는 이제 메이블의 야윈 목 주변으로 힘없이 축 처졌다. "아주 예쁘네, 우리 메이블." 라비니아는 코안경을 치켜올리며 말했다. "그런데 참 이상한 일이야, 안 그래? 동양 보석들은 항상 이렇게 품질이 형편없잖아? 지금 보니까 저 진주들도 누렇고 별로다, 꼭 오래된 피아노 건반처럼. 어머니가 하실 때는 눈치 못 챘는데 말이지."

"집 말인데요, 어머니." 캐리가 말했다. "내일 같이 가서 볼까요? 오후에는 시간이 비어서." 그러고는 가방에서 작은 수첩을 꺼내더니 일정을 확인하기 시작했다.

"고맙다, 캐리." 레이디 슬레인의 대답은 놀라움으로 가득했던 오전의 대미를 장식했다. "내가 내일 집 보러 간다고 미리 말해 놨단다. 같이 가 주겠다니 고맙지만 나 혼자 갈 거야."

혼자 햄스테드에 다녀오는 일은 레이디 슬레인에게 모험과도 같았다. 채링 크로스에서 무사히 환승에 성공한 뒤에는 기분이 더욱 좋아졌다. 한때 그녀의 삶은 대영제국의 테두리 안에서 종횡무진 거침없었지만 엘름 파크 가든스의 시대가 시작되며 한없이 쪼그라들었으므로 이 정도 여정조차 대단하게 느껴졌다. 어쩌면 그녀는 낯선 나라들을 끊임없이 돌아다녀도 크게 달라지지 않는 사람, 끝까지 자신의 모습을 잃지 않는 사람일 수도 있었다. 아니면 그냥 나이를 먹었는지도 몰랐다. 여든여덟 살이나 됐으니 그렇게 생각해도 무리는 아니었다. 노년의 의식, 노년의 감각이란 기이하고 흥미로웠다. 정신은 전과 다름없이, 어쩌면 전보다 더 기민했다. 최후가 임박했다는 생각에 더욱 날카로워지거나, 남은 시간을 최대한 활용해야 한다는 필요성에 분발하고 있는지도 몰랐다. 몸만은 다소 위태로워서 신뢰할 수 없었고, 방향 감각도 의심스러웠다. 계단에서 발을 헛디디거나 마시던 차를 흘릴까 봐 염려해야 했다. 매사 긴장되고 떨렸다. 무력하고 연약한 모습을 보이게 될지도 모르니 밀쳐지거나 재촉당하지 않도록 신경을 곤두세웠다. 젊은이들이 항상 그녀에게 주의를 기울이거나 아량을 베풀지는 않을 테니까. 주의한다 해도 다소 짜증을 냈고,

그녀의 조심스러운 발걸음과 속도에 맞추고 있음을 티 내며 부러 천천히 걸었다. 그래서 레이디 슬레인은 캐리와 함께 길 모퉁이까지 걸어가서 버스 타는 것을 좋아하지 않았다. 오히려 이렇게 홀로 햄스테드에 가고 있으니 자신의 노쇠함을 의식할 필요가 없었다. 이런 젊음의 기운은 지난 몇 년을 통틀어 처음이었고, 그 증거는 그녀가 새로운 인생의 시작을 — 이번 기회가 마지막일지언정 — 기꺼이 받아들이고 있다는 것이었다. 그리고 달리는 지하철의 움직임에 따라 조금씩 흔들리는 그녀 모습은 전혀 여든여덟 살로는 보이지 않았다. 우산과 가방을 든 채 장갑 손목에 지하철표를 꼭 끼워 쥔 자세가 매우 꼿꼿했다. 주변 사람들이 자신을 어떻게 생각할지, 또 불과 이틀 전에 자기가 웨스트민스터 사원에 남편을 묻었다는 사실을 그들도 알지 자문하지 않았다. 지금 이 순간에는 캐리에게서 해방되었다는 신선한 경험이 선사해 준 감각에 더욱 집중했다.

(레스터 광장.)

어떻게 남편 헨리의 죽음이 자신에게 이토록 급작스러운 자유를 선사했는지, 그녀는 여전히 얼떨떨했다. 그녀가 평생 희미하게 의식했던 사실, 어떤 사건은 겉보기에 아무런 관련 없는 결과를 초래하기도 한다는 사실을 확증하는 또 다른 예시였다. 한번은 헨리에게 정치계에서도 이런 현상이 발생하는지 물어보았는데, 그는 아내의 말에 귀 기울이며 최대한 예의 바르게 반응했으나(그는 언제나, 누구에게나 그랬다.) 아내가 당최 무슨 말을 하는지 이해하지 못했다. 사람들이 하는 말을 이해하지 못할 때가 없는 사람인데도 그랬다. 사실 그는 열정과 장난기가 묻어나는 시선으로 사람들을 바라보며 그들이 계속 떠들고 떠벌리도록 내버려 두다가, 그들의 말솜씨가 얼마나 서툴든 곧 이야기의 핵심을 잡아내서 황금 공으로 저글링을 하듯 던지고 잡고 가지고 놀기를 반복했다. 그런 그의 비할 바 없이 훌륭한 재간 덕분에 조야했던 이야기에서조차 광채 나는 의미가 뿜어져 나오거나 흘러넘쳤다. 그것이 헨리의 뛰어나고 매력적인 자질이었으므로 사람들은 그를 세상에서 가장 대단하다고 칭송했던 것이다. 그는 어느 누가 넌지시 요구하기만 해도 자신의 훌륭한 지성을 베풀었다. 상대가 의석에 앉은 각료든, 저녁 식사 때 그의 옆자리에 앉아서 주눅이든 젊은 여성이든 마찬가지였다. 그는 타인을 무시하지 않았고 의례적이거나 경멸적인 태도를 보인 적도 없었다. 아무리 사소한 주제라도 바로 몰입했으며 그의 직업이나 관심사에서 멀면 멀수록 더 기꺼이 받아들였다. 사교계 데뷔를 앞둔 여성들과는 파티에 입고 갈 드레스에 대해, 육군 소위나 중위와는 폴로 경기장을 누비는 말에 대해 이야기했고, 주제가 베토벤이라면 그 누구와도 대화할 수 있었다. 그런 식으로 상대를 매혹한 결과, 사람들은 정말로 자신이 슬레인 경의 관심을 끌었다고 착각하게 되었다.

(토트넘 코트 로드.)

그렇지만 아내가 정치계에서도 뜻밖의 결과를 초래하는 사건이 일어나는지 물었을 때, 그는 진지하게 고민하는 대신 아내의 손가락에 끼워진 반지만을 만지작거렸다. 지하철에 앉은 레이디 슬레인은 까만 장갑 위로 볼록하게 존재감을 드러낸 반지를 바라보았다. 한숨이 나왔다. 가끔 그녀가 반신반의하며 스위치를 눌러도 헨리의 머릿속에 불이 켜지지 않을 때가 있었다. 그녀는 결국 이런 현실을 받아들였고, 헨리에게 아내란 세상에서 유일하게 필사적으로 노력하지 않아도 되는 편안한 사람이리라 여기며 만족하기로 했다. 어쩌면 조금 껄끄럽기는 해도 진심 어린 찬사였다. 레이디 슬레인은 늦은 후회를 품었다. 헨리와 나눴으면 좋았을 이야기가 많았다. 지나치게 내밀하지 않은, 문제 될 것 없는 이야기들이었다. 거의 칠십 년 동안 손만 뻗으면 잡을 수 있었던 희귀한 기회, 잠재적인 특권은 이제 사라진 채 웨스트민스터 사원의 대리석 밑에 납작하게 묻혀 있었다.

(구즈 스트리트.)

어쩌면 헨리는 레이디 슬레인이 캐리에게서 해방된 모습을 보고 기뻐할지도 몰랐다. 남편은 맏딸을 좋아하지 않았다. 레이디 슬레인은 과연 남편에게 진심으로 좋아하는 자식이 하나라도 있었는지 의심스러웠다. 남편이 대놓고 누군가를 비판한 적은 없었지만 — 성품이 원래 그랬다. — 레이디 슬레인은 남편을 잘 알았기에(어떤 면에서는 그를 전혀 모른다고 할 수도 있었다.) 그가 누군가를 높게 평가할 때와 그렇지 않을 때 보이는 반응을 구분할 수 있었다. 남편은 항상 칭찬에 신중했고, 입을 꾹 다문 채 아무런 칭찬도 안 할 때 역시 큰 의미를 지녔다. 레이디 슬레인이 기억하기로 남편이 캐리를 칭찬한 적은 단 한 번도 없었다. "지독히도 유능한 여자야, 내 딸은." 하고 내뱉었던 말이 칭찬이라면 칭찬일 수도 있었다. 허버트를 바라볼 때마다 변했던 남편의 눈빛은 오독의 여지가 없었다. 항상 불평불만이 많은 찰스 또한 그다지 아버지의 공감을 끌어내지 못했다. (유스턴.) 장군인 아들을 대할 때면 슬레인 경의 얼굴에는 이렇게 쓰여 있었다. '자, 이제 이 말 많고 짜증 나는 녀석에게 정부 업무에 관한 내 의견을 군이 밝혀야 할까? 그런 것은 내가 그보다 훨씬 잘 알고 있으니까. 아니면 그냥 참을까?' 레이디 슬레인이 아는 한 남편은 언제나 참았다. 그는 침묵 속에서 인내하기를 선호하는 사람이었다. 윌리엄은 티 날 정도로 피했다. 레이디 슬레인은 아들을 향한 애정 때문에 현실 부정이라는 사실을 알면서도, 남편이 아들을 피하는 이유는 라비니아에게 있다고 믿었다. 언젠가 헨리는 윌리엄에게 돈을 뜯길 뻔한 고비를 넘긴 뒤 이렇게 말했다. "세상에! 사고방식이 꼭 회계 장부 같은 사람들의 세계에는 도무지 익숙해질 수가 없어요." 레이디 슬레인은 한숨을 푹 내쉬며 그렇다고, 라비니아가 분명 윌리엄의 성정에 악영향을 끼친 것 같다고 대꾸했다. 그랬더니 그가 대답하기를, "악영향이라고요? 한 콩깍지 속의 콩 두 알처럼 죽이 잘 맞는데." 그에게 이것은 달콤쌉쌀한 진실이었다.

(캠든타운.)

그가 이디스를 예뻐했던 까닭은 이기적인 이유에서였다. 막내딸은 집에 남아 고분고분 부모 시중을 들었다. 아버지를 모시고 산책에 다녀왔고, 아버지에게 온 편지에 대신 답장했다. 물론 종종 실수를 저지르기는 했다. 서명도 안 하고 편지를 부치거나 서명은 했는데 주소를 적지 않아서 배달 불능 우편물 처리소를 거친 끝에 '슬레인, 엘름 파크 가든스'로 반송되어 오는 일 말이다. 슬레인 경에게 이런 사소한 사건들은 짜증스럽다기보다 되레 재미있었다. 그가 이디스를 '지독히도 유능한 여자'라고 부른 적은 단 한 번도 없었다. 어쩌면 남편은 이디스가 선의로 베푸는 심부름이 편리해서가 아니라 그저 놀려 먹는 것이 재미있어서 막내딸을 좋아하는지도 모르겠다고, 레이디 슬레인은 종종 생각했다.

(초크 팜.)

　그리고 케이. 참 희한한 녀석인 케이에 대해 남편이 어떻게 생각했는지 떠올리기 전에, 기억의 바닷속으로 긴 낚싯대를 드리우고 또 한 마리의 물고기를 낚아 올리기 전에, 레이디 슬레인은 스스로 세웠던 규칙을 상기했다. 그 규칙이란 완전한 휴식의 나날이 오기 전까지 기억의 세계에서 방랑하지 않겠다는 것, 삶을 오롯이 또 자유로이 만끽할 수 있는 동안엔 섣불리 기억의 바다를 만끽하려 들지 않겠다는 것이었다. 괜히 조급한 마음에 간식을 야금거리다가 만찬을 망쳐서는 안 됐다. 지하철이 레이디 슬레인을 도와주었다. 여러 번 정차한 뒤에 또 다른 역에 진입했고, 마침내 흰색 타일 벽 한가운데를 관통하는 붉은 직선 위에 이렇게 적혀 있었다. '햄스테드.' 레이디 슬레인은 휘청이며 자리에서 일어난 다음, 손을 뻗어서 자신을 지지해 줄 기둥을 잡았다. 이런 경우에는, 아니 이처럼 빠르게 움직이는 기계에 맞서야 하는 경우에만, 그녀는 자기 나이를 실감했다. 이럴 때면 몸이 조금씩 떨렸고 두려워졌다. 누군가가 자신의 노쇠한 몸을 보챌까 봐 무서웠다. 하지만 타인에게 폐를 끼치기 싫어서, 기관사가 "빨리 가 주세요." 하고 소리치면 얌전히 그 말대로 서두르고는 했다. 먼저 나서는 것 역시 싫어서 지하철이나 기차, 버스에 탈 때면 다른 발 빠른 승객이 먼저 탈 수 있도록 뒤에서 예의 바르게 기다렸다. 그런 식으로 차를 놓친 적이 한두 번이 아니었다. 그래서 언제나 재빠르게 자기 자리부터 확보하는 캐리는 창문 너머로 플랫폼이나 도로에 남겨진 어머니를 뒤늦게 발견하고 탄식하며 점점 멀어져 갔다.

　햄스테드에 도착한 레이디 슬레인이 제때 우산과 가방과

지하철표가 든 장갑까지 잘 챙겨 지하철에서 내린 것은 정말 놀라운 일이었다. 어쨌든 그녀는 잘 도착했고, 도시의 풍경을 발밑에 딛고 따뜻한 여름 햇살 한가운데 섰다. 햄스테드에는 나이 지긋한 여자들이 많이 살았기에 지나가는 사람들은 길거리에 서 있는 그녀를 눈여겨보지 않았다. 그녀는 자신이 아직도 길을 기억하고 있을지 궁금해하며 발걸음을 옮겼다. 햄스테드는 워낙 조용하고 시골 같아서 런던을 제대로 벗어난 것만 같았고, 따스함이 감도는 붉은 벽돌집과 나무와 탁 트인 전경이 컨스터블의 회화를 떠오르게 했다. 그녀는 어느 한적한 마을을 산책하듯 느릿하되 행복하게, 걱정 없이 걸었다. 헨리가 자식들을 어떻게 생각했는지는 묻어 두고 그 집을, 자기만의 집을, 삼십 년 전에 봤을 때 지금 보이는 저 붉은 벽돌집들과 똑같은 생김새에 뒤뜰 정원이 딸려 있던 그곳을 찾는 일에 집중했다. 곧 그 집을 발견하리라 생각하니 참 신기했다. 삼십 년. 갓난아기가 완연한 성인이 될 때까지 필요한 기간에 무려 십 년을 더한 세월이었다. 이렇게 긴 시간 동안 그 집에 무슨 일이 있었는지 누가 알겠는가? 재난을 겪었을 수도 있고, 황폐해졌을 수도 있었다. 어쩌면 아무 일 없었을 수도?

정말 그 집은 이 오랜 세월 동안 누군가가 와서 살아 주기를 기다리고 있었다. 삼십 년 전에 레이디 슬레인이 처음 발견한 뒤로 딱 한 번 조용한 노부부가 세를 들었을 뿐이었다. 그들은 평범한 인간이 축적하는 역사 이상의 역사는 즐기지 못한 자들로 — 물론 그들 눈에 자신들의 인생은 틀림없이 다사다난했겠지만, 세상 사람을 전부 모아 놓으면 자연스럽게 섞여 들어갈 수밖에 없는 평범한 인생이었다. — 인생의 격랑을 전부 뒤로한 조용한 노부부였다. 그들은 천천히 사라지려고, 부드럽게 존재의 저변으로 흘러가려고 그곳에 온 것이었고, 실제로 그렇게 사라져 갔다. 두 사람 모두 복숭아나무 위의 남향 침실에서 숨을 거두었던 것이다. 놀랍게도 이 정보는 관리인이 계약을 성사하는 데에 도움이 되겠다고 판단해서 알려준 것이었다. 그녀는 블라인드를 올려 집 안에 햇볕을 드리우며 별다른 생각 없이 나오는 대로 주절주절 이야기를 늘어놓았고, 앞치마를 들고 창틀의 거미줄을 훔쳐 내더니 레이디 슬레인 쪽으로 몸을 돌렸다. 꼭 이렇게 말하는 듯한 몸짓이었다. '자, 이제 어떤 집인지 알겠지요. 별로 볼 것도 없어요. 그냥 임대용 주택이지. 빨리 결정해요, 제발. 그래야 얼른 돌아가서 마시던 차를 마저 마시지.' 하지만 아무도 살지 않는 집 한가운데에 선 레이디 슬레인은 벅트라우트 씨와 미리 약속을 잡아 놨다고 조곤조곤 대꾸했다.

그녀는 관리인에게 이제 가도 된다고, 굳이 옆에 있을 필요 없다고 일러 주었다. 그 목소리에 총독 아내 시절의 권위 따위가 묻어났는지 관리인의 적대적인 태도는 곧장 질척거리는 아부로 바뀌었다. 그래도 남아 있다가 문을 잠가야 한다고 했다. 그녀가 열쇠를 보관하고 있었던 것이다. 그녀는 매일같이 이 집에 들러 문을 따고 들어와서 재빨리 먼지를 털어 깔끔하게 만든 다음 다시 문을 잠갔고, 그러면 집은 평소의 침묵으로, 종종 벽에서 회반죽이 벗겨지는 일상으로 되돌아갔다. 밤 사이 떨어진 회반죽 조각을 아침이면 쓸어 담아야 했다. 아무도 안 사는 집은 끔찍하게 변하는 법이었다. 창문 위로 담쟁이 덩굴이 자라고 있었고, 레이디 슬레인은 햇볕을 향해 나른하게 움직이는 창백한 어린잎을 바라보았다. 바닥에는 짚 조각이 날아다녔다. 거대한 거미가 빠르게 벽 위로 기어 올라가더니 틈 사이로 사라졌다. 레이디 슬레인은 잘 알았으니 가도 된다고, 분명 벅트라우트 씨가 친절을 발휘해서 대신 문을 잠가 줄 거라고 말했다.

관리인은 어깨를 으쓱했다. 사실 집에는 레이디 슬레인이 훔칠 만한 것이 없었고, 빨리 가서 차를 마시고 싶었다. 그래서 하프 크라운을 팁으로 받은 뒤 자리를 떴다. 레이디 슬레인은 홀로 집에 남겨졌다. 관리인이 현관문을 닫는 소리가 들렸다. '관리인'이라는 말은 사실 잘못된 호칭이었다. 그들은 관리를 도통 안 하니까. 의례적으로 아연 양동이에 담긴 구정물을 쏟아서 바닥을 더럽힌 다음, 자기 몫을 해냈다고 생각하는 게 관리인이었다. 하지만 일주일에 몇 실링밖에 안 되는 임금을 생각하면 그들을 탓할 수도 없었다. 쥐꼬리만 한 돈을 받으면서 굳이 손가락 관절을 버려 가며 집을 관리해 주기를 기대할 수는 없었다. 기껏해야 직업이고, 하찮게 보면 잡일에 불과했다. 그들에게 마음에서 우러나는 보살핌을 요구하기란 부당했다. 그런 고된 일은 단 몇 달만 해도 열의가 식기 마련일 텐데 그들은 평생을 그렇게 살았다. 집, 특히 빈집이 얼마나 특이한 존재인지 그들이 이해하리라고 기대할 수도 없었다. 집은 단순히 벽돌 위에 벽돌을 차곡차곡 쌓아 놓은 구조물도, 배관을 뚫고 수평을 맞추고 문과 여닫이창을 뚫어 놓은 건물도 아니다. 집은 자기만의 생을 지니고 있다. 마치 어디선가 불어온 화합의 숨결이 네모난 벽돌 상자 안으로 흘러들어, 감옥 같은 벽을 무너뜨리고 온 세상에 그 내부를 내보일 때까지 머무는 듯했다. 집이란 아주 사적인 것이었다. 집에는 볼트와 기둥이 축조한 물리적 사적임과는 다른 종류의 사적임이 있었다. 이런 생각이 미신 같고 비합리적이라고 여기는 사람에게는 이렇게 반박할 수도 있을 것이다. 집이 벽돌의 합이라면 인간은 원자의 합에 불과하지 않느냐고, 그럼에도 인간은 영혼과 정신과 기억력과 인지력이 있다고 주장하지 않느냐고, 인간이 원자의 합 이상이라면 집도 벽돌의 합 이상인 것 아니냐고. 하지만 이런 믿음은 합리성을 넘어서는 것이므로 관리인의 생각이 여기까지 미치리라고 기대하기는 무리였다.

레이디 슬레인은 묘한 감각을 느꼈다. 곧 자신의 집이 될지도 모를 빈집에 혼자 서 있는 사람들이 흔히 느끼는 감각이었다. 그녀는 가만히 서서 2층 창밖을 바라보았으나, 마음으로는 계단을 오르내리며 방마다 엿보고 있었다. 첫눈에 벌써 집의 구조가 익숙하게 느껴졌다. 그녀와 집이 잘 맞는다는 증거였다. 계단의 이끼만 확인했을 뿐 실제로 내려가 보지 않은 지하실로 그녀 마음이 벌써 달려갔다. 혹시 건강에 안 좋고 기분 나쁜 곰팡이가 — 주황색 반점 같은 곰팡이가 아니라 표백된 듯 새하얀 곰팡이가 — 있을지 궁금했다. 분명 이 집의 침입자 중에는 곰팡이도 있으리라. 레이디 슬레인은 다시 자신이 서 있는 빈방을, 이 집을 점령한 무례한 존재들이 마음대로 흩날리고 흔들리고 달음질하는 모습을 바라보았다.

그들은 — 짚 부스러기, 담쟁이덩굴, 거미 — 오랫동안 그곳에서 자기들끼리 살았다. 집세도 내지 않고 마음대로 마루와 창문과 벽을 기어 다니며 가볍고 위태로운 생활을 이어 왔다. 그것은 레이디 슬레인이 원하는 공존의 관계였다. 소란과 경쟁은, 한 사람의 야망이 다른 사람의 야망을 찍어 누르는 상황은 지긋지긋했다. 빈집으로 흘러드는 존재들과 하나되고 싶었다. 물론 그녀는 거미처럼 구석구석 거미줄을 치지는 않을 터다. 그저 바람이 불면 산들산들 흔들리고 햇볕 아래서 초록색으로 물들며 세월의 흐름에 따라 부유하다가, 죽음이 그녀를 부드럽게 쫓아내고 문을 닫으면 그것으로 끝이기를 바랐다. 이런 외부의 동력이 의지를 발휘하면 그저 수동적으로 받아들이고만 싶었다. 그러나 무엇보다도, 일단 이 집에 살 수 있을지 알아내는 것이 급선무였다.

아래층에서 어렴풋한 소리가 — 문이 열리는 소리였을까? — 들리기에 귀를 기울였다. 벅트라우트 씨인가? 벌써 만나기로 약속한 4시 반이었다. 집주인을 만나 보기는 해야 했다. 물론 부동산 업무 따위는 질색이었고, 짚 부스러기와 담쟁이덩굴과 거미가 이 집을 점유한 것처럼 자연스럽게 공간을 차지하고, 그들과 합류하고 싶었다. 레이디 슬레인은 정원에 앉아서 평화를 즐길 수 있을 때까지 해치워야 할 수많은 일들을 생각하며 한숨 쉬었다. 서류에 서명하고, 지시를 내리고, 커튼과 카펫을 고르고, 사람들에게 망치와 주석 압정과 바늘과 실을 쥐여 주고 일을 시킨 뒤에야 그녀와 그녀의 물건들은 비로소 마지막 이사를 마치고 제자리를 찾을 것이다. 알라딘의 반지가 있다면 얼마나 좋을까? 인생을 간소화할 수 있을지언정 복잡하고 자질구레한 삶의 과제들을 전부 피할 수는 없었다.

그때, 그녀가 '벅트라우트 씨'라고 알고 있던 남자는 지난 삼십 년 사이에 죽고 그의 아들이 그 이름을 물려받았을 가능성도 있음을 깨달았다. 그래서 레이디 슬레인은 아래층의 소리에 사색을 중단하고 계단 난간 너머를 흘긋 내려다보았다. 현관 복도에 나이 지긋한 신사가 서 있는 모습을 확인한 다음에야 마음을 놓을 수 있었다. 위에서 내려다본 노신사의 행색은 아주 우스꽝스러웠다. 노인의 휑한 정수리와 양쪽 어깨가 보였다. 몸은 보이지 않았고, 에나멜 바른 가죽으로 만든 구두 코만 볼록했다. 그는 그 자리에서 서성였다. 고객이 이미 도착했음을 모를 수도 있었고, 개의치 않을 수도 있었다. 레이디 슬레인의 판단으로는 개의치 않는 것 같았다. 그녀도 서둘러서 알아낼 마음은 없는 듯했다. 레이디 슬레인은 그를 더 잘 관찰할 수 있도록 몇 계단 아래로 내려갔다. 그는 페인트공처럼 긴 리넨 외투를 입고 있었다. 얼굴이 붉고 토실토실했으며, 무언가를 골똘히 고민 중인 듯 능글맞고 짓궂은 표정으로 손가락 하나를 입술에 대고 있었다. 무슨 짓을 하려는 걸까. 레이디 슬레인은 이 기이하고 작달막한 남자를 보며 의아해했다. 그는 침묵을 만끽하는 듯 손가락을 입술에 대고 까치발로 복도를 걸어 다녔다. 기압계를 달아 놓아 얼룩덜룩한 벽으로 다가가서 딱따구리가 나무를 두드리듯 벽을 다다닥 두드렸고, "무너져 내리는군! 무너져 내린다!" 하고 중얼거리다가 외투 자락을 잡고 두 바퀴 피루엣[10]을 돌더니 복도 중앙으로 갔다. 깔끔하게 착지한 한쪽 발끝이 똑바로 앞을 향하고 있었다.

"벅트라우트 씨?" 레이디 슬레인이 계단을 내려가며 말했다.

벅트라우트 씨는 폴짝 뛰어 다른 발로 땅을 딛었다. 그러고는 잠시 가만히 서서 자신의 부드러운 발동작을 감상했다. 이윽고 그가 고개를 들어 "레이디 슬레인이십니까?" 하고 한껏 우아하게 몸을 굽혀 인사했다.

"집 보러 왔어요." 이 기이한 사람에게 즉각 동질감을 느

---

10 발레에서 한 발을 축으로 팽이처럼 도는 춤 동작.

긴 레이디 슬레인은 마음이 한결 편안해졌다.

벅트라우트 씨는 외투 자락을 놓고 보통 사람처럼 두 발로 섰다. "아, 네, 집 말이지요." 그가 말했다. "까맣게 잊고 있었네요. 인간이란 어떤 상황에서든 마음을 다잡고 할 일을 해야 하는 법입니다. 자, 그래서 집을 보고 싶으시다고요, 레이디 슬레인. 이 집은 훌륭합니다. 아무한테나 임대할 수 없을 정도로 훌륭한 집이지요. 제가 여기 집주인입니다. 이해하시겠습니까? 제가 주인이자 중개사지요. 제가 집주인 대신 중개만 하는 사람이었다면 원하는 사람이 있을 때마다 세를 주는 것이 의무였겠지요. 이 집이 오랫동안 비어 있었던 까닭도 다 그런 이유 때문이랍니다. 살고 싶다는 사람은 많았지만, 제 마음에 드는 후보가 없었거든요. 어쨌든 이번 후보에게도 집부터 보여 드려야겠군요." 그는 '이번 후보'에 조금 힘을 주어 말했다.

"집은 이미 봤어요." 레이디 슬레인이 대답했다. "관리인이 안내해 줬지요."

"그랬군요. 끔찍한 여자예요, 그 관리인은. 어찌나 억세고 못됐는지. 혹시 팁을 주셨습니까?"

"네." 레이디 슬레인이 대답했다. "하프 크라운 줬네요." 이 상황이 재미있었다.

"아, 안타깝군. 이제는 어쩔 수 없지만요. 집은 보셨다고요. 전부 다 보셨나요? 침실은 세 개, 욕실은 한 개, 화장실은 위층과 아래층에 하나씩, 총 두 개. 거실은 세 개, 휴게실 하나. 그 밖에 자질구레한 것들까지. 수도랑 전기도 다 들어오고요. 정원은 0.5에이커입니다. 오래된 과일나무들이 있고, 오디나무도 있지요. 지하실도 훌륭합니다. 버섯 좋아하십니까? 버섯

재배하기에 안성맞춤인데, 여성분들은 보통 포도주에 큰 관심이 없으니 버섯을 재배하면 딱 맞지요. 저는 술을 쌓아 놓고 마시는 여성분은 지금껏 한 명도 못 봤네요. 어쨌든, 레이디 슬레인, 집을 보신 소감은 어떠십니까?"

레이디 슬레인은 집주인을 기다리는 동안 집을 둘러보며 생각했던 바를 그대로 말할까 싶어서 머뭇거렸다. 분명 상대는 자기 생각에 놀라지 않고 진지하게 반응할 것 같았다. 하지만 그러는 대신 세입자 후보다운 조심성과 자제력을 발휘해서 이렇게만 답했다. "제게 잘 맞을 수도 있겠다고 생각했지요."

"아, 하지만 중요한 질문은 따로 있습니다," 하고 벅트라우트 씨가 입술에 손가락을 올리며 말했다. "레이디 슬레인은 이 집에 잘 맞을까요? 왠지 잘 맞을 것 같기도 하네요. 그리고 결론이 어떻게 나든, 곧 세상의 종말이 닥칠 테니 다 소용없는 일입니다."

"세상의 종말이 오기 전에 제가 먼저 죽을 텐데요." 레이디 슬레인이 미소를 머금고 말했다.

"그러려면 보기보다 연세가 많아야 할걸요." 벅트라우트 씨가 진지하게 말했다. "세상의 종말은 이 년 안에 닥칠 테니까요. 단순한 계산 몇 번만으로도 증명해 드릴 수 있습니다. 수학은 잘 모르실 수도 있겠네요. 여성분들은 수학에 관심이 없지요. 만약 관심이 있으시다면, 이사를 마무리한 뒤에 제가 방문하겠습니다. 차 한잔 들면서 보여 드리지요."

"이사 와도 된다는 말씀이신가요?" 레이디 슬레인이 물었다.

"그렇습니다. 네, 그렇습니다." 벅트라우트 씨가 고개를 살짝 기울이고 비스듬한 시선으로 바라보며 말했다. "그래도 될 것 같군요. 그런데 말입니다. 왜 레이디 슬레인은 이 집을 보고도 삼십 년 동안 기다리셨고 — 편지에 그렇게 쓰셨지요. — 왜 저는 그동안 그 많은 세입자 후보들을 거절해 왔던 걸까요? 이 두 사실이 잘 맞아떨어지는 듯하군요, 아닙니까? 각자 자기만의 포물선을 그리면서 한 점으로 딱 모였어요, 그렇잖아요? 저는 운명이 기하학적으로 설계되었다고 믿어 의심치 않는 사람이지요. 차 마시러 와서 설명할 게 또 하나 있군요. 물론 제가 중개만 하는 사람이었다면 차 마시러 오겠다고도 안 했겠지요. 그런 건 경우에 맞지 않잖아요. 하지만 저는 집주인이기도 하니까, 일을 다 매듭지은 뒤에는 동등한 관계로 한번 만나 보면 어떨까 싶군요."

"좋아요. 마음 내킬 때 언제든 들러 주세요, 벅트라우트 씨." 레이디 슬레인이 답했다.

"정말 다정하시군요, 레이디 슬레인. 사실 저는 친구가 많지 않습니다. 게다가 나이를 먹으면 먹을수록 젊은이들의 세계는 꺼려지고, 저처럼 늙어 가는 사람들에게 의지하게 되더군요. 젊은이들은 피곤합니다. 너무 불안해요. 요즘에는 일흔 살도 안 먹은 자들과는 어울릴 마음이 안 들더군요. 젊은이들 옆에 있으면 미래를 위해 몸부림치고 노력해야 한다고 생각하게 되지요. 나이 든 사람들 옆에 있으면 과거를 돌아보며 고생은 다 마친 노년기를 느긋이 즐길 수 있어요. 평온합니다. 평온은, 레이디 슬레인, 삶에서 가장 중요한 것 중 하나지만 그걸 얻는 사람은 몇 안 되지 않습니까? 사실 평온을 원하는 사람조차 몇 안 되잖아요? 노인은 평온할 수밖에 없습니다. 노쇠해서 평온하든, 지칠 대로 지쳐서 평온하든. 하지만 노인 중에도 절반은 한때 누렸던 기력을 회복하고 싶어서 한숨을 푹푹 쉬지요. 크나큰 실수예요."

"저는 그런 잘못만큼은 저지른 적 없어요, 다른 건 몰라
도."레이디 슬레인은 편안한 마음으로 벅트라우트 씨에게 자
기 이야기를 흘렸다.

"그렇습니까? 그렇다면 우리는 적어도 한 가지 중대한 사
안에 대해선 같은 마음인 겁니다. 스무 살 청년의 삶이란 끔찍
한 거예요, 레이디 슬레인. 장애물 경마를 앞둔 기수만큼이나
끔찍해요. 틀림없이 경쟁이라는 개울물에 처박힐 테고, 실망
이라는 울타리에 걸려서 다리가 부러질 테고, 호기심이라는
철조망에 발이 묶일 테고, 무엇보다 사랑이라는 장애물에 마
음 끓이게 될 테니까요. 노인의 삶이란, 경기를 마친 뒤 저녁
무렵 침대에 몸을 던지고는 앞으로 경마 따윈 절대 안 하겠다
고 다짐하는 기수의 삶이지요."

"하지만 잊으신 것이 있네요, 벅트라우트 씨."레이디 슬
레인은 자신의 과거를 더듬으며 말했다."젊을 때는 위험하게
사는 걸 즐기면 즐겼지 — 사실 갈망하지요. — 저어하지는
않아요."

"네."벅트라우트 씨가 대꾸했다."사실입니다. 저도 청년
기에는 경기병이었지요. 돼지 사냥을 그 무엇보다 애호했습
니다. 장담하건대, 레이디 슬레인, 기세 좋은 멧돼지가 엄니를
번뜩이며 덤벼들 때만큼 짜릿했던 적은 없지요. 그중 몇 개는
박제해서 집에 전시해 두었답니다. 보여 드리고 싶어지는군
요. 그래도 야망은 부재했습니다. 군인으로서의 야망과는 거
리를 유지했지요. 우리 연대를 지휘해 보자는 생각은 추호도
없었네요. 그래서 사색의 즐거움이 활동의 즐거움을 능가한
다는 사실을 알게 된 뒤, 바로 전역에 뜻을 두었습니다."

레이디 슬레인은 벅트라우트 씨의 책을 읽는 듯 기묘한 어투를 통해 그의 젊은 경기병 시절을 상상하다가 웃음을 터뜨릴 뻔했으나 잘 참아 냈다. 그가 군인으로서 야망을 품은 적 없다는 말은 당연하게 들렸다. 레이디 슬레인은 벅트라우트 씨가 마음에 쏙 들었다. 맹세코 이런 두서없는 대화도 새롭고 호사스럽고 즐거웠으나, 그에게 해야 할 일이 있음을 상기해 줘야 할 것 같았다. "그런데 집 말이지요, 벅트라우트 씨." 레이디 슬레인이 입을 열었다. 그녀가 보석을 나눠 주는 모습을 바라보던 캐리가 꿋꿋이 이야기를 이어 가려 했던 모습과 다르지 않았다. 오래전 총독 아내 시절의 위엄을 발휘하자, 벅트라우트 씨는 관목에 작대기를 찌르며 돼지 사냥을 하던 과거에서 햄스테드의 주택 임대 문제로 귀환했다. "집이 마음에 들어요." 레이디 슬레인이 말했다. 그러고는 총독 아내 시절의 분위기를 흘어 내는 미소를 머금고 덧붙였다. "보아하니, 벅트라우트 씨도 저랑 계약하고 싶어 하시는 것 같네요. 일은 어떻게 진행하면 될까요? 임대료는요?"

벅트라우트 씨의 얼굴에 놀란 표정이 떠올랐다. 경기병 시절의 기억에 잠겨 막간의 돼지 사냥에 몰두한 채 집주인이자 중개인인 자신의 본분을 잊어버렸음이 분명했다. 이번에는 코에 손가락을 대고 레이디 슬레인을 흘금거리면서 곰곰 고민하기 시작했다. 돈 이야기는 꺼려졌으나, 중개인 교육을 받았을 때 배웠던 것들이 그를 보채고 자극했다. 당연하게도 그는 임대료 같은 것이 별로 중요하지 않은 세계에서 살고 있었다. 레이디 슬레인도 마찬가지였다. 그래서 두 사람은 임대료를 논의하기에 최악이자 최고의 한 쌍이었다. "임대료⋯⋯ 임대료는⋯⋯." 벅트라우트 씨는 한때 배웠던 외국어 단어를 생각해 내려는 듯 끙끙거렸다.

그러다가 갑자기 얼굴을 환하게 밝혔다. "그럼요, 임대료 말이지요." 쾌활한 목소리였다. "일 년 단위로 계약하고 싶으시겠지요?" 돼지 사냥을 즐기던 오십 년 전 경기병 시절을 여행하는 사이 잃어버렸던 어휘를 되찾은 듯했다. "일 년보다 긴 계약은," 그가 덧붙였다. "불필요할 것 같습니다. 언제 집을 비우실지 모르는 데다가, 자녀분들은 여기서 살고 싶어 하지 않을 수도 있으니까요. 바로 그 점에서 서로에게 만족스러운 계약을 성사할 수 있을 것 같군요. 저는 단기간 살다가 집을 돌려주는 세입자가 좋거든요. 개인적으로 레이디 슬레인은 호감 가는 분이라고 생각합니다, 물론 만난 지 얼마 안 되기는 했지만요. 그래도 이 집은 잠깐만 임대하고 돌려받고 싶네요. 이런 관점에서 보면 레이디 슬레인은 제게 딱 맞는 세입자이지요. 물론 다른 관점에서 볼 수도 있지만 ─ 삶에는 언제나 여러 관점이 존재하는 법입니다. ─ 계약을 성사하기 위해 다른 관점은 무시해야겠네요. 다른 관점들이란 순전히 정서적인 것들입니다. 아아, 이제 저는 레이디 슬레인이 이 집에 들어와서 사실 것으로 알고 (집주인으로서 말하는 것이지 중개인으로서 말하는 것이 아닙니다.) 함께 차를 나눌 기분 좋은 오후를 고대하고 있겠습니다. 제가 저의 간단한 계산 몇 가지를 보여 드리면, 귀 기울여 들어 주시겠지요. 일단 지금은 그런 생각을 잠시 접어 둬야 합니다. 임대료 문제를 논의해야 하니까요." 그는 한 발을 앞으로 내밀고 마음을 가다듬은 다음, 다시 발을 가지런히 모으고 섰다. 그러고는 레이디 슬레인에게 만족감과 승리감 넘치는 눈빛을 던졌다.

설명이 조심스럽네, 훌륭해. 레이디 슬레인은 생각했다.

일 년보다 긴 계약은 불필요하지. 당장이라도 관에 실려 집을 떠나게 될 수도 있으니까. 하지만 집주인이 나보다 먼저 죽으면 어쩌나? 내가 나이가 많기는 하지만 저 사람도 나만큼 나이가 많잖아. 이렇게 죽음이 임박한 사람들 사이에서 말조심은 우스운 일일까? 하지만 이 나라에서는 임박한 죽음이 마음에 무겁게 들어차 있더라도 선뜻 죽음에 대해 말하지 않아. 그래서 레이디 슬레인은 벅트라우트 씨의 논거 속 오류를 지적하지 않았고, 그저 이렇게만 말했다. "일 년 계약 좋습니다. 그건 그렇고, 임대료를 얼마로 할지는 아직 답을 안 해 주셨네요?"

벅트라우트 씨는 그런 식으로 궁지에 몰리자 눈에 띄게 당황했다. 그는 집주인이자 중개인이었지만, 동시에 자신의 공상이 파운드와 펜스의 세계로 축소되는 순간을 꺼려 하는 부류였다. 게다가 이미 레이디 슬레인을 세입자로 맞이하겠다고 마음의 결정을 내리지 않았던가. 그는 칼자루를 상대에게 넘기기로 했다. "글쎄, 레이디 슬레인, 원하시는 대로 해 드리지요. 얼마나 내고 싶으십니까?"

이번에도 조심스럽군. '얼마나 낼 수 있으십니까?'라고 묻지 않았잖아. 레이디 슬레인은 생각했다. 이런 식으로, 마치 구애하는 비둘기처럼 교묘하게 말을 받아치고 에두르는 상황은 점점 우스꽝스러워졌다. 헨리라면 두 사람 사이에 끼어들어서 차가운 이성의 도끼로 상황을 타진했을 것이다. 그럼에도 레이디 슬레인은 이 이상하고 작달막한 남자가 마음에 들었다. 같이 오겠다던 캐리를 만류했음이 다행스러웠다. 진심으로 천만다행이었다. 캐리라면 자기 아버지를 닮아서 본격적으로 개입했을 테고, 자연스럽게 자라나던 벅트라우트 씨와 레이디 슬레인의 관계를 재빠르고 확실하게 산산조각 냈을 것이다. 두 사람의 관계는 마치 대롱에서 막 불어 내자마자 바다에 띄운 분유리 배처럼 바람을 맞을 때마다 굳어지고, 황당할 만큼 깨지기 쉬운 선체는 여린 물결이 자아내는 미약한 움직임에도 부서질 듯 요동쳤을 터라. 레이디 슬레인은 돌연 겁이 나서 지나치게 큰 금액을 제시했고, 벅트라우트 씨는 즉시 그것을 반값으로, 너무 적은 금액으로 깎았다.

둘은 그 중간에서 합의했다. 다들 그런 식으로 계약을 성사하지는 않는 법이었지만, 그들은 매우 만족해서 서로에 대해 좋은 인상만을 간직한 채 헤어졌다.

캐리는 어머니가 보고 온 집에 대해서 이상하리만치 말을 아끼고 있음을 눈치챘다. 다만 다녀왔다고, 집을 봤다고, 중개인을 만났다고, 세를 들기로 했다고만 이야기할 뿐이었다. 일 년 계약이라는 말도 덧붙였다. 캐리는 빽 소리를 질렀다. 그사이 중개인에게 더 좋은 제안이 들어와서 쫓겨나기라도 한다면 어쩔 것인가? 레이디 슬레인은 지혜로운 미소를 머금으며 말했다. 중개인은 자신을 쫓아내지 않으리라고. 캐리가 대꾸했다. 하지만 중개인이란 본디 탐욕스러운 자들이므로 — 직업상 탐욕스러울 수밖에 없었다. — 계약 기간이 끝나자마자 득달같이 어머니를 쫓아내서 길거리에 나앉게 할지도 몰랐다. 레이디 슬레인은 그럴 일 없으리라고, 벅트라우트 씨는 그럴 사람이 아니라고 했다. 잔뜩 화가 난 캐리가 또 대꾸하기를, 물론 그럴 사람은 아니겠지만 벅트라우트 씨 역시 생계를 꾸려야 하지 않겠는가? 사업은 인류애로 하는 것이 아니었다. 게다가 수리와 장식에 드는 비용은 어떻게 할지 물어보았던가? 캐리는 임대 자체에 문제를 제기하는 것은 포기하고, 잽싸게 다른 주제로 돌아섰다. 도배와 페인트칠과 물 새는 지붕은 어떻게 할지 정했는가? 어머니는 그런 것까지 고려했던가? 오랫동안 어머니의 결정을 좌지우지해 왔던 캐리는 당황스럽고 불안해서 미칠 지경이었다. 게다가 자신의 분노를 자유롭게 표현할 수 없는 까닭에 이런 감정은 더욱 증폭되었다. 여든여덟 살 먹은 노인이 이제 여든여덟 살이나 먹었으니 자기 일은 자기가 알아서 하겠다고 나선다면 딸로서는 월권할 수 없었다. 캐리는 어머니가 자기 앞가림을 할 줄 모른다고 생각했다. 갑자기 딸을 내동댕이친 어머니 때문에 답답한 것과는 별개로, 어머니가 빠져나올 수 없는 늪으로 들어가는 모습을 보고 있자니 진심으로 걱정스러웠다. 그 와중에 레이디 슬레인은 벅트라우트 씨가 목수와 페인트공과 배관공과 실내 장식가까지 전부 주선해 주기로 했다고 차분하게 대답했다. 다정하게 걱정해 줘서 고맙지만, 그럴 필요 없다고. 벅트라우트 씨와 둘이 알아서 할 계획이라고.

캐리는 견적서를 받았는지 물어봐도 소용없겠다고 생각했다. 어머니는 캐리에게서 달아나, 벌써 이성이 아닌 감정이 지배하는 세계로 떠나 버린 듯했다. 타인의 배려와 호의를 당연시하는 사람들의 세계였다. 잘 알다시피 캐리가 발 딛고 서 있는 현실과는 하등 관계없는 세계였다. 이는 어머니가 괴상하리만치 무심하고 둔감하게 보석을 넘겨줬던 상황과도 연결되어 있었다. 제대로 정신이 박힌 사람이라면 대체 누가 5000, 어쩌면 7000파운드는 족히 될 보석을 그렇게 내던지겠는가? 분별력 있는 사람이라면 캐리와 라비니아 역시 나눠 받을 자격이 있음을 알지 않겠는가? 이디스는 말할 것도 없었다. 가여운 이디스에게 브로치 하나 준다 한들 아무도 불만 품지 않을 것이었다. 어쨌든 이디스도 아버지의 딸이니까. 그러나 어머니는 보석이 별것도 아니라는 듯 다 줘 버렸다. 지금 신이 난 얼굴로 벅트라우트라는 늙은 사기꾼에게 자신의 운명과 손지갑을 맡겨 버린 것과 같은 방식으로.

캐리는 이 문제를 형제자매와 긴 시간 동안 반복적으로 논의하며 큰 위안을 얻었다. 그렇게 그들의 단합은 더욱 공고해졌다. 그들은 오후 느지막이 차와 요깃거리를 차려 놓고 모이기를 몹시 즐겼는데 — 오후의 차는, 아마도 가장 저렴하다는 이유로, 그들이 가장 좋아하는 요기 방식이었다. — 그중 한 명이 같은 이야기를, 심지어 같은 단어를 써서 몇 번이나 반복하더라도 아무도 개의치 않았다. 새롭고 획기적인 정보를 들은 양 매번 고개를 끄덕이며 어김없이 동의해 주었다. 캐리와 형제자매들은 말하고 또 말하며 큰 위안을 얻었다. 무엇이든 반복해서 말하면 진실이 되는 법이니까. 그들은 비슷한 방식으로 못을 박고 또 박아서, 수많은 위험이 도사리는 거친 세상과 그들 사이에 장벽을 세웠다. '어머니가 정말 의연하시네.'라는 말, 아버지의 죽음과 장례식 사이에 수없이 반복되었던 말은 '가여운 어머니, 세상일은 아무것도 모르셔.'로 대체되었다. 다들 말은 잘했다. 윌리엄과 라비니아가 사는 퀸스 게이트에서, 캐리와 롤랜드가 사는 로어 슬론 스트리트에서, 찰스의 아파트가 있는 크롬웰 로드에서, 허버트와 메이블이 사는 카도간 스퀘어에서 그들은 칭송할 만한 인내심을 발휘하며 그 말을 반복했고, 실로 말은 잘했지만, 나긋나긋하고 아무것도 모르는 어머니를 도저히 바로잡을 수 없는 자신들의 무능력에 결국 입을 다물 수밖에 없었다. 그토록 귀 얇고 그토록 잘 속는 어머니가 그들을 완전히 따돌려 버린 것이다. 어머니, 햄스테드에 있는 어머니의 집, 어머니의 벅트라우트 씨는 모두 한통속이었다. 자식 중 그 누구도 집주인을 직접 만나지 못했다. 어머니는 그들이 벅트라우트 씨를 만나지 못하게 막았다. 심지어 캐리가 만나 보고 싶으니 함께 차를 타고 가자고 했을 때도 거절했다. 그를 만날 수 없다는 사실이 불신의 불길에 땔감을 더했다. 그는 '어머니를 손아귀에 넣은 남자'가 되었다. 한참 전에 허버트와 메이블에게 되는대로 진주와 옥과 루비와 에메랄드를 나눠 주었기에 망정이지, 그러지 않았다면 어머니는 벅트라우트 씨가 입을 열자마자 보석을 갖다 바쳤으리라고 의심받았을 터였다. 이 벅트라우트 씨라는 작자는 정작 계약 조건에 관해서는 얼버무리면서 목수니 페인트공이니 배관공이니 실내 장식가를 구해 주겠다고 달려들고 있었다. 이런 꼴을 보면 사기꾼이 아니고 무엇이겠는가? 굳이 좋게 해석하려 노력해도, 자식들이 보기에 그의 목적은 '수수료'라는 불길한 단어로 설명할 수 있었다.

그 와중에 벅트라우트 씨는 고셔론 씨에게 집수리를 맡겨 둔 참이었다.

"명심하셔야 합니다." 그는 이 훌륭한 기술자에게 말했다. "레이디 슬레인은 고귀하지만 형편이 넉넉하지 않아요. 귀족은 전부 돈이 많으리라 생각한다면 오산이지요, 고셔론 씨. 인도 총독에 영국 총리까지 지낸 높으신 분의 가족이라도 반드시 부유하리라는 법은 없어요. 정부의 업무는, 고셔론 씨, 생경한 원칙 아래서 굴러가지요. 그러니까 고셔론 씨가 손해를 보지 않는 선에서 견적을 최대한 낮게 잡아야 하는 겁니다. 부동산 중개인 그리고 집주인으로서, 그런 일에는 나도 경험이 조금 있어요. 레이디 슬레인을 대신해서 내 일처럼 직접 견적서를 검토할 거라고 분명히 말씀드립니다."

고셔론 씨는 벅트라우트 씨의 당부를 듣고 귀부인에게 바가지를 씌우는 일은 꿈도 꾸지 않겠다고 똑똑히 밝혔다.

제누는 처음 봤을 때부터 고셔론 씨가 마음에 들었다. "저기 저 양반은," 제누가 말했다. "자기 일에 빠삭한 사람이네요. 예를 들면," 하고 첨언하기를 "커튼을 하우 머치 달아야 하는지 잘 알잖아요. 그리고 스티키하지 않게 페인트칠하는 방법도 잘 알고요. 저는 일 처리가 훌륭하면 아주 마음이 좋더라고요. 비싸도 싫고, 싸구려도 싫어요."라고 했다. 제누와 레이디 슬레인은 캐리에게서 해방되었고, 벅트라우트 씨랑 고셔론 씨와 함께 즐거운 나날을 보냈다. 레이디 슬레인은 고셔론 씨의 모든 것이, 심지어 외모조차 마음에 들었다. 말끔한 차림새의 그는 항상 오래되어 색이 바랜 중절모를 썼는데, 집 안에서도 벗는 법이 없었다. 그러나 레이디 슬레인에게 예의를 표할 때만큼은 뒤쪽을 잡고 살짝 기울였다가 제자리로 돌려놓고는 했다. 옛날에 갈색이었던 희끗희끗한 머리카락은 가닥가닥 뭉쳐서 모자를 앞으로 숙일 때마다 흐트러졌고, 다시 뒤쪽에서 한 가닥이 꼭 삐져나오며 레이디 슬레인에게 즐거움을 주었다. 하지만 정작 고셔론 씨는 전혀 눈치채지 못했다. 또, 그는 항상 귀 뒤에 연필을 꽂고 다녔다. 심이 너무 넓고 부드러워서 나무판자 위에 표시할 때 외에는 쓸모없는 연필이었는데, 레이디 슬레인은 그가 머리를 긁을 때 말고는 그 연필을 쓰는 광경을 한 번도 본 적 없었다. 그는 자기가 손대지 않은 일은 꼭 트집 잡는 기술자였고, 레이디 슬레인은 그 점을 바로 알아보았다. "거참, 장치를 이상하게도 해 놨네." 고셔론 씨는 가스레인지 온도 조절기 따위를 확인해 보다가 그런 식으로 툴툴거리고는 했다. 자기한테 일을 맡겼으면 어쨌든 지금보다 훨씬 나았으리라는 식이었다. 그러고는 자신은 경험이 많으니 제대로 고쳐 놓겠다, 애초에 엉망진창으로 해 놓은 공사라 만족스러울 만큼 손보기는 힘들겠지만 전보다 쓸 만할 거다, 하는 태도로 일을 시작했다. 원래 과묵한 성격이고 벅트라우트 씨가 있을 때는 더욱 조용했지만, 가끔 그만의 방식으로 한껏 울분을 터뜨리기도 했다. 예를 들어, 그가 외채의 석면 지붕 같은 것을 보고 폭발할 때면 레이디 슬레인은 특히 재미있었다. 드물어서 더 값진 경험이었다. "저는 이해할 수가 없네요, 부인." 그가 말했다. "어떻게 사람들은 아름다움 없이도 살 수 있을까요." 고셔론 씨는 잘 만든 것이라면 송판을 보고도 아름다움을 발견할 수 있었다. 물론 참나무 판자를 선호하기는 했지만. "게다가 페인트를 떡칠해서 나뭇결을 가리는 고약한 사람들도 있지요!" 고셔론 씨는 젊지 않았다. 적어도 일흔 살은 먹었을 터였다. 그렇다 한들 그는 백 년도 더 된 전통만을 고수했다. "저놈의 트럭들." 그가 말했다. "저것들 때문에 벽이 무너진다니까!" 헨리 슬레인은 변함없이 진보적인 사람이었기에 고셔론 씨가 잘 만든 목재에서 아름다움을 발견하듯 트럭에서 아름다움을 발견하곤 했다. 여러 해 동안 남편처럼 시대에 발맞춰 트럭에서도 아름다움을 발견하려고 부득불 애썼던 레이디 슬레인은 이제 자기 마음에 맞는 가치관으로 돌아가고 있었다. 벅트라우트 씨와 고셔론 씨, 다부지고 믿음직한 코러스처럼 두 사람을 쫓아다니는 제누와는 몇 시간이라도 노닥거릴 수 있었다. 두 발을 굳게 딛고 서서 코르셋에 덧댄 누런 종이를 부스럭거리는 것이 습관인 제누는 평생 거의 모든 사람을 못마땅해하며 살았으나 벅트라우트 씨와 고셔론 씨만은 싫어하지 않았고, 사실 좋아한다고도 할 수 있었다. 그들은 마님의 자식들과 몹시나 달랐다! 그 색다름은 아리송하면서도 유쾌했다. 어쨌든 마님의 자식들도 존경하고 경탄하기는 했지만 말이다. 두 노신사는 마님이 일말의 비용 부담 없이 마음에 드는 집에서 살 수 있도록 진심으로 애쓰는 것 같았다. 마님이 화장실에 유리 선반을 놓으면 어떻겠느냐는 식으로 넌지시 무언가를 제안하면, 그 제안이 무엇이든 두 사람은 거의 윙크라도 하듯 은밀한 눈빛을 교환한 뒤 어김없이 가능하다고 대답하고는 했다. 제누는 마님이 바로 그런 방식으로 대우받기를 원했다. 제누에게 마님은 귀하고 연약하고 잇속 챙길 줄 모르는 사람, 자기 권리를 쟁취할 줄 모르기에 누군가가 나서서 보호해 줘야 하는 사람이었다. 예전에는 마님을 그렇게 챙겨 준 사람이 없었다. 나리가 마님을 사랑했음은 의심의 여지가 없으며 마님이 어려움을 겪지 않도록 신경 썼지만 (나리는 상대가 누구든 참 신실하게 대했다.) 나리 성격이 워낙 강했으므로 다른 사람들은 자연스럽게 그의 그림자에 가려지고는 했다. 마님의 자식들도 마님을 사랑하기는 했다. 아니, 제누로서는 아무리 자식이 예순을 넘겼더라도 어머니를 사랑하지 않을 수는 없다고 굳게 믿었기에 그렇게 생각했다. 그러나 그들이 어머니를 대하는 태도는 종종 탐탁하지 않았다. 예컨대 레이디 샬럿[11]은 너무 제멋대로였다. 내키면 언제든 엘름 파크 가든스에 들이닥쳤는데, 소심한 노인이라면 옆에만 있어도 몸이 떨릴 정도로 강압적이었다. 그녀의 말속에는 숨겨진 짜증이 뭉클거릴 때가 많았다. 게다가 제누가

---

11 '샬럿'이 맏딸의 공식적인 이름이고 '캐리'는 애칭이다.

보기에는 레이디 이디스와 케이를 제외하면 다들 너무나도 유난이었다. 시끄럽게 떠들며 불쌍한 어머니를 이리저리 몰아붙였고, 어머니에게도 분별력이 있다는 사실을 무시했다. 한번은 레이디 슬레인이 윌리엄 씨와 외출하려고 나서면서 택시를 타자고 했는데, 윌리엄 씨가 됐다고, 버스를 타도 충분하다고 면박하는 바람에, 현관문을 잡아 주던 제누는 손가방을 꺼내서 18펜스를 건네줄 뻔했다. 제누는 시간이 지나고 나서야 그때 그 아이러니한 충동을 억누르지 말았어야 했다고 생각했다. 여든여덟이나 먹은 노부인을 예순다섯밖에 안 된 사람처럼 다루는 일은 부당했다. 레이디 슬레인보다 딱 두 살 어린 제누는 엘름 파크 가든스 현관에서 비 오는 날 외출하려는 마님을 위해 고무장화를 준비하고 우산을 건넬 때마다 분노가 차오르고는 했다. 말도 안 되는 일이었다. 심지어 레이디 슬레인이 코끼리 위에나 시종이 든 양산 아래에 앉아 있기를 익숙해할 정도로 지체 높은 분이라는 점을 고려하면 더욱 말도 안 됐다. 제누는 캘커타가 엘름 파크 가든스보다 낫다고 생각했다.

비로소 햄스테드에서 벅트라우트 씨와 고셔론 씨 덕분에 제대로 된 집안 분위기를 마련할 수 있었다. 사실 부관도, 왕자도 없는 소박한 곳이었다. 그럼에도 따뜻함과 애정, 존중, 주의, 배려가 있는 곳이었다. 마님의 집이란 모름지기 그래야 했다. 벅트라우트 씨가 자신을 표현하는 방식은 제누가 보기에 굉장히 품위 있었다. 그는 분명 특이한 구석도 지녔지만 틀림없이 신사였다. 진정한 신사. 그에게는 이상하지만 멋진 아이디어가 있었다. 절대 서두르는 법이 없었다. 한참 할 일에 몰두하다가도 주의를 돌려서 데카르트나 훌륭한 패턴에 대해 이야기하고는 했다. 여기서 '패턴'이라 함은 벽지의 무늬를 말하는 것이 아니라 삶의 패턴을 뜻하는 것이었다. 고셔론 씨도 절대 서두르지 않았다. 가끔은 대답 대신에 중절모 뒤쪽을 들어 올리고 연필로 머리를 긁적이고는 했다. 입이 무거웠고, 말할 때는 항상 중후한 목소리였다. 그는 현대에 와서 장인 정신이 몰락하고 있다며 개탄했다. 조합 소속의 직원들을 새로 고용하기보다는 주로 자기가 교육한 기술자들을 데리고 일했는데, 당연히 나이가 많은 사람들이라 제누는 그들을 보고 있으면 저러다가 사다리에서 떨어지지는 않을지 종종 걱정되었다. 그들도 레이디 슬레인을 기쁘게 해 주려는 은밀한 임무에 동참했다. 그녀가 등장하면 모자를 벗고 환한 미소로 반겨 주었고, 혹시 지나가는 길이 어지러울까 봐 서둘러 바닥에 놓인 페인트통을 치워 주었다. 집은 이렇게 너그러운 분위기로 가득했다. 그래도 공사는 꽤 빨리 진전되었으므로 레이디 슬레인이 햄스테드에 들를 때마다 작게나마 변화를 확인할 수 있었다.

심지어 벅트라우트 씨는 작은 선물도 여러 번 준비했다. 물론 그는 섬세한 사람이라 거창하거나 비싸지 않은 선물만을 준비했으므로 레이디 슬레인은 부담 없이 받을 수 있었다. 선물은 정원에 놔둘 식물일 때도 있었고, 빈방 창틀 위에서 영롱하게 햇볕을 투과하는 꽃병 속 꽃일 때도 있었다. 그는 아직 가구가 없어서 창틀에 뒀다고 설명했으나 레이디 슬레인은 그가 일부러 창틀에 꽃을 놓아두었다고, 자신이 도착할 즈음에 햇볕이 그 자리로 내리쬘 것을 예상하고 전시해 두었다고 짐작했다. 가끔 그를 약 올리려고 삼십 분쯤 늦게 도착할 때도 있었는데, 결코 벅트라우트 씨를 이길 수는 없었다. 그러던 어느 날 꽃병 옆으로 팔 센티미터 정도 떨어진 지점에 동그란 물 자국이 있음을 보고 간파했다. 분명 레이디 슬레인이 늦을 듯하니 위층에 올라가서 햇볕 각도에 맞게 꽃병 위치를 재조정한 것이었다. 나이가 들면 작은 즐거움으로도 만족하게 되는 법이야, 하고 레이디 슬레인은 자신의 예상이 적중했음에 즐거워하며 생각했다. 삶에 지치고 쇠약해서 세상을 떠날 날만을 기다리고 있지만, 벅트라우트 씨 그리고 고셔론 씨와 벌이는 작은 게임에서는 재미를 얻을 수 있었다. 그런 게임은 마치 잦아드는 음악에 맞춰 추는 미뉴에트 같아서, 인위적이라면 인위적일 수 있겠지만, 자식들 곁에서는 절대 맛볼 수 없었던 진실을 안겨 주었다. 게임의 방식이 다소 인위적이더라도, 그런 게임을 만들어 낸 마음속에는 진실이 있었다. 깍듯한 예의범절조차 진심 어린 경의에서 우러나올 때에는 작위성이 휘발되기 마련이었다. 그저 적절하고 은근한 품위가 깃든 행위, 더 깊은 감정을 전달할 수 있는 언행이었다.

그들은 뜨거운 감정을 느끼기에는, 경쟁하고 앞지르고 승리를 추구하기에는 너무 나이가 많았다. 그들은 뒤로 물러나서 마지막 미뉴에트를 추는 쪽이 좋았다. 신사가 몸을 숙이면 그것은 오직 여성을 향한 호의와 정중함만을 의미하고, 숙녀가 부채를 부쳐도 머리카락 한 올조차 흔들리지 않는 고요한 춤을 추고 싶었다. 그것이 바로 노년, 모든 것을 너무나도 잘 알기 때문에 무엇을 표현하든 상징밖에 사용할 수 없는 시기였다. 감정이 한계를 모르고 뜨겁게 끓어넘치는 젊음의 나날들, 복잡하고 모순적인 열망들로 마음이 쪼개질 것만 같은 나날들은 끝났다. 이제는 무채색 풍경만이 남았다. 세상의 윤곽은 전과 같았으나 색깔을 잃었고, 언어가 있던 자리에는 몸짓만이 남아 있었다.

그런 와중에도 벅트라우트 씨는 작은 선물들을 준비했고, 레이디 슬레인은 꽃을 받을 때 가장 기뻤다. 그는 집주인에게 이런저런 재능이 많다는 사실을 알게 되었는데 그중에서도 꽃꽂이 실력은 적잖이 훌륭했다. 벅트라우트 씨는 대담하고 놀라운 방식으로 다양한 색과 형태의 꽃을 조합했고, 그 결과물은 생화 꽃다발을 넘어 정물화만큼 아름다우면서 어떤 그림도 지니지 못한 생동감을 가득 품고 있었다. 꽃들은 창틀 위에서 햇볕을 받아 화사하게, 주변의 목재나 회반죽보다 더욱 화사하게 빛났는데, 그 광채는 외부의 빛 덕분이라기보다 내면에서 뿜어져 나오는 듯했다. 게다가 벅트라우트 씨는 창의력도 대단했다. 어느 주에는 집시처럼 강렬한 파란색, 보라색, 주황색 등 원색의 꽃들을 준비하고, 그다음 주에는 장미색과 회색과 약간의 노란색, 깃털처럼 보송보송하고 가벼운 크림색 등 은은한 파스텔 색채의 꽃들을 마련하는 식이었다. 한때는 화가가 꿈이었던 레이디 슬레인은 그의 색채 배합이 얼마나 멋진지 알아보았다. 벅트라우트 씨는 예술가야. 레이디 슬레인은 말했다. 제누는 원래 집에 꽃을 두는 것을 좋아하지 않았으나 ― 꽃을 꽂아 놓으면 테이블 위에 꽃잎이 날리는 데다가, 시들어서 쓰레기통에 버리면 축축하고 더럽게 썩었다. ― 그런 제누조차 하루는 이렇게 답했다. "벅트라우트 씨는 플로리스트가 됐으면 좋았겠네요."

자신의 노력이 인정받고 있음을 눈치챈 벅트라우트 씨는 조금씩 더 사적인 선물을 가져오기 시작했다. 꽃병 속의 꽃은 어깨에 꽂을 코르사주로 바뀌었다. 처음에 레이디 슬레인은 애를 먹었다. 노신사에게 실망을 안기고 싶지 않아서 열심히 레이스와 러플 밑을 더듬어 보았으나 코르사주를 꽂을 옷핀이 없었던 것이다. 그 후로 벅트라우트 씨는 항상 코르사주의 꽃줄기를 감싼 은색 종이 뒤에 커다란 검은색 옷핀을 단단히 꿰어 놓았고, 레이디 슬레인은 그것을 착실히 사용하면서도 만약을 대비해서 꼭 따로 옷핀을 소지하고 다녔다. 그들의 관계는 그런 작고 암묵적이고 상호적인 배려로 가득했다.

어느 날 레이디 슬레인은 왜 자신을 위해서 그렇게까지 애쓰는지 벅트라우트 씨에게 물어보았다. 왜 직접 나서서 고셔론 씨에게 일을 부탁하고 견적서를 검토하고 작업 상황을 하나하나 챙기는 걸까? 그것은 분명 중개인의 업무가 아니었고, 아무리 집주인이자 중개인이더라도 그렇게까지 신경 쓸 필요는 없을 터였다. 벅트라우트 씨는 갑자기 몹시 진지해졌다. "저는 줄곧 궁금했습니다." 그가 대답했다. "레이디 슬레인이 그 질문을 하실까, 안 하실까 궁금했지요. 물어봐 주셔서 기쁩니다. 저는 언제나 어지럽게 얽힌 오해에 진실의 빛을 비추는 일을 즐기거든요. 지당하신 말씀입니다. 그건 중개인의 업무가 아니지요. 그저 이렇게만 말해 둡시다. 제게는 달리 할 일이 많지 않고, 레이디 슬레인이 반대하지 않는 이상 감사한 마음으로 맡겨 주시는 일을 하고 싶다고요."

"아뇨." 레이디 슬레인은 수줍지만 단호하게 대꾸했다. "그것만으론 이유가 설명되지 않잖아요. 왜 이런 식으로 제 형편을 봐주시는 건가요? 아시겠지만, 벅트라우트 씨는 고셔론 씨를 감독해 주실 뿐만 아니라 — 사실 고셔론 씨는 제가 본 그 어느 기술자보다 감독이 필요 없는 사람이지요. — 우리가 처음 만났을 때부터 최대한 제 사정을 봐주려고 애쓰시잖아요. 제가 세상일에 아주 능숙하지는 않을지 몰라도," 그녀는 싱긋 웃어 보이며 말을 이어 갔다. "그래도 세상 경험이 전혀 없지는 않아서, 모두가 벅트라우트 씨처럼 사업을 하지 않는다는 사실쯤은 알아요. 게다가 제 딸 샬럿은…… 아뇨, 제 딸 이야기는 그만두지요. 어쨌든 저는 조금 의아하고, 호기심이 생기네요."

"저를 어수룩한 놈이라고 생각하지는 않으셨으면 좋겠는데요, 레이디 슬레인." 벅트라우트 씨는 진중한 목소리로 말했다. 속내를 터놓고 말해도 괜찮을지 고민하는 듯 머뭇거리다가 곧 그만의 긴 이야기를 시작했다. "저는 어수룩하지 않습니다." 그가 말했다. "철 안 든 늙은이도 아닙니다. 유치한 것은 전부 질색하는 사람입니다. 세상을 현실 그대로 받아들이지 않는 사람들을 절대 참아 주지 않지요. 이 세상은요, 레이디 슬레인, 안타깝게도 끔찍합니다. 세상이 끔찍한 까닭은 기를 쓰고 경쟁하는 것이 일상이기 때문이지요. 단순히 지금까지 그렇게 살아왔기에 이토록 악착같이들 사는 건지, 아니면 삶이란 원래 악착같이 살아야만 하는 건지, 참 모를 일이에요. 삶이 가혹하다는 건 망상일까요, 진실일까요? 이런 약육강식의 법칙은 문명이 더욱 발달하면 결국 사라지게 될 야만스러운 관습일까요? 지금 제가 보기에, 레이디 슬레인, 그동안 인류는 근본적으로 잘못된 계산 체계에 의거해서 수식을 산출해 왔습니다. 그런 수식의 결과가 인류의 목적과 부합했던 이유는, 인류가 스스로 만든 법칙에 세상을 끼워 맞추고 찍어 눌러서 자신의 가설이 받아들여지도록 강요했기 때문이에요. 다른 법칙으로 판단해 보면, 설령 결과는 같을지라도, 인류의 가설이 완전히 헛소리라는 사실을 알 수 있을 겁니다. 이런 생각이 독특하다고 할 수 있을지 모르겠지만 헛소리인 건

매한가지예요. 어쩌면 언젠가 진정한 문명이 부상해서 우리가 도출한 것보다 훨씬 우월한 해답을 보여 줄지도 모르지요. 하지만 지금으로서는 갈 길이 멀어요. 갈 길이 멀지요." 그는 고개를 설레설레 저었고, 한쪽 발을 내디딘 채 자기 생각에 침잠했다.

"그렇다면 벅트라우트 씨는," 레이디 슬레인이 입을 열었다. 자기 세계에 빠진 벅트라우트 씨를 소환해야 함을 깨달은 것이다. "우리 시대의 기묘한 망상과 다른 방식으로 살아가는 사람이 문명의 진보에 기여하고 있다고 생각하시나요?"

"그렇습니다, 레이디 슬레인. 그렇고말고요. 그러나 요즘 같은 세상에서는 시인들, 아니면 노인들만이 누릴 수 있는 호사입니다. 분명히 말씀드리는데, 제가 전역하고 처음 사업을 시작했을 때는 아주 맹렬했습니다. 참으로 그 단어 외에는 적당한 표현이 없군요. 맹렬. 아무도 저를 이길 수 없었습니다. 그리고 제가 가혹하게 굴면 굴수록 사람들은 저를 더욱 존중했지요. 동료의 존중을 획득하는 가장 빠른 방법은 내가 그들의 맞수라는 점을 각인시키는 겁니다. 다른 방식으로도 존중을 얻을 수는 있지만, 시간이 오래 걸리죠. 결국 가장 빠른 지름길은 자신을 아주 가치 있는 사람으로 정의한 다음, 타인도 그 정의를 받아들이도록 하는 거예요. 겸손, 중용, 배려, 다정함 따위는 소용없습니다. 성과를 못 내요. 예전에 제 동료였던 사람들을 만날 기회가 있다면, 레이디 슬레인, 이 벅트라우트가 한창때는 불도저 같은 녀석이었다는 이야기를 들으실 겁니다."

"그러면 언제 이런 가차 없는 원칙들을 폐기하신 건가요, 벅트라우트 씨?" 레이디 슬레인이 물었다.

"제 말을 자기 자랑이라고 생각하지는 않으시겠지요, 레이디 슬레인. 설마 그렇게 생각하시나요?" 벅트라우트 씨가 레이디 슬레인을 살펴보며 말했다. "제가 이런 말을 하는 까닭은 제 약점 중에 순진함은 없다는 사실을 알리기 위함입니다. 말했다시피 저를 어수룩하다고 여기시면 안 됩니다. 그리고 언제 이런 가차 없는 원칙들을 폐기했느냐고 물으셨지요? 뭐랄까, 사실 미리 기한을 정해 두었습니다. 나이가 예순다섯 살쯤 되면 일반적인 방식의 사업을 계속해서는 안 되겠다고 결론을 내렸지요. 그래서 예순다섯 번째 생일에 — 아니, 정확히 이야기하자면 예순여섯 번째 생일에 — 그 모든 것을 벗어던지고 자유의 몸이 되었습니다. 솔직히 사업은 하고 싶어서 했다기보다 일종의 자기 단련이었지요."

"그러면 이 집은요?" 레이디 슬레인이 물었다. "지난 삼십 년 동안 마음에 안 드는 사람은 세입자로 받지 않으셨다고 했잖아요. 그건 하고 싶어서 하신 일이잖아요? 사업에 유익한 결정은 아닌 것 같은데요?"

"아." 벅트라우트 씨가 코에 손가락을 가져다 대고 말했다. "정말 날카로우십니다, 레이디 슬레인. 기억력이 너무 좋으신데요. 하지만 너무 엄하게 대하지 말아 주세요. 저는 이 집에 대해서는 항상 이성적이지 못했지요. 아니, 이 집에 대해서만 이성적이었다고 해야 할까요? 저는 적확한 언어를 좋아합니다. 지금 보니 레이디 슬레인은 장난을 좋아하시는 것 같군요. 함부로 하는 말은 아닙니다. 숙녀들이 장난을 안 친다면 우리는 스스로를 너무 진지하게만 생각하게 될 테죠. 사실 이 집에서 제 인생을 마무리해야겠다고 결심했습니다. 그래서 이곳 분위기가 호감 안 가는 사람들로 오염되지 않도록 애썼습니다. 이미 눈치채셨을 수도 있는데 — 당연히 눈치채셨 겠지요. — 이곳 분위기는 기묘할 정도로 녹진하고 초월적이 지요. 제가 힘껏 지켜 낸 분위기예요. 분위기를 만들어 내기란 힘들지만, 적어도 어지러운 세상으로부터 보존하기는 가능하지요."

"하지만 벅트라우트 씨가 여기서 살고 싶으신 거라면, 아니 여기서 죽고 싶으신 거라면," 레이디 슬레인은 벅트라우트 씨가 자신의 말을 정정하려고 손을 들어 보이자 어서 한마디를 덧붙였다. "왜 제게 세주신 건가요?"

"오." 벅트라우트 씨는 거리낌 없이 편안하게 말했다. "레이디 슬레인이 잠깐 산다고 하셨으니 제 계획에 차질이 생기지는 않을 테니까요."

그는 이 문제에 있어서 공손하기는 해도 꽤나 냉정했다. 그러므로 레이디 슬레인이 이 집에서 오래 살지 않으리라고 주장하는 데에 거침없었다. 그는 레이디 슬레인의 요구를 불필요한 지출이라며 물리칠 때마다 어차피 잠깐 사는 거니까 괜찮으리라고 이유를 댔다. 중앙난방 이야기가 나왔을 때도, 그는 레이디 슬레인이 인생의 마지막 보금자리에서 견뎌야 할 겨울이 몇 번 없으리라는 점을, 심지어 한 번도 없을 수 있다는 점을 상기시켰다. "그래도 혹시 모르니까," 그가 호의를 담아서 덧붙였다. "혹여 겨울을 맞이했을 때 편히 지내시도록 대비하지 않을 이유는 없겠지요." 마침 이 대화를 엿듣던 제누는 자신의 분노를 정당화하기 위해 종교를 소환했다. "그러면 벅트라우트 씨는 천국에 라디에이터가 없다고 생각하시는 건가요? 올드한 종교적 관점이네요." 그런데도 벅트라우트 씨는 석유등 정도면 난방하기에 충분하다고 고집했다. 그는 한

해 겨울 동안 등유가 몇 갤런이나 필요할지 어림잡아 보더니, 벽을 뚫어서 난로와 도관을 설치하는 데 드는 비용과 견주었다. "하지만 벅트라우트 씨." 레이디 슬레인이 악의 없이 말했다. "집주인이자 중개인이라면 제게 중앙난방을 설치하라고 하셔야 할 것 같은데요. 다음 세입자가 얼마나 좋아할지 생각해 보세요." 그러자 "레이디 슬레인." 벅트라우트 씨가 대꾸했다. "다음 세입자에게 좋은 것과 지금 세입자에게 좋은 것은 완전히 다른 문제이지요. 저는 줄곧 그런 원칙을 따르며 살아왔습니다. 그래서 저와 엮인 모든 관계들을 독립적으로 관리할 수 있었지요. 저는 명확히 구분하는 편이 좋다고 믿습니다. 두루뭉술한 건 싫어요. 대부분의 사람들은 평생 두루뭉술하게 사는데, 명백한 잘못입니다. 그래서는 그 누구도 만족시키지 못해요, 특히 자기 자신을. 타협하는 순간에 행복은 사라집니다. 제 삶의 원칙 중 하나는, 여러 사람에게 작은 기쁨을 주는 것보다 한 사람에게 막대한 기쁨을 주는 것이 낫다는 신조입니다. 그러다가 누군가 마음이 상하더라도 어쩔 수 없어요. 그동안 살아오면서 저 때문에 마음 상한 사람이 아주 많지만, 저는 아무것도 후회하지 않습니다. 살아 있는 바로 그 순간에 집중하는 것이 가장 중요하다고 믿거든요. 인생은 순식간이에요, 레이디 슬레인. 그래서 사람은 한없이 과거로 날아가는 현재의 꽁무니라도 잡아야 하는 법이지요. 어제나 내일을 생각하는 데 몰두해 봤자 소용없습니다. 어제는 영영 갔고, 내일은 물음표뿐이니까요. 장담합니다, 심지어 오늘조차 위태롭지요. 그래서 저는 레이디 슬레인에게 제안하나니." 벅트라우트 씨는 다시금 성경 같은 말투로 자기 주장을 강조하려는 듯한 걸음 앞으로 내디뎠다. "중앙난방은 설치하지 마세요. 얼마나 오래 살지, 며칠이나 난방을 즐길 수 있을지 모르니까요. 게다가 다음 세입자는 지옥에서 따끈하게 지낼 준비가 되어 있답니다. 그러니 조언하겠습니다. 제 생각에는 석유등을 여러 개 사는 편이 좋겠습니다. 석유등은 레이디 슬레인이 떠나시는 날까지 따뜻하게 몸을 녹여 줄 겁니다. 심지는 자주 갈아야겠지만요." 그는 반대쪽 발을 마저 앞으로 내밀더니, 연극적인 과장된 몸짓으로 외투 자락을 펄럭였다. 고서론 씨는 민망해서 모자를 앞으로 숙였다.

레이디 슬레인이 보기에, 자신이 그 집에 단기간 거주하리라는 벅트라우트 씨의 확신에는 두 가지 이유가 있었다. 일단 레이디 슬레인은 나이가 많았다. 또 그는 세계가 곧 멸망하리라는 예언을 신봉했다. 그런 주제를 꺼리는 제누와 고서론 씨가 옆에 있어도 전혀 개의치 않고 진지하게 '멸망 이론'을 설파하곤 했다. 결국 살림살이를 고르느라 바쁜 제누는 식탁보를 든 채 그 곁에 서서 기다려야 했고, 디스템퍼 때문에 고민 중인 고서론 씨 역시 폼페이언 레드, 스톤 그레이, 올리브 그린, 슈림프 핑크 같은 이름이 붙은, 작은 보름달같이 생긴 색깔 샘플을 들고 기다려야 했다. 벅트라우트 씨는 내세 이야기에 완전히 몰두했으므로 찬장이나 디스템퍼 따위에는 형식적인 관심밖에 표할 수 없었다. 오 분 정도는 내줄 수 있었으나 그 이상은 무리였다. 끝내 고서론 씨에게 비아냥거리는 한마디를 날리고야 말았다. 가령 우주 자체가 비스듬하므로 줄자를 남북 방향으로 늘이느냐, 동서 방향으로 늘이느냐에 따라 같은 것도 길이가 달라질 수밖에 없으니 제누의 찬장역시 절대 수평으로 맞출 수 없다는 식이었다. 그는 이렇게 제누와 고서론 씨를 불안하게 했는데, 오히려 제누는 방대한 지식을 지닌 벅트라우트 씨에게 존경심을 품게 되었다. 그러나 고셔론 씨는 모자를 코끝까지 닿도록 더욱 눌러쓰게 되었다. 두 사람의 혼란을 목격한 벅트라우트 씨는 가학적 쾌감에 고양되었다. 그는 레이디 슬레인도 자신의 이야기에 귀 기울이고 있음을 의식했다. 그는 세상이 곧 멸망한다고 목소리를 높이면서도 세입자를 위해 저렴하게 집을 수리해 주려고 애쓰는 사람이었다.

"아시겠지만," 벅트라우트 씨가 공사 중인 방에서 입을 열면 페인트공들은 손놀림을 멈추고 이야기를 들었다. "현재 세계의 종말에 관한 이론은 최소한 네 개 확인되었습니다. 각각 인류가 불로, 홍수로, 추위로, 충돌로 멸망한다고 주장하지요. 다른 이론도 있습니다만 너무 비과학적이고 개연성이 없으므로 무시해도 그만입니다. 물론 수학적 예언도 있지요. 만약 숫자가 내세의 균형을 가능하게 하는 근본적 요소라면, 저는 그중에서도 피타고라스의 학설을 신봉한다고 할 수 있습니다. 숫자는 공허 속에 존재합니다. 숫자의 궤멸은 상상할 수 없지요, 차라리 우주의 궤멸이라면 상상할 수 있지만요! 그렇다고 제가 위대하고 신비로운 수를 발견해 낸 바빌론 사람들이라든지 — 바로 1296만이라는 수인데요, 과연 기억하시려나요. — 체계적인 사칙 연산으로 1843년 3월 21일에 세상이 멸망하리라고 계산한 윌리엄 밀러 같은 창의력 넘치는 사람들에게 동의하는 것은 아닙니다, 절대. 저는 저만의 계산을 가지고 있습니다, 레이디 슬레인. 장담하건대, 두렵기는 하지만 반박할 수 없는 계산이지요. 완전한 종말이 목전에 있습니다!" 벅트라우트 씨는 마침내 본격적인 설명을 개시했다. 벽을 따라 발끝으로 걸어 다니면서 작은 분필로 조심스럽게

'PΩMH'라고 적었다. 페인트공 한 명이 그의 뒤를 따르며 벅 트라우트 씨만큼 조심스럽게 글자 위로 페인트를 칠했다.

"어쨌든 당장 멸망하진 않을 테니," 제누가 말했다. "침대 시트는 어찌할까요, 마님?"

레이디 슬레인은 타인과 함께 있음을 이토록 즐긴 적이 없었다. 두 노신사 옆에 있으면 그 어느 때보다 즐거웠다. 지금껏 그녀는 중요한 사람들, 반짝반짝 빛나는 사람들과 어울렸고, 그들의 대화법에 순응했다. 세속적인 일들에 얽혀 살던 시절, 그녀는 이해하기는커녕 기억하기조차 힘겨운 정보의 조각들을 잘 이어 붙이는 방법을 배워야만 했는데, 그럴 때마다 어김없이 어린 시절을, 자신의 지식에 구멍이 뻥뻥 뚫린 것 같았던 그 시절을 상기하고는 했다. 사람들이 언급하는 '아일랜드 문제'나 '여성 운동'이 무슨 뜻인지 몰라서 혼란스러웠고, '자유 무역'과 '보호 무역'에 관한 논의가 시작되면 이 주제에 대해 족히 열 번은 설명을 들은 것 같은데도 바로 생각이 나지 않아서 두 개의 유난스러운 장애물 사이에 꽉 끼어 버리고는 했다. 또, 헨리에게 자신의 무지를 감추기 위해서 늘 엄청나게 노력해야 했다. 나중에는 꽤 능숙해져서, 헨리는 아내가 한참 전부터 자기 이야기를 따라오지 못하고 있다는 사실을 추호도 알아채지 못한 채 정치인으로서의 직업적 고민을 털어놓고는 했다. 레이디 슬레인은 마음속으로 비통함을 느끼며 스스로의 무능력을 부끄러워했다. 그렇다고 달리 어쩔 것인가? 그녀는 왜 애스퀴스 씨가 로이드 조지 씨를 싫어하는지, 새로 생긴 문제적 정당인 노동당의 목적이 무엇인지 도무지 기억할 수 없었다. 그녀가 할 수 있는 최선의 반응이란, 자신의 무지를 감추는 한편 미친 듯이 머릿속을 뒤져서 연관된 정보의 부스러기를 찾아낸 뒤 그럴듯하게 말을 꾸며 내는 것뿐이었다. 파리에 살 때가 특히 힘들었는데, 프랑스인의 재기 발랄한 대화에 (레이디 슬레인에게는 경탄의 대상이었다.) 항상 주눅이 들었기 때문이다. 끊임없이 터져 나오는 현란한 경구와 이야기 들을 몇 시간이고 감탄하면서 들었고, 그녀로서는 평생 곱씹어야 하는 중대한 삶의 단면을 단 한 구절로 압축해 내는 사람들의 능력에 탄성이 절로 나왔다. 하지만 그녀는 속으로 가만한 즐거움을 느끼다가도, 당장 누군가가 잘못된 배려심을 발휘해서 그녀 쪽으로 고개를 돌리면 자기가 받을 수 없을 공을 던지리라는 생각에 두려워지고는 했다. '그런데 대사 부인께서는 어떻게 생각하시나요?'라고 물어보겠지. 사실 레이디 슬레인은 정작 그들보다 자신이 그들의 이야기를 더 깊이 이해하고 있음을 알았으나 — 프랑스인의 대화 주제들은 항상 그녀 취향에 꼭 들어맞았고, 표현하기는 힘들어도 그녀 역시 아는 바가 많다고 느껴지는 것들이었다. — 말솜씨가 형편없었으므로 결코 의도하지 않은 어정쩡한 말을 내뱉고는 했다. 옆에 앉은 헨리가 이런 초라한 아내 때문에 끔찍이도 창피해할 것 같았다. 그러나 헨리는 둘만 있을 때면 가끔이나마 얘기해 주고는 했다. 아내는 자신이 아는 사람 중에 가장 똑똑한 사람이라고. 왜냐하면 말을 잘 못해도 멍청한 말만큼은 절대 한 적이 없으니까.

레이디 슬레인은 이런 자신의 고통을 아무도 모르게 해 달라고 끊임없이 빌었다. 헨리도, 자기가 차린 식탁에 앉은 손님들도 그녀의 속내를 알아서는 안 됐다. 그리고 이토록 끔찍하지는 않더라도 그녀에게는 비슷하게 부끄러운 단점들이 또 있었다. 예를 들면 그녀는 수표를 사용하기가 너무 힘들었다. 숫자와 문자로 같은 금액을 적고, 선을 긋고, 이름을 쓰기가 버거웠다. 또, 그녀는 차입 증명서가 무엇인지 이해할 수 없었으며, 보통주와 후배주의 차이점도 도통 알 수 없었다. 황소니, 곰이니, 수사슴이니, 콘탱고 같은, 당최 주식 시장에 왔는지 동물이 뛰어다니는 서커스장에 왔는지 헷갈리게 하는 말들도[12] 혼란스러웠다. 그저 이런 것들이 세상을 굴리는 동력인 만큼 전부 지극히 중요하리라고, 그녀는 충실한 마음으로 믿었다. 또 그녀는 정당 정치와 전쟁과 산업과 높은 출생률(나중에 그녀는 이것을 노동력이라고 부르게 되었다.) 그리고 경쟁과 은밀한 외교와 의심 같은 것들을, 자기가 아는 가장 명석한 사람들이 중요하게 다루는 문제이므로, 모두 필수 불가결한 게임의 한 부분이라고 확신했다. 물론 그녀로서는 이해하기 힘든 게임이었지만, 분명 다 중요한 것들일 터였다. 그들을 보노라면, 마치 끔찍한 악몽 속의 등장인물들을 관찰하고 있는 것만 같았.

이 모든 끔찍한 시스템은 전부 괴상한 관습에 기반하고 있는 듯했고, '돈'에 관한 이론만큼이나 이해하기 힘들었다. 돈이란 (레이디 슬레인이 배운 바에 따르면) 금은보화 같은 실질적인 물질을 창출하는 것과는 전혀 관계가 없었다. 돌이 아니라 금은보화가 재물의 상징이 된 이유는 그저 우연이었다. 인간이 친밀감이 아니라 갈등을 삶의 원칙으로 삼은 까닭도 그

---

12   영어에서 황소를 뜻하는 단어 'bull'은 시세 차익을 노리는 주식 매수자, 곰을 뜻하는 'bear'는 시세 차손을 예측하는 주식 매도자, 수사슴을 뜻하는 'stag'는 권리주 매도자, 콘탱고(contango)는 선물 가격이 현물 가격보다 높아지는 현상을 각각 의미한다.

저 우연이었다. 인간이 돌과 친밀감에 의지해서 살았다면 세상은 더 좋은 곳이었을 텐데 ─ 이 어지러운 세상을 타개할 수 있는 간단한 해법이었다. ─ 다른 사람들 머릿속에는 이런 생각이 떠오르지 않는 것 같았다.

레이디 슬레인의 자식들은 그녀의 양육 방식과 상관없이, 속된 관습을 따르는 어른으로 성장했다. 당연한 일이었다. 그들은 그저 존재함에 만족하지 못한 채 줄곧 노력하고 애썼다. 항상 훈계조인 허버트, 자기만의 바보 같은 방법으로 끝없이 야망을 좇는 장남. 억세고 다그치는 목소리로 가만있는 사람들을 방해하는 캐리. 레이디 슬레인은 확신했다. 캐리는 단지 재미로 사람들을 방해하는 거라고. 언제나 불평불만인 찰스. 늘 목적도 없이 긁어모으고 쌓아 두고 아끼는 윌리엄과 라비니아. 그 누구에게도 진정한 다정함이나 우아함, 자기만의 삶이 없었다. 그녀는 이디스와 케이에게만 얼마큼 마음이 동했다. 이디스는 매사 문제를 일으키고 어떻게든 그것을 해결하려고 애쓰다가 오히려 더 악화시키고는 했다. 한발 물러서서 삶을 보려다가, 삶의 모든 것을 살피려다가 생기는 일이었다. 사실 대부분의 사람들이 삶의 모든 부분을 결코 볼 수 없음을 알고 인정하며 살았으나, 이디스는 그 점을 거슬리고 불만스러워했다. (어쨌든 이런 불만은 칭찬할 만한 것이었다.) 그리고 케이. 그래, 컴퍼스와 아스트롤라베 속에서 살아가는 케이가 자식 중 가장 노력과 분투 없이 살았다. 스스로는 그 사실을 몰랐지만, 문을 닫고 방에 틀어박힌 채 먼지떨이를 들고 벽장 위에 놓인 것들을 훑는 케이야말로 어느 누구보다 충실하게 자기만의 삶을 살고 있는 셈이었다. 그렇다, 케이와 이디스만은 어머니를 닮았다. 이것은 레이디 슬레인이 무덤까지 가져갈

우스운 비밀이었다.

그녀는 자신과 불화하는 가치에 순응하며 사는 사람이었기에 주변 사람들과 어울릴 때면 외로움을 느꼈다. 가끔씩 그녀와 닮은 영혼을 가진 사람을 만나는 감미로운 순간도 있었다. 그녀와 남편 일행이 파테푸르 시크리로 향할 때 함께한 젊은이가 그랬다. 이름은 잊어버렸거나 애초에 들은 적도 없는데, 그녀는 잠시 젊은이의 눈동자를 들여다보고 퍼뜩 불안해져서 총독과 햇볕 차단용 모자를 쓴 공무원들에게 바짝 붙었고, 그렇게나마 놀란 마음을 달랠 수 있었다. 하지만 그런 만남은 드물었고, 설령 만났더라도 이사가 잦은 그녀의 삶 때문에 오래가지 못했다. (그러나 그녀는 많은 영혼들이 기본적으로는 닮았다고, 다만 그 위로 세상의 때가 두껍게 내려앉아서 본래의 살결에 닿을 수 없는 거라고 생각했다.) 벅트라우트 씨 그리고 고셔론 씨와 함께할 때는 마음이 푹 놓였다. 벅트라우트 씨 앞에서는 지방세와 세금을 구분할 수 없다고 스스럼없이 인정할 수 있었다. 또 고셔론 씨 앞에서는 볼트와 암페어를 구분할 수 없다고 고백할 수 있었다. 둘 중 누구도 설명하려고 나서지 않았다. 설명 따위는 진작에 그만두고 자기들에게 맡기라고 할 뿐이었다. 레이디 슬레인은 그들 말대로 따랐고, 자신의 신뢰가 배반당하지 않으리라는 사실을 알았다.

그들과의 관계가 선사하는 위안과 해방감은 참으로 기묘했다! 노년기의 피로 때문이었을까? 아니면 오랜 소망이 이루어진 듯한 벅찬 기분 때문이었을까? 그러니까 모든 결정과 책임을 타인에게 맡길 수 있는 어린 시절로, 세상은 따뜻하고 상냥한 곳이라고 굳게 믿으며 마음껏 꿈을 꾸던 어린 시절로 돌아간 것 같은 느낌이라서? 그녀는 생각했다. 다시 어린 시절로 돌아갈 수 있다면 평온과 사색을 위해 살리라고, 분투하고 계획에 얽매이고 애써야 하는 삶은 거부하리라고. 그런 삶은 거짓이었다. 그래! 거짓이고말고, 하고 외치며 레이디 슬레인은 한 손으로 주먹을 부르쥐고 반대쪽 손바닥을 때렸다. 평소의 그녀답지 않은 기력이었다. 그러고는 스스로를 의심하기 시작했다. 혹시 그저 세상의 법칙을 부정하는 것은 아닐까. 아니, 아예 삶을 부정하는 것은 아닐까. 어쩌면 자신에게 열의가 부족하다고 시인하는 것에 불과하지 않을까. 하지만 그렇지 않다고 결론을 내렸다. 사색을 통해서는 (그리고 오래전에 선택했다가 단념하고 말았던 어떤 애호를 통해서는) 결과와 업적을 기준으로 세상을 판단하는 그녀의 자식들보다 진정한 행복에 더 가까이 다가갈 수 있음을 깨달았기 때문이다.

그녀는 헨리와 페르시아의 사막을 건너던 일을 기억했다. 마차 주변으로 희고 노란 나비 떼가 날아다녔다. 양옆과 머리 위에서, 온 사방에서 춤을 추었고, 이어서 일제히 앞으로 날다가 또 옆으로 돌아왔다. 꼭 잽싸고 가벼운 날갯짓을 느릿느릿한 마차의 속도에 맞추는 것이 재미있는 듯, 그럼에도 마차처럼 느리게 나아가기는 영 힘들어서 결국 참지 못하고 허공으로 날아오르거나 차축 사이로 파고들거나 말들이 다음 발걸음을 내딛기 전에 반대쪽으로 빠져나오는 듯했다. 모래 위로 나비의 그림자가 점점이 드리웠는데, 그 광경은 마치 검고 작은 닻이 내려져 있는 듯, 눈에 보이지 않는 닻줄이 나비들을 지구에 정박해 둔 듯, 그런데도 나비들은 잽싸고 자유로운 날갯짓을 멈추지 못한 채 저마다 닻줄을 여기저기로 팽팽하게 끌어당기는 듯 보였다. 그때는 새벽부터 황혼까지 해를 쫓아다니는 단조로운 여정이 이어졌고 레이디 슬레인은 태양을 따라, 지구를 빙 두르는 기나긴 직선의 밭고랑을 따라 쟁기질하는 농부가 된 듯 편안한 마음으로 생각했다. 이 여정은 꼭 자신의 인생 같다고. 그는 헨리 홀랜드를 태양 삼아 따라가면서도 가끔 나비 떼같이 자신에게 무감하고 무관한 생각들 사이를 통과하며 달리고, 춤을 추기도 했다. 그런 생각들은 털끝만큼도 자기 속도를 줄이지 않았다. 마차에 날개를 부딪는 법 없이 항상 스치고, 피하고, 종종 마차를 앞질렀다가도 놀리고 뽐내기 위해 돌아왔다. 그렇게 차축 사이를 날아다니며, 자신만의 아름다운 삶을 따로 두었다. 부랑아들 한 무리가 터덜터덜 굴러가는 마차 주변에서 저 멀리 사막의 수평선을 탐색하고 있었다. 반면 헨리는 '출장 조사'라고 하는 여정의 목적에 충실하게 이런 말을 할 뿐이었다. "끔찍해, 이 사람들은 안구 염증이 심각하군. 조치를 취해야지, 안 되겠어." 그러면 레이디 슬레인은 그 말이 옳다는 사실을, 남편이 이 문제를 두고 선교사들과 논의할 예정임을 바로 깨달았다. 이제 나비들에게 기울였던 집중력을 바로 거둬들이고 자신의 의무에 초점을 맞추었다. 그러고는 예즈드나 시라즈나 어딘지도 모를 곳에 도착하자마자 선교사의 아내들과 함께 마을의 안구 염증 문제를 고민하고 영국에서 붕소를 더 들여올 수 있도록 알아봐야겠다고 생각했다.

하지만 이상하게도, 나비들의 날갯짓은 언제나 더 중요한 문제로 남아 있었다.

2부

여자의 마음속은 적막했다,
거리의 소음과 군중에도 개의치 않고.
손에 서두름이 없었으며
발에도 서두름은 없었다.

— 크리스티나 로세티

늦여름의 햇살 아래, 햄스테드 집의 남쪽 벽을 따라 늘어선 잘 익은 복숭아 밑에서, 그녀는 아무런 할 일도 없이 앉아 헨리와 약혼했던 날을 떠올렸다. 이제는 날이면 날마다 여유가 넘쳐서 방금 지나온 산책길을 뒤돌아보듯 자신의 삶을 곱씹을 수 있었다. 마침내 삶의 기억은 외떨어진 밭뙈기들이나 파편화된 사건들이 아닌, 거대한 풍경이자 하나의 완전체가 되어서 밀려왔다. 그녀는 전 생애를 조망할 수 있었으며, 머릿속으로 어느 한 장소를 골라 그곳에서 배회할 수도 있었다. 한편 높은 곳에서 내려다보듯 울타리가 그리는 윤곽을 파악하고 개구멍을 통해 이웃한 장소로 넘어갈 수도 있었다. 그래, 이제는 내 인생의 윤곽을 그려 볼 수 있겠구나, 하고 레이디 슬레인은 생각했다. 그녀는 양옆으로 미나리아재비와 수영이 산들거리는 작은 길을 따라 산책하듯 그날을 여행했다. 아침부터 저녁까지 하루를 느긋하게 복기했고, 시계의 분침이 시침을 추월하는 사이 무엇을 했는지 매 순간의 기억이 되살아났다. 이때는 잠에서 깨어 아래층으로 내려갔어, 리본을 잡고 모자를 흔들었지. 그녀가 생각했다. 그리고 이때는 헨리가 정원으로 가자고 해서 같이 나갔고, 우리는 호수 옆의 의자에 오붓이 앉았지. 헨리는 백조가 날갯짓 한 번으로 사람 다리를 부러뜨릴 수 있다는 속설은 거짓이라고 얘기했어. 그녀는 헨리의 이야기를 들으며 그들이 있는 호숫가까지 헤엄쳐 온 백조에게 집중하려고 했다. 백조는 물에 부리를 담갔다가 고개를 돌리더니 짜증스러운 몸동작으로 가슴께의 흰 눈처럼 소복한 깃털을 고르고 있었다. 하지만 그녀는 백조보다 헨리의 볼에 있는 여린 구레나룻에 대해 생각했는데, 두 생각이 합쳐진 결과 헨리의 갈색 곱슬머리가 백조의 가슴에 난 깃털만큼 부드러울까 궁금해지기 시작했고, 심심한 손을 뻗어서 만져 보고 싶은 충동까지 느꼈다. 그때 헨리가 백조 이야기는 초조한 마음을 숨기기 위한 술수였다는 듯 다른 주제로 넘어갔고, 어느 틈엔가 진중한 목소리로 이야기하기 시작했다. 긴장한 듯, 자기가 긴장했음을 의식하지도 못하는 듯 몸을 앞으로 굽힌 채 그녀의 드레스 한쪽을 만졌다. 꼭 두 사람을 하나로 엮으려는 듯한 손짓이었다. 그러나 그녀로서는 헨리가 진중한 목소리로 말하는 순간 두 사람 사이의 모든 연결 고리가 끊긴 듯했고, 손을 뻗어서 헨리 볼 위의 곱슬곱슬한 구레나룻을 만져 보고 싶은 욕망마저 전부 사라져 버렸다. 반드시 진중한 목소리로 전해야 했던 말들, 그 무거운 의미가 어조에 오롯이 실려야 했던 말들. 마음속 어느 진지하고 비밀스러운 곳에서 만들어 낸 듯한, 마음의 우물 가장 밑바닥에서부터 끌어 올린 듯한 말들. 버겁고 성숙한 영역에 속한 말들. 그런 말들이 번개같이 그녀와 헨리의 유대를 끊어 버렸다. 독수리가 두 발로 헨리를 낚아채서 하늘로 날아갔더라도 이보다는 빠르지 않았으리

라. 헨리는 사라졌다. 그녀를 두고 사라져 버렸다. 그녀는 열심히 헨리의 얼굴을 응시하고 귀를 기울였지만 이미 그가 멀리멀리 사라졌음을 알았다. 헨리는 그녀를 홱 지나쳐서 다들 결혼하고 잉태하고 출산하고 양육하는 곳, 하인에게 명령을 내리고 소득세를 내고 배당금을 살피고 어린아이 주변에서는 예쁜 말만 하고 인생의 중대한 결정을 내리고 좋아하는 음식을 먹고 알맞은 시간에 잠자리에 드는 곳으로 들어갔다. 그러고는 함께 그곳으로 가자고, 자신의 아내가 되어 달라고 간청했다.

그녀는 이 제안에 단순히 응할 수 없음을 깨달았다. 말도 안 되는 제안이었다. 그녀는 홀랜드 씨를 따라갈 수 없었다. 다른 남자면 몰라도 홀랜드 씨만큼은 따라갈 수 없다고 생각했다. 왜냐하면 그녀가 알기로 홀랜드 씨는 세상에서 가장 화려한 경력을 가지고 생경한 '분야'에서 현저하게 두각을 나타내고 있었기 때문이다. 그녀의 아버지는 홀랜드라는 젊은이가 조만간 인도 총독이 되리라고 말했다. 그 말인즉슨 두 사람이 결혼하면 그녀 역시 총독의 아내가 되리라는 뜻이었고, 이에 깜짝 놀란 그녀는 새끼 사슴처럼 고개를 돌려서 홀랜드 씨를 바라보았다. 홀랜드 씨는 그 표정을 보자마자 자기 좋을 대로 해석해서 그녀를 꼭 껴안았고, 솟아오르는 열정을 애써 억누르며 입맞춤했다.

이 가여운 여자아이는 어떻게 해야 했을까? 무슨 일이 일어나고 있는지 깨닫기도 전에 그녀 어머니는 벌써 미소 지으며 눈물을 비추었고, 아버지는 홀랜드 씨의 어깨에 손을 올렸으며 자매들은 다 함께 신부 들러리를 하겠다고 나섰다. 무엇보다 홀랜드 씨는 자신감 넘치는 자세로 꼿꼿이 서서 꼭 다문 입에 엷은 미소를 머금은 채 고개를 숙였는데, 그때 얼굴에 떠오른 그의 표정은 어리숙한 그녀가 보기에도 명백히 의기양양했다. 눈 깜짝할 사이에, 그런 식으로, 그녀는 스스로 알던 자기 자신에서 완벽히 다른 누군가로 변해 버렸다. 아니, 이 말이 사실일까? 전혀 알 수 없었다. 대체 그녀가 어떻게 변했기에 이 많은 사람들이 만면에 미소를 띠고 있을까? 내면은 이전과 다름없었다. 그러나 사람들은 무슨 일이든 그녀의 의견을 구하기 시작했고, 이런 새로운 경험에 두려워진 그녀는 서둘러 타인의 손에 결정을 맡겨 버렸다. 이러면 돌이킬 수 없을 만큼 완전히 다른 사람으로 변하는 순간을 조금이나마 늦출 수 있으리라고 생각했다. 잠시일지언정 은밀하게 자기 자신으로 남을 수 있을 터였다.

그런데 자기 자신이란 정확히 누구였을까? 그녀는 과거의 스스로를 돌아보는 늙은 여자로서 자문했다. 이러한 궁금증은 아주 편안하고 아련한 심심풀이였지만 결코 멜랑콜리는 아니었다. 차라리 최후의 사치, 궁극적인 사치였다. 한평생 누리고 싶었던 사치였다. 이제야 죽음을 유예한 채 이 사치를 만끽할 수 있는 여유가 생긴 것이다. 어쨌든 그녀에게는 당장 해야 할 일이 없었으니까. 태어나서 처음으로 — 아니, 결혼하고 처음으로 — 해야 할 일이 없었다. 따라서 죽음에 등을 기대고 삶을 곱씹을 수 있었다. 그러는 사이, 하늘은 꿀벌 소리로 가득했다.

그녀는 호숫가를 걷는 어린 시절의 자신을 보았다. 그녀는 느긋하게 모자를 흔들며 걷고 있었다. 명상에 잠긴 듯 눈을 내리깔았고, 한 걸음 내디딜 때마다 양산 끝을 푹신한 흙 속으로 찔러 넣었다. 그녀는 1860년대에 유행하던 여성스러운 모슬린 플라운스트 드레스[13] 차림이었다. 곱슬곱슬한 머리카락 한 올이 삐져나와서 부드럽게 목 옆을 스쳤다. 복슬복슬한 스패니얼 강아지가 덤불 속을 킁킁거리며 그녀와 함께 걸었다. 고이 간직한 사랑스러운 판화에 등장할 법한 여자아이와 강아지의 모습이었다. 그래, 그녀는 데버라 리였다. 데버라 홀랜드도, 데버라 슬레인도 아닌 데버라 리. 늙은 여인은 눈을 감았다. 선명하게 보기 위해서는 눈을 감는 편이 나았다. 호숫가를 거니는 여자아이는 미처 의식하지 못했으나, 늙은 여인의 시선은 유년기 전체를 관통했다. 사실 떨어지는 꽃잎을 붙잡을 수 있는 사람이 어디 있겠는가. 촉촉하고, 흔들거리고, 청순하고, 열정적이고 넉넉하지만 수줍은 충동에 부풀어 오른 것. 새끼 토끼처럼 겁이 많고, 나무 사이로 고개를 빼꼼 내민 암사슴처럼 날쌔고 은밀하며, 대기를 무대로 삼은 댄서처럼 발이 가볍고, 다마스크 장미처럼 연하고 향긋하며, 분수처럼 웃음이 가득한 것. 그래, 그것이 젊음이었다. 낯선 집 앞을 서성이는 아이처럼 두려워하면서도, 가슴에 창을 맞는 일을 마다하지 않는 시기. 늙은 여인은 더 자세히 바라보았다. 부드러운 살결, 섬세한 곡선, 깊고 촉촉한 눈동자, 아무것도 모르는 입, 반지 없는 손. 한때 자신이었던 여자아이에게 푹 빠져서 그녀의 목소리를 들어 보려고 했지만, 그 아이는 유리 벽 너머에서 걷고 있는 듯 아무 소리도 내지 않았다. 그녀는 혼자였다. 고독 속의 명상이야말로 그녀의 본질인 듯했다. 그녀 머릿속에 무슨 생각이 들었든 그것은 사랑도, 연애도, 흔히들 젊

---

13   치맛단에 주름 장식이 달린 드레스로, 무도용 혹은 파티용 드레스로 널리 사랑
      받았다.

음과 연결 짓는 그 어떤 감정도 아니었다. 그녀가 꿈을 꾸었더라도 그 꿈속에 남자는 없었다. 맞아, 사랑뿐이면 안 돼, 레이디 슬레인은 생각했다. 청년들을 하나의 관점으로만 해석하려 한다면 큰 잘못이야, 젊음은 너무나 풍부하니까. 그리고 젊은 영혼은 희망과 도전 정신으로 가득하니까. 청년이란 본디 강에 불을 지르고, 모든 탑의 종을 울리려고 무작정 달려 올라가는 존재이니까. 고려해야 하는 건 사랑뿐이 아니야, 명예와 성취와 천재성 같은 것도 생각해야지. 바로 그런 것들이 여자아이의 가슴속에서 펄떡거리며 갈비뼈를 압박할지도 모르잖아? 이제 작은 탑의 한구석으로 숨어들어서 그녀 내면에 잠든 천재성이 밖으로 드러날지 기다려 보자. 세상에, 그렇지만, 하고 레이디 슬레인은 생각했다. 1860년에 여자아이가 명예를 꿈꾼다는 것은 정말 가련한 일인데.

레이디 슬레인은 운 좋게도 한때 자신이었던 여자아이의 마음을 들여다볼 수 있었다. 그녀의 느려지는 발걸음, 멈춰 선 두 다리, 찡그린 눈썹, 땅에 양산을 찔러 넣는 몸짓, 호수의 수면 위에서 떨리고 흩어지는 그림자를 관찰할 수 있었고, 이 고독한 산책을 함께하는 머릿속 생각들을, 그녀의 비밀스럽고 호사스러운 생각들을 마음껏 탐닉할 수 있었다. 이 섬세하고 청순한 외모 속에 숨겨진 생각들은 실로 거침없었으므로 젊은 남자의 야망이라고 해도 대단하다고 여길 만했다. 그녀는 무려 변장하고 여기서 도망가야겠다고 결심했다. 이름과 성별을 바꾸고, 어느 이국의 도시로 가야만 겨우 얻을 수 있는 자유를 꿈꾸고 있었다. 가출해서 대양을 건너려는 여느 남자아이의 꿈과 다르지 않았다. 그녀의 곱슬머리는 가위 사이로 떨어질 것이었다. 그리고 바로 이곳에서, 그녀는 곧 잘려질 여자아이의 머리카락을 향해 손을 뻗었다. 저 여성용 숄 역시 셔츠로 대체되리라. 그리고 바로 이곳에서, 그녀는 넥타이를 묶으려는 듯 손가락을 움직였다. 저 치마도 옆으로 치워질 테지. 그리고 바로 이곳에서, 아주 수줍게, 그녀는 입을 벌린 바지 주머니로 손을 가져갔다. 여자아이의 형상은 홀연히 사라지고, 날렵한 남자아이가 나타났다. 그러나 본질적으로는 성별이 없는 생명체, 젊음의 현신이자 상징이었고, 성의 기쁨과 권리를 포기하고 꿈을 실현하려는 존재였다. 꿈, 그것은 그녀의 폭군 같은 상상력이 그 무엇보다 고귀하다고 선포한 인생의 목적이었다. 요컨대 열일곱 살의 데버라는 화가가 되기로 결심했었다.

그녀의 노쇠한 뼈와 벽을 따라 늘어선 복숭아를 따뜻하게 감싸 주던 태양이 서쪽으로, 집 뒤로 넘어갔다. 그녀는 조금씩 몸을 떨며 자리에서 일어나더니 햇볕이 남아 있는 잔디밭 한쪽으로 의자를 끌고 갔다. 그녀는 흘러간 야망의 여정을 따라갈 작정이었다. 탄생의 비밀부터 시작해서 그것이 몸 안에 안착하여 성장하고, 피처럼 흐르다가 갖가지 노력에도 불구하고 시들어 꺾이게 될 마지막 순간까지 전부 더듬어 볼 것이었다. 그녀는 이제 그 야망의 정체를 똑바로 인식했다. 이를테면 그녀 삶에서 유일하게 가치 있는 것이었다. 그녀에게 현실적인 것, 다른 여자들이 현실적이라고 여길 만한 것은 많고도 많았다. 하지만 그런 종류의 현실에 머무를 수 없었고, 최대한 오래, 그 초월적 현실에 매달려야 했다. 초월적 현실은 아주 견고했으며, 한때 그것이 인생을 지탱했다는 사실을 기억하는 점만으로도 커다란 행복이었다. 그녀는 떠들기만 하지 않고, 마음속 아주 깊은 곳에서 다시금 느끼고 있었다. 초월적 현실은 강한 사랑만이 발휘할 수 있는, 깊숙이 파고드는 힘을 갖고 있었다. 기억 속을 더듬어 꺼낸 연애담처럼 희미하고 싸늘하지 않았다. 그녀는 전과 같은 희열감에, 전과 같은 고양감에 새삼 활활 타올랐다. 그런 황홀감 속에서 산다는 건 얼마나 멋진 일인가! 얼마나 근사하고, 어렵고, 또 지극히 가치 있는 삶인가! 그녀는 수습 수녀보다 훨씬 정신이 또랑또랑했다. 그녀는 팽팽하게 조인 철사처럼 손짓 한 번에도 파르르 떨었다. 갓 태어나서 조금도 힘을 잃지 않은 어린 신처럼 자신만만했다. 그녀 마음속에선 이미지가 뭉클거렸는데, 저마다 모두 지극히 서정적이었다. 그렇지 않다면 부적합했으리라. 주홍색 망토, 은검 같은 것은 그런 뜨거운 열정을 표현할 수 있을 정도로 호화롭지도, 순수하지도 않았다. 그녀는 생각했다. 신에게 맹세코, 지금 그녀 몸속을 흐르는 젊음의 피를 위해서라면 살아 볼 가치가 있었다! 예술가, 창조자의 삶. 자세히 관찰하고 거침없이 느끼는 삶. 한 번의 눈길만으로 광활한 전경과 세세한 부분을 전부 볼 수 있는 안목을 가진 삶. 그녀는 벽에 어른거리는 그림자가 그림자의 원물보다 더 흥미로웠음을 기억했다. 폭풍우가 몰아치는 하늘이나 햇빛 속의 튤립을 바라보면서, 그것들을 자기 머릿속의 패턴에 맞춰 보려고 눈을 가늘게 뜬 채 애쓰던 순간도 기억했다.

그렇게 몇 달 동안 그녀는 캔버스에 붓질 한번 하지 않은 채 그저 먼 훗날의 자신을 상상하면서 치열하고 은밀하게 준비에 매진했다. 마음속의 불꽃이 잠시 잦아들 때마다 영혼은 힘을 잃고 처졌다. 그리고 일상이 얼마나 무용한지 절실히 깨달았다. 이렇게 허무가 느껴지면 그녀는 비이성적인, 미칠 듯한 불안감을 느꼈다. 불꽃이 약해질 때마다 두려움에 질려서 모든 열망이 완전히 사라졌다고 생각했다. 절대 돌아오지 않을 듯했다. 이제부터는 냉기와 어둠 속에서 살아가야 할 것만 같았다. 불꽃이 다시 살아나리라는 것, 위대하고 영예로운 리듬이 다시금 하늘로 치솟고 그녀 영혼 위로 환한 빛이 내리쬐리라는 것, 그 빛은 구름이 걷힌 뒤에 등장한 태양처럼 따뜻하고 별처럼 밝으리라는 것, 자신이 또 한 번 날개를 펴고 비상해서 안정적으로 비행하리라는 것을 도무지 믿을 수 없었다. 그녀는 양극단의 삶을 살았던 것이다. 한순간은 황홀에, 그다음에는 좌절에 젖어 드는 삶이었다. 하지만 외부에서는 절대 그녀의 불꽃을 엿볼 수 없었다.

어쩌면 그녀의 본능이 누구에게도 이런 부적절한 비밀을 누설해서는 안 된다고 경고했을지 모른다. 부모님은 참으로 너그러웠으나 당연히 그 너그러움에는 한계가 있었기에, 그녀의 선언을 들으면 미소를 머금은 얼굴로 그녀 머리를 쓰다듬으며 서로 눈빛을 교환한 뒤 최대한 무감한 투로 이렇게 말할 터였다. "우리 딸 귀엽기도 하지! 네 마음에 드는 잘생긴 청년이 나타나면 그런 생각은 바로 없어질 거다." 아니면, 예술가답게 자기만의 비밀을 아끼는 마음으로 입을 꾹 다물었는지도 모른다. 사실 그녀만큼 유순한 딸도 없었다. 어머니가 심부름을 시키면 집 안 여기저기로 부리나케 돌아다니고, 라벤더를 다듬어 커다란 헝겊 주머니에 담아서 침구 사이에 묻어두고, 과일 잼 용기에 붙일 라벨을 만들고, 퍼그의 털을 빗겨주고, 저녁 식사 후에는 굳이 시키는 사람이 없어도 십자수를 했다. 데버라의 부모와 알고 지내는 사람들은 큰딸이 착하다며 늘 부러워했다. 며느리 삼으려고 눈여겨보는 이도 많았다. 그러나 이 단란하고 질서 정연한 가정에는 약간의 야망이, 딱

한 줄기의 야망이 흐르고 있었다. 이제 중년 나이에 자식 복도 많은 데버라의 부모는 넓은 세상에서 영광을 누리기보다 시골의 편안하고 가정적인 삶을 선호했다. 다만 데버라에 대해서만큼은 조금 다른 목표를 갖고 있었다. 데버라의 남편은 분명 착한 남자여야 했지만, 데버라가 도움을 주고 내조할 수 있는 직업을 가진다면 금상첨화였다. 그래, 이왕이면 그런 남자가 훨씬 좋을 것이었다. 물론 이런 이야기를 데버라에게 전하지는 않았다. 자식에게 그런 것을 강요해서는 안 될 일이었다.

더욱 길어진 그림자에 레이디 슬레인은 몸이 으슬으슬했다. 결국 다시 자리에서 일어나 햇볕 한복판으로 의자를 밀었다.

그녀가 기억하기에 큰오빠는 집에 없었다. 스물세 살 때 독립했다. 젊은이들이 흔히 그러듯 세상으로 진출한 것이다. 데버라는 젊은 남자들이 세상에서 무얼 하고 사는지 궁금했다. 그들이 여기저기로 자유롭게 다니며 웃고 화내는 모습을 상상했다. 새벽에 텅 빈 거리를 성큼성큼 걸어서 귀가하는 모습을, 마차를 잡아타고 리치먼드로 향하는 모습을 상상했다. 그들은 낯선 사람과 이야기하고 상점에 드나들고 극장에 다녔다. 그들은 클럽에 소속되어 있었다, 그것도 몇 군데나! 그림자가 어른거리는 어두운 거리에서는 끈덕진 여자들의 호객 대상이 되었고, 그 여자들의 무심한 품에 안겨 하룻밤을 보낼 수도 있었다. 그들은 무엇을 하든 놀라울 만큼 무신경하게, 놀라울 만큼 거리낌 없이 행동했고, 집에 돌아오면 아무런 해명도 할 필요 없었다. 게다가 남자들 사이에는 그들이 공유하는, 이른바 자유를 바탕으로 하는 일종의 동지애가 있었다. 항상 서로를 탐색하는 여자들의 사사로운 동지애, 어딘지 모르게 다소 지겨운 동지애와는 지극히 달랐다. 하지만 데버라는 자매들과 형제들이 자신의 별난 구석을 눈치챘더라도 그저 침묵할 뿐이었다. 큰오빠가 누리는 광대한 기회와 경험을 보면서 그녀가 갑갑함을 느끼는 것은 당연했다. 큰오빠가 변호사 공부를 하겠다고 나서면 칭찬받고 칭송받을 텐데, 어째서 데버라는 화가가 되고 싶다는 결심을 밝히는 일에도 이토록 두려워해야 하는 걸까? 어째서 변장하고 도망가야겠다는 비밀스럽고 절박한 계획까지 세워야 하는 걸까? 분명 논리가 맞지 않았다. 그런데 다들 이런 비논리에 동의하는 것 같았다. 모두가 마음 깊이 동의하기 때문에 논의조차 하지 않았다. 여자가 추구할 수 있는 직업이란 딱 하나뿐이었다.

홀랜드 씨의 손에 이끌려 호숫가에서 어머니 앞으로 달려간 뒤로 데버라는 이 동의가 얼마나 견고한지 깨달았다. 원래 그녀는 가장 귀염받는 자식이었지만, 그토록 따뜻한 칭찬 세례가 쏟아진 것은 그때가 처음이었다. 그녀는 이탈리아 그림들을 떠올렸다. 천국의 문이 열리고 금빛 햇살이 부챗살처럼 뿜어져 나오는 가운데 영원하신 아버지가 밝게 빛나고, 그 따스하고 찬란한 은혜에 닿고 싶어 하는 인간들이 난롯불 앞으로 손을 뻗어서 온기를 쬐듯 그쪽을 향해 손을 뻗는 그림들 말이다. 그러니까 그녀 부모님과 그녀 삶에 존재하는 다른 사람들이 보기에 그녀는 홀랜드 씨와 약혼함으로써 대단하고 즐거운 미덕을 성취했으며 세상이 그녀에게 걸었던 기대 역시 실현한 것이었다. 그녀는 자아실현에 성공했고, 다른 사람들에게도 크나큰 만족감을 선사한 것이었다. 문득 그녀는 자신을 에워싼 수많은 추측을 인식했다. 사람들은 그녀가 홀랜드 씨와 함께할 때면 즐거워서 어쩔 줄 몰라 하리라, 그리고 함께

하지 못할 때는 시들시들하리라 추측했다. 또 홀랜드 씨의 야망을 실현하기 위해서만 존재하리라 (또 그런 삶을 감사하게 생각하리라) 추측했고, 데버라가 아주 매력적인 여자인 만큼 그녀 눈에 홀랜드 씨도 세상에서 가장 멋진 남자로 보이리라 짐작했다. 다들 이런 허황된 추측을 그녀에게 부추겼다. 하나같이 그렇게 넘겨짚었기에 하마터면 데버라마저 그런 추측들이 사실이라고 믿을 뻔했다.

다 상관없었다. 가끔 그녀는 장난치듯 상상의 나래를 펼쳤다. 어쨌든 그녀는 겨우 열여덟 살이었으니 별다른 어려움 없이 이런 상황에서 빠져나올 수 있으리라고, 이렇게 칭찬받는 건, 특히나 애정과 경탄의 대상인 이들에게서 칭찬받는 건 즐거운 일이라고. 그러나 금세 헤아릴 수 없이 많은 밧줄이 거미줄처럼 그녀 손목과 발목에 엉겨 붙었고, 그 밧줄들의 반대편에는 주변 사람들의 심장이 묶여 있었다. 아버지의 심장, 홀랜드 씨 ― 이제 헨리라고 불러야 했지만 입에 잘 붙지 않았다. ― 의 심장, 어머니의 심장은 마치 종착역과 같아서 숱하게 뒤얽힌 밧줄들조차 빛을 발하며 그쪽으로 나아갔다. 자부심과 사랑과 위안과 모성적 불안과 여성스럽고 요란스러운 축하를 상징하는 밧줄들이었다. 옴짝달싹 못 하게 꽁꽁 묶인 데버라는 혼란 속에 가만히 서서 이제 어떻게 해야 할지 고민했다. 한편 그녀가 리본에 돌돌 감긴 5월 축제의 여왕이 된 듯 바보 같은 기분에 사로잡힌 채 멀거니 서 있는 동안, 사람들은 공물을 바치는 가신처럼 바리바리 선물을 들고 저 수평선 너머에서부터 그녀에게 다가왔다. 헨리는 반지를 들고 왔는데, 반지를 그녀 손에 끼워 줄 때에는 굉장한 야단법석이 벌어졌다. 그녀 자매들은 돈을 모아서 화장 가방을 장만했고, 어머니는 돛단배 한 척을 거뜬히 만들 수 있을 만큼 살림살이를 잔뜩 준비했다. 테이블보, 냅킨, 수건(손 닦는 수건과 목욕 수건), 행주, 부엌용 고무 조리용품, 걸레, 먼지떨이 따위가 있었고, 당연히 침대 시트도 마련되어 있었다. 시트를 펼쳐 보니 2인용이었고, 전부 자수로 이름 머리글자를 수놓아 두었다. 언뜻 봐서는 무슨 말인지 알아볼 수 없는 필기체로 얽힌 글자를 가까이서 들여다보니 무려 D.H.[14]였다. 그다음부터 그녀는 완전히 길을 잃었다. 바다처럼 펼쳐진 실크와 알파카와 새틴과 포플린의 물결 속에서 길을 잃었다. 여자들이 입에 옷핀을 문 채 그녀 주변에서 무릎을 꿇고 기어 다녔다. 또 그녀에게 똑바로 서라고, 뒤돌라고, 팔을 굽히라고, 다시 펴라고, 조심해서 앞으로 나와 보라고 명령했다. 그동안 치맛단은 바닥에 동그라미를 그리며 나부꼈고, 안감이 조금 작게 재단되어서 코르셋을 더 단단히 조여야겠으니 꾹 참으라는 말이 들려왔다. 그녀는 매 순간 기진맥진했다. 그런데 사람들은 그녀를 더욱 지치게 하는 방식으로 자신들의 사랑을 표현하고 있었다. 그들은 그녀의 의무를 증폭했다. 주변에서 멈추지도 않고 윤무를 도는 바람에 그녀는 자기가 똑바로 서 있는지, 팽이처럼 돌돌 돌아가고 있는지조차 구분할 수 없었다. 시간 역시 그들의 음모에 가담했는지 음흉하게 하루를 집어삼켰고, 모두가 더욱 그녀를 재촉해 댔다. 눈보라 같은 쪽지와 화장지와 헨리가 주문한 흰 장미가 매일같이 들이닥쳤다. 하지만 그런 와중에도 나이 지긋한 여자들이 속삭이는 비밀은 은은하게 허공을 감돌고 있었다. 그들은 다 안다는 듯 미소를 지으며 서로를 흘긋거

---

14 데버라(Deborah)와 헨리(Henry)의 이름 머리글자.

렸는데, 그 눈빛은 이런 호재 속에서도 기력을 잘 보존해야 하리라고, 나중에 더 큰 과제가 주어질지 모른다고 귀띔해 주려는 것 같았다.

결혼식이 열리기 몇 주 전부터 과연 여성들만의 수상한 의식이 잇따랐다. 데버라는 이렇게 많은 여자들에게 둘러싸여 보기는 처음이라고 생각했다. 물론 대장은 어머니였고, 남자들은 하찮은 존재로 축소되었다. 헨리조차 그다지 중요하게 여겨지지 않았다. (그래도 그는 지긋지긋할 정도로 항상 자리를 지켰다. 그래서 데버라는 테베의 어머니들도 딸을 미노타우로스에게 보내기 전에 먼저 진을 빼놓았을지[15] 의아해졌다.) 사방팔방에서 여자들이 나타났다. 이모, 사촌, 친구, 재봉사, 코르셋 디자이너, 모자 디자이너…… 데버라의 하녀가 될 프랑스 출신 여자아이도 있었는데, 그 아이는 하느님이 보낸 천사를 바라보듯 경탄 가득한 눈빛으로 새로운 마님을 바라보았다. 이런 의식에서 데버라는 ─ 또 다른 추측이었다. ─ 가장 복잡한 역할을 맡기로 예정되어 있었다. 사람들은 그녀가 이 모든 일의 의미를 알고 있으리라 기대하면서도 이 수상한 음모의 핵심만큼은 철저히 비밀로 지키고 있었다. 사람들은 미소를 머금은 채 축하 인사를 건네며 굳이 "데버라! 아직 아기인데!" 하고 덧붙였다. 왠지 이 외침의 끝에는 '불쌍하기도 하지!'라는 말이 붙어야 했지만 어쩌다가 생략된 듯했다. 그리고 이어지는 긴 포옹은 꼭 이별을 앞두기라도 한 듯 애틋했다. 그녀는 생각했다. 아, 여자들은 결혼을 하면 이다지도 난리를 피우는

---

15 그리스 신화에 나오는 괴물로, 인간의 몸에 황소의 머리를 가진 미노타우로스는 미로에 갇힌 채 인간 제물을 요구했다.

구나! 그러나 누가 탓할 수 있겠어? 가만 생각해 보면 여자들은 한평생 오직 결혼에 대해서만 — 그리고 결혼에 수반된 일에 관해서만 — 난리를 피울 수 있잖아? 다른 사람의 결혼식이더라도 대리 만족을 얻을 수 있다면 이미 충분한 거야. 결국 여자는 이렇게 쓰려고 길러지고, 입혀지고, 치장되고, 교육받고 — 이렇게 일방적인 세뇌를 교육이라 부를 수 있을지 모르겠지만 — 보호받고, 무지를 강요받고, 겨우 단서만 제공받고, 분리되고, 억압당하는 거잖아? 그러다가 일말의 기회라도 생기면 그 즉시, 웬 남자를 섬기러 떠나는 거지. 아니면 자기 딸을 보내든가.

그러나 남자를 섬기는 게 정확히 어떤 의미인지, 데버라는 몰랐다. 그녀가 아는 사실은 굉장한 기회를 눈앞에 두었고, 이 기회는 온전히 그녀의 것이며, 이 엄청난 기회를 두고 벌어지는 소동에 대해 완벽히 초연함을 유지해야 한다는 것이었다. 그녀는 자신이 헨리를 사랑하지 않는다는 사실을 알았으나, 설령 헨리를 사랑했더라도 자기만의 삶을 통째로 포기할 만한 사유는 아니었다. 헨리는 그녀를 사랑했지만 아무도 헨리더러 자신의 삶을 포기하라고 기대하지 않았다. 오히려 헨리는 데버라를 획득하듯, 그렇게 자기 삶에 무언가를 더하는 것처럼 보였다. 그는 계속 친구들과 점심을 먹으러 다닐 것이고, 자기 선거구를 돌아볼 것이며, 하원에서 저녁 시간을 보낼 것이었다. 그는 자신만의 다채롭고 자유롭고 남자다운 삶을 지속할 것이고, 손가락에 반지를 끼거나 성을 바꾸지 않아도 됐다.[16] 다만 그가 마음이 내킬 때 집에 오면 데버라는 항

---

16 지금은 결혼하면 부부 양쪽이 반지를 끼고, 여자가 남편의 성을 따르지 않는

상 그곳에 있어야 했고, 언제든 손에 든 책이나 신문이나 편지를 내려놓을 수 있어야 했다. 그가 무슨 말을 하든 들어 줄 준비를 해야 했다. 그의 정치계 지인들을 맞아 주어야 했다. 지구 반대편에 가서 살자고 해도 묵묵히 따라야 했다. 그래, 룻과 보아스[17] 이야기가 생각나네, 헨리는 좋아하겠지, 하고 데버라는 생각했다. 헨리는 데버라를 곁에 두면 자기 소임을 완수하는 데 도움이 되리라고 판단했다. 자수에 폭 빠진 데버라 옆에 앉아서 골몰한 아내의 머리를 애정 어린 시선으로 바라보며, 해가 저물면 이렇게 예쁘고 귀여운 아내에게 돌아올 수 있으니 자신은 행운이라고 말할 것이었다. 위엄 있는 정부 각료인데도 중산층이나 노동 계급의 남자처럼 그런 밀어를 건넬 것이었다. 그러면 데버라는 뿌듯한 얼굴로 고개를 들어야 했다. 헨리는 대영제국을 대변하는 식민지 총독으로서 위엄과 매력을 겸비한 남자가 되겠지만, 자신에게 접근하는 여자들의 감언이설도 그들 남편의 야망을 실현하기 위한 빈말이자 사회생활의 일부이므로 아내에게만 충실할 것이었다. 따라서 질투라는 초록색 뱀이 데버라의 인생에 끼어들 일은 결코 없을 것이었다. 헨리는 명예롭게 출세할 것이고, 오랜 세월 동안 그보다 두 배나 컸던 검은 그림자 위에 드디어 작은 관이 씌워지는 모습을 바라보며 순수한 자부심을 느낄 것이었다. 이렇게 미리 정해진 삶 속에, 과연 화실을 위한 자리가 있었을까?

경우도 있지만, 소설 속 시대에는 여성만이 반지를 꼈으며 남편 성을 예외 없이 따라야 했다.

17 성경에 등장하는 인물들로, 모압 출신 룻은 이스라엘인 말론과 결혼하지만 사별하고, 시어머니 나오미를 따라서 베들레헴으로 간다. 거기서 묵묵히 효도하며 살다가 보아스에게 재가한다.

헨리가 저녁에 귀가했을 때 문이 잠겨 있어서는 안 될 일이었다. 여분의 잉크나 압지를 찾으려고 남편이 자리에서 벌떡 일어났을 때 홀랜드 부인은 모델과 대화하고 있어서는 안 될 일이었다. 남편이 머나먼 식민지의 총독으로 발령받았을 때 미술 선생님에게 수업을 듣고자 런던에 있어서는 안 될 일이었다. 아들을 하나 더 얻고 싶을 때 막 굉장한 작업에 착수했으니 아이를 가질 수 없다고 해서는 안 될 일이었다. 온갖 추측이 난무하는 세상이지만, 데버라에게 헨리와 똑같은 권리가 있으리라는 추측만은 당치도 않았다. 여성에게 결혼은 그런 특권을 위해 존재하는 것이 아니었다.

그럼에도 결혼이 인정해 주는 특권이 있기는 했다. 데버라는 자기 방에서 기도서를 꺼내 '결혼식' 부분을 펴 보았다. 결혼은 자식을 낳기 위한 결합이라 적혀 있었다. 이미 알고 있는 바였다. 그녀가 귀를 막기도 전에 친구 하나가 그런 이야기를 했던 것이다. 또 결혼은 여자들이 남편에게 사랑과 애정을 베풀고, 순결로서 복종할 수 있게 해 준다고 쓰여 있었다. 조용하고 진지하고 온화한 부인, 신성하고 경건한 부인이 될 수 있게 해 준다고 말이다. 분명 겉만 번지르르한 이야기였다, 진실의 단면만을 보여 주었으니까. 데버라는 또 한 번 자문했다. 이렇게 체계적으로 기획된 삶에, 과연 화실을 위한 자리가 있었을까?

항상 매력적이고 점잖은 헨리, 이제는 깊이 사랑에 빠진 헨리는, 데버라가 가까스로 결혼한 후에 그림을 그리면 반대하겠느냐고 묻자 환한 미소로 답했다. 반대라니! 헨리는 당연히 반대하지 않을 것이었다. 그는 우아한 재주를 연마하는 것만큼 여자에게 잘 어울리는 일은 없다고 생각하는 남자였다.

"고백할게요." 그가 말했다. "여성에게 어울리는 재주 중에 내가 가장 좋아하는 것은 피아노 연주입니다만, 데버라의 재능은 다른 영역에 있으니 그걸 최대한 즐기면 좋겠어요, 내 사랑." 그러고는 둘이서 여행할 때마다 그림으로 남기면 어떻겠느냐고, 수채화로 그려서 화집으로 엮으면 친구들에게 보여주기도 얼마나 좋겠느냐고 했다. 그러나 데버라가 그런 의미로 한 말은 아니었다고 했을 때 ─ 자신에게는 좀 더 진지한 계획이 있다고, 마음을 졸이며 말했다. ─ 헨리는 다시금 그어느 때보다도 환하고 애정 어린 미소를 머금은 채 앞으로 시간은 충분하니 두고 보자고, 또 자기가 보기에 결혼한 뒤에는 이런저런 할 일이 많아서 데버라의 하루가 무척 바쁠 것 같다고 얘기했다.

그제야 그녀는 자신이 함정에 빠졌음을 깨닫고 분노했다. 그녀는 헨리의 말이 무슨 뜻인지 아주 잘 알고 있었다. 헨리는 그 모든 것으로부터 한 발짝 떨어져서 당당하게 자신의 우위를 지킬 수 있었고, 다정하지만 독선적인 추측을 하며 손쉽게 친절한 척을 했다. 데버라는 그런 헨리가 싫었다. 특히 무엇보다도 헨리를 탓할 수 없다는 사실이 싫었다. 헨리를 탓할 수는 없었다. 헨리는 당연시해도 되는 것들을 당연시하고 있었고, 다른 여자들 편에 서서 그들의 음모, 데버라에게서 자기만의 삶을 살 기회를 빼앗으려는 음모에 가담했을 뿐이었다.

그녀는 너무 순진했고, 너무 우유부단했고, 너무 물렀고, 너무 무지했다. 하지만 적어도 그 대화 속에 중대한 의미가 있음을 알아차렸다. 데버라는 대답을 얻었다. 그래서 그녀는 이 문제를 다시 입에 올리지 않았다.

그런데 데버라는 여성주의자가 아니었다. 그녀는 자신을

희생양이라고 여기는, 사치스러운 여성주의적 사고관을 탐닉하기에는 너무나 현명했다. 그녀가 보기에 자신의 본질과 운명 사이의 간극은, 남성과 여성 사이의 간극이 아니라 현실주의자와 몽상가 사이의 간극이었다. 데버라가 여성이고 헨리가 남성인 것은 그저 우연에 불과했다. 그녀는 단지 여자라는 이유로 상황이 악화된 건 아니라고 성급하게 결론을 내린 뒤 더 깊이 생각하지 않으려고 애썼다.

레이디 슬레인은 작은 정원의 한복판까지 의자를 끌고 왔다. 제누는 창문 너머로 지켜보다가 담요를 들고 나왔다. "마님, 그러다 감기에 걸려요. 마님이 감기에 걸리면 돌아가신 나리가 뭐라고 하시겠어요? 얼마나 알뜰살뜰 마님을 아끼셨는데!"

그래, 레이디 슬레인은 헨리와 결혼했고, 헨리는 그녀가 감기에 걸리지 않도록 항상 극진히 보살폈다. 거의 모든 방법을 동원해서 그녀를 보살폈다. 그녀 삶이 언제나 안락했다고 말한다면 그것은 진실이다. (하지만 그녀가 그런 삶을 원했던가?) 영국에 살 때도, 아프리카, 호주, 인도에 살 때도 헨리는 그녀가 최소한의 걱정거리만을 안고 살도록 항상 노력했다. 어쩌면 그런 방식으로, 데버라가 헨리 때문에 포기해 버린 독립적인 삶을 보상해 주려는 것이었는지도 몰랐다. 아마 헨리는 — 이런 생각은 당치도 않겠지만! — 자신에게 유리한 것 이상으로, 인정하는 순간 불리해졌을 것까지 훤히 알고 있었는지도 모른다. 의식적 혹은 무의식적으로, 그렇게 아내의 소망을 담요와 쿠션 밑에 욱여넣고 질식시켜 죽였는지도 모른다. 고장 난 심장이 깃털 침대 위에서 고이 잠들 수 있도록 영원한 안식을 선사했던 것이다. 데버라는 항상 하인과 비서와 부관 들에게 둘러싸인 채 살아왔다. 그들의 역할은 배가 부두에 너무 강하게 부딪지 않도록 해 주는, 이를테면 완충 장치 같은 것이었다. 보통 그들은 자신에게 부과된 의무 이상으로 일하곤 했는데, 순전히 레이디 슬레인을 배려하는 마음에서 그러는 것이었다. 그 연약하지만 다기진 존재, 이타적이며 여성스러운 존재를 보호하고 아껴 주려고. 그녀의 섬세함은 남성의 기사도 정신을 자극했고, 그녀의 겸손함은 여자들의 반감을 물리쳤으며, 그녀의 영혼은 남성과 여성 모두에게서 존경을 받았다. 그리고 헨리는, 물론 예쁘장하고 알랑거리는 여자들과 노닥거리기를 즐겼고 가끔 레이디 슬레인의 기분이 언짢을 만큼 그들에게 맞춰 주기도 했지만, 이 세상에 아내와 견줄 만한 여자가 있다고 단 한 번도 생각한 적 없었다.

어떤 의미에서는 헨리가 가져다준 것이나 다름없는 담요를 무릎에 덮은 채, 그녀는 자신과 헨리의 관계가 얼마나 막역했는지 곰곰 고민해 봤다. 남편과의 관계를 재평가하는 그녀의 태도는 냉정했고, 심지어 자신의 냉정함이 조금 무서웠으나, 기묘하게도 바로 그 냉정함 덕분에 과거의 한 시절로 돌아갈 수 있었다. 부모를 버리고 자신의 삶을 추구하기로 다짐했던 시절, 관습의 관점에서 보자면 비난받아 마땅하겠지만, 참으로 올곧고 힘겹고 정직한 삶을 꿈꾸던 시절이었다. 그때 그녀는 삶과 직면하고 있었기에 명확히 사고해야 했다. 그리고 지금은 죽음과 직면하고 있기에 회피하지 않고, 최대한 정직하게 스스로의 가치관을 돌아봐야 했다. 오직 시작과 끝 사이에 자리한 나날들만이 혼란할 뿐이었다.

혼란. 다른 사람들은 그것을 혼란이라고 생각하지 않을 터다. 두 사람의 결혼 생활이 완벽하다고, 그녀와 헨리를 각각 완벽한 아내이자 남편이라고 평가할 것이다. 둘 다 다른 여자나 남자를 '쳐다보지조차' 않았다고 이야기할 것이다. 명예로운 공직자의 삶을 함께 걸어온 파트너이자 유망하고 흡족한 혈통의 뿌리라며 그들을 질투할 것이다. 이제는 홀로 남겨진 그녀의 고통을 딱하게 여길 것이다. 하지만 그들도 결국에는 깨닫겠지. 천수를 누린 여든여덟의 노인은 딱히 동정의 대상이 아니며, 그저 기다림 속에서 여생을 보내면 그만이라는 사실을. 그러니까 그녀 남편이 — 젊었을 때의 외모를 회복한 그는 머리에 화관을 쓰고 몸에 가운 같은 것을 걸쳤으리라. — 저세상의 입구에 서서 그녀를 맞이해 줄 날을 기다리면 되는 것이다. 그들은 그녀가 행복한 삶을 살았다고 장담할 터다.

그런데 행복이란 뭔가? 그녀는 행복했나? 행복(Happy)이라는 이상하고 요란한 단어는 영어를 쓰는 사람 모두에게 아주 확정적인 의미를 전달한다. 그 단모음, 발음할 때 침이 튀는 두 개의 'p', 당돌하게 휜 꼬리로 마지막을 장식하는 'y'까지, 그 이상하고 요란한 단어는 단 두 음절로 인생을 송두리째 요약하려 들었다. 행복(Happy). 하지만 사람은 한순간 행복하다가도 돌아서면 불행해진다, 둘 다 별것도 아닌 이유로. 그러니 행복이란 무슨 뜻인가? 그 단어에 별다른 뜻이 있다면 어떤 불안한 사람이 세상을 흑과 백으로, 이분법적으로 보고자 시도했다는 뜻일 것이다. 위험이 가득한 정글 같은 세상에서 작고 비굴한 존재들이 위로가 되는 단어를 찾고자 애썼다는 뜻이리라. 당연히 누구에게나 '그때는 행복했어.'라고 얘기할 만한 순간이 있다. 그보다 당연히 '그때는 불행했어.'라고 얘기할 만한 순간도 적잖을 터다. 예를 들어, 아기 로버트를 관에 눕혔을 때, 시리아 출신의 유모가 울면서 그 위로 장미 꽃잎을 뿌렸을 때 그녀는 불행했다. 하지만 살아온 모든 나날들을 총합하면 그저 삶이라고 부를 수밖에 없었다. 평생의 삶에 대고 행복했는지 불행했는지 묻기는 부조리했다. 꼭 자기가 아닌 다른 사람을 두고 던지는 질문 같았다. 아니, 불가해하고 다채로우며 변화무쌍한 삶과는 전혀 상관없는 언어로 위장한 질문 같았다. 삶을 행복이나 불행이라는 말로 정의하기란 불가능하다. 마치 호수의 물을 단단한 공으로 압축하는 일처럼. 인생은 호수야. 레이디 슬레인은 복숭아 향기가 풍기는 따뜻한 남쪽 벽 아래 앉아서 생각했다. 그 잔잔한 표면 위로 수많은 형체를 반사해 내는 호수, 태양이 금빛으로, 달이 은빛으로 물들이는 호수, 가끔 구름이 어둠을 드리우고 파동이 물결을 이루지만 결국에는 잔잔함을 되찾는 호수. 넘치지 않는 수면. 호수, 즉 인생은 손에 쥘 수 있을 정도로 작지 않으며 단단하게 압축하기도 불가능하다. 그러나 사람들은 타인의 인생이 행복했는지 불행했는지 질문하면서 삶을 압축해 버린다.

　레이디 슬레인에게는, 아니, 사실 그 누구에게도 그런 질문을 해서는 안 됐다. 세상사는 그렇게 간단한 게 아니다. 사람들이 남편을 사랑했느냐고 묻는다면 그녀는 망설임 없이 대답할 수 있었다. 그렇다고, 남편을 사랑했다고. 그때는 남편을 사랑했고, 이때는 남편을 사랑하지 않았다며 삶을 조각조각 쪼개서 각각 다른 설명을 붙일 필요는 없었다. 일생 전체에 밑줄을 그어야 했다. 남편을 향한 레이디 슬레인의 사랑은 한 평생을 관통하는 검은 직선이었다. 사랑은 그녀를 짓눌렀고 아픔과 상처를 남겼으나 그녀는 결코 비켜설 수 없었다. 그녀 마음속에서 헨리 홀랜드에게 굴복하지 않은 것들이 전부 힘을 합해 줄다리기를 벌였지만, 사랑이라는 단 한 마리의 거대한 괴수의 힘에 와르르 무너지고 말았다. 그녀의 야망도, 비밀스러운 생활도 전부 좌절되었다. 남편을 너무나 사랑한 나머지 울분도 사그라들고 말았다. 남편이 강요한 희생에도 억울해할 수 없었다. 물론 그녀는 희생 속에서도 기쁨을 느끼며 희생을 정당화하는 그런 부류의 여자가 아니었다. 그녀가 젊은 시절에 품었던 꿈은 그런 종류의 사랑과 맞지 않았고, 꿈을 포기함으로써 그 무엇과도 비교할 수 없는 가치를 놓쳤음을 알았다. 그녀는 헨리 홀랜드를 위해 이만큼이나 희생했고, 헨리 홀랜드는 이 사실을 추호도 몰랐다.

마침내 그녀는 자신과 헨리가 진정 어떠했는지 돌아볼 수 있었다. 더 중요한 것은, 비로소 불충한 마음 없이 헨리를 한 명의 인간으로서 탐구할 수 있다는 점이었다. 그녀는 이제야 과거의 광적인 충성심을 벗어던질 수 있었다. 사랑의 고통이 기억 속에서 흐릿해진 것은 아니었다. 단 한 순간도 진정으로 믿어 본 적 없는 신에게 헨리 홀랜드의 안전과 행복을 빌었던 구복의 나날들도 여전히 생생했다. 그녀의 기도를 이루던 유치하고 절절한 낱말들은 그 절박함에 걸맞게 장황했다. "오, 주님." 그녀는 밤마다 기도했다. "사랑하는 헨리를 보살펴 주세요. 그에게 행복을 주세요. 오, 주님, 질병이나 사고 같은 위험으로부터 그를 지켜 주세요. 저를 위해서 그를 지켜 주세요. 저는 천국과 지상을 아울러 그 누구보다 그를 사랑해요." 그녀의 기도는 이런 식이었고, 그녀가 밤마다 기도를 반복할수록 낱말들은 차차 뾰족하게 날을 세웠다. "질병이나 사고 같은 위험으로부터 지켜 주세요." 하고 속삭일 때마다 그녀 눈앞에 마차에 치인 헨리가, 폐렴으로 숨을 헐떡이는 헨리가 어른거렸다. 꼭 그런 일이 실제로 일어나고 있는 듯 생생했다. 그리고 "저는 천국과 지상을 아울러 그 누구보다 그를 사랑해요." 하고 속삭일 때마다 혹시 '천국'을 언급하는 것이 신성 모독은 아닐지, 하느님의 질투를 자극한 것은 아닐지 걱정하며 밤을 보내야 했다. 지상과 천국을 아울러 — 지금 그가 속삭이는 기도를 듣고 있을 하느님도 천국의 일부였다. — 헨리를 가장 사랑한다며 애정을 과시한 건 분명 신성 모독에 가까운 행위였다. 혹시 신성 모독이 구복의 기도보다 더 강한 영향력을 발휘할 수도 있지 않을까? 어쨌든 그녀는 계속 기도했다. 전부 사실이었기 때문이다. 헨리는 천국과 지상을 아울러 그 누구보다 소중했다. 월등히 소중했다. 심지어 헨리는 그녀로 하여금 야망보다 남편을 아끼도록 하지 않았던가. 그녀가 기도를 속삭이든 말든 그녀 마음을 꿰뚫어 보고 있을 신에게(물론 신이 존재한다면 말이지만) 거짓을 고할 수는 없었다. 그러니까 차라리 신이 들어 주기를 바라는 마음으로, 헨리는 듣지 못하기를 바라는 마음으로 진심을 속삭이는 편이 나았다. 진심을 쏟아 내는 것, 그것은 매일 밤의 사치였다. 그러면 위로받는 느낌이었다. 기도를 마친 뒤에는 헨리를 위해, 적어도 24시간 동안의 안전을 확보했다는 마음으로 편히 잠들 수 있었다. 24시간은 그녀가 상정한 기도의 유효 기간이었다. 그녀가 알기로 헨리 홀랜드는 비밀스러운 기도의 도움을 받아도 무사하기 힘든 위태로운 보물이었다. 헨리의 경력은 참 다사다난했으므로 그녀가 기도하는 안전한 삶과는 너무나도 거리가 멀었다! 그녀가 남편의 직업을 대신 고를 수 있다면 네덜란드 튤립 농부의 단조로운 삶을, 고리버들 새장 속의 비둘기가 햇볕을 쬐며 구구거리는 가운데 어떻게 하면 새로이 튤

립의 싹을 틔울 수 있을지 궁리하는 것이 전부인 삶을 선택할 터였다. 그녀 눈에 비친 남편의 삶은 언제나 지나치게 역동적이었다. 당장이라도 포탄이 날아올 것 같은 길을 걷고, 코끼리 위에서 인도의 도시를 누비며, 그녀와는 멀리 떨어진 격식과 직업의 세계에 머물렀다. 런던이나 파리나 워싱턴처럼 안전한 수도로 발령받아서 물리적 위협이 일시적으로 중단되었을 때도 — 영국 정부의 충실한 공무원으로서 런던에 머물거나 어떤 평화로운 임무를 맡아서 외국에 갔을 때였다. — 사려 깊은 아내에게는 다른 문제들이 생겼다. 남편이 잠시나마 직업적 난관에 부딪힐 때마다 잽싸게 그의 불안한 마음을 포착해서 위로해 줘야 했다. 어깨가 축 처진 헨리가 그녀에게 다가와서 아무 말 없이 무기력한 모습으로 의자에 앉아 있다면, (그녀 역시 잘 알다시피) 내심 아내가 다정한 말을 속삭여 주고 그 담요 같은 말들로 폭 안아 주기를 바라는 것이었다. 물론 그녀는 아무것도 모른다는 듯 에둘러서 다정한 말을 건네야 했다. 정부 윗선의 방해나 정적과의 대립은 전부 그들의 근시안적 관점이나 질투 때문이지 남편의 능력 부족 때문이 아니라고 다시금 확실히 일깨워 줘야 했다. 그러나 절대 남편이 회의에 시달리고 있음을 간파했다는 티를 내서는 안 됐다. 그랬다가는 그녀가 쌓아 올린 모든 위로가 전부 무너져 내릴 터였다. 그녀가 이 과업을 성취하면, 지극히 섬세한 방식으로 지극히 탄탄한 위로를 건축하고 나면 — 그러면 남편은 자신감을 회복했고, 다시 그녀를 남겨 둔 채 업무로 복귀했다. — 그녀의 손은 피로의 상징으로서 힘없이 축 처졌고, 내면에 공허한 온기가 차올랐다. 꼭 몸에서 영혼이 흘러나와 다른 누군가의 혈관 속으로 흘러든 것 같은 느낌이었다. 그녀는 이제 저 깊은 곳으로 가라앉고 침잠하며, 자신이 아무도 모르게 지극한 황홀경을 맛본 것은 아닐지 자문해야 했다.

하지만 이렇게 그녀의 사랑과 사랑에 수반된 섬세한 과업들을 서술하고 난 뒤에도, 서술이 지나치게 단순하다는 생각이 들어서 좀체 만족할 수 없었다. 그녀가 남편을 사랑했다는 명제는 분명 반박의 여지가 없지만 극도로 복잡한 문제였다. 한 남자를 사랑했다는 그녀는, 즉 '나'는 과연 누구인가? 그리고 헨리는 누구인가? 그의 정체는 무엇인가? 시간과 죽음에 의해 소멸할 수밖에 없는, 그런 실질적 위협 때문에 더욱 소중하게 실재하는 육체? 아니면 그의 육체는 '그'라고 칭할 수 있는 자아의 상징이자 그저 만질 수 있는 투영일 뿐일까? 분명 두 사람의 육체라는 상징 아래에는 자아가 감춰져 있었다. 그러나 자아를 파악하기란 힘들었다. 자아는 목소리, 이름, 외모, 직업, 상황 같은 너무나도 익숙한 방해물에 가려져 있는데다가, 매 순간 변화하기 때문에 막연하고 혼란스러웠다. 그리고 자아는 하나만 있는 것도 아니었다. 남편과 있을 때와 혼자 있을 때, 그녀는 전혀 다른 사람이었다. 또 그녀가 파악하고자 하는 단독자로서의 자아는 가까이 다가가면 움직이고 변화하고 녹아내려서 한밤의 강도처럼 자아의 목덜미를 움켜쥐기란 불가능했다. 결국 쫓던 자아의 본체는 칠흑 같은 뒷골목으로 달아나고 말았다. 그녀의 생각을 포장하는 언어도 또 다른 거짓에 지나지 않았다. 언어는 돌기둥이나 나무의 몸통처럼 홀로 설 수 없으므로, 울창하게 얽힌 열대 우림처럼 연상 작용을 무럭무럭 뻗치기 마련이었다. 사실이라는 것도 자아처럼 불가해하고 사치스러운 개념인 것 같았다. 언어가 없는 무아지경의 세계에서만 진정한 이해가 가능했다. 그저 느낌만으로 이루어진 세계, 물질계를 벗어난 세계, 손가락 끝에서 느껴지는 간지러움만이 육체의 존재를 상기하는 세계, 마음속에 일련의 이미지만이 떠다닐 뿐 이름도 언어도 없는 무아지경의 세계에서만. 그 세계에서라면 자기 안에 숨겨진 자아에 가장 가까이 다가갈 수 있을 듯했으나 정작 그곳은 헨리와 아무 관련 없는 세계였다. 그래서 그녀는 사랑을 기꺼이 받아들인 걸까? 사랑은 최고의 대안이고, 사랑의 고통은 무언가에 가닿았다는 환상을 불러일으키니까?

결국 그녀도 여자였다. 어쩌면 그녀가 여자였기 때문에 예술가의 꿈이 좌절된 상황에서 다른 방식의 성취를 추구했는지도 모른다. 여자가 남자를 섬겨야 한다는 흔한 믿음에는 근거가 있을까? 앞선 세대의 관점이 옳고, 그녀의 사적인 고뇌는 틀렸던 걸까? 그녀는 분명 헨리를 섬기며 살았다. 어쩌면 그런 그녀의 삶에는 어떤 아름다운, 동적인, 심지어 창조적인 것이 깃들어 있었을지도 모른다. 어쩌면 그녀는 그림을 그리는 행위만큼 위험하고 위태로운 모험, 바로 헨리와의 관계를 유지하는 일생의 과제에 도전했을지도 모른다. 풍경을 물들인 파란색과 보라색을 관찰하듯 그녀와 헨리의 인생을 물들인 원색과 중간색을 차분히 감상할 수는 없을까? 그렇게 인생의 색깔들을 연결 짓고 그 가치를 인식해서 그것들이 아름답다고 결론 내릴 수는 없을까? 이런 기이한 행위도 여자에게만 허락된 성취가 아닌가? 실로 여자만 달성할 수 있는 목표가 아닌가? 특권이자 특혜, 경멸할 수 없는 행위가 아닌가? 그녀 안의 여자가 힘껏 대답했다. 그렇다! 그녀 안의 예술가가 힘껏 대답했다. 아니다!

실상 여자들이야말로 새로운 프로테스탄트 정신으로 이

세상에 남아 있는 사랑스럽지만 멍청한 마법과 환상을 깨부수고 있지 않은가? 이번에는 그녀 안의 여자와 예술가가 입을 모아서 대답했다. 그렇다.

알고 지내던 앳된 부부의 — 남편은 파리 대사관의 비서실에서 일했고, 부부 모두 나이가 어렸다. — 집에 대사 부인으로서 방문했던 날을 기억했다. 그들은 적절하게 예의범절을 갖춰서 자신을 맞아 주었다. 그녀는 부부가 자신을 좋아한다는 사실을 알면서도 그 집에 방문하면 방해가 되리라고 항상 생각했다. 서로를 너무나도 사랑했기에 둘만의 시간에서 삼십 분만 빼앗겨도 분노할 것 같았기 때문이다. 그러나 부부의 집에 방문하는 일이 고통스러움에도 자꾸 찾아가게 되었는데, 그들이 마음에 들어서, 또 그들의 다정함을 보면서 스스로를 고문하고 싶은 욕구를 느꼈기 때문이다. "하느님은 남자와 여자를 창조하셨다." 그녀는 돌아오는 길에 항상 이렇게 되뇌곤 했다. 가끔 귓갓길에 헨리와 자신의 관계가 너무나도 기만적이라 여겨져서 삶의 무게가 사뭇 무겁게 다가왔고, 그냥 죽었으면 좋겠다고 생각했다. 그냥 하는 말이 아니었다. 정말 죽기를 바랐다. 그녀는 참으로 정직한 사람이라 그런 무거운 기만이 고통스러울 수밖에 없었다. 더러 그녀는 그 시시하지만 매력적인 어린 부부의 관계처럼 간단하고 자연스럽고 온당한 관계를 갈망했다. 알렉이 난롯가에 서서 주머니에 든 동전을 짤랑거리며 소파 한쪽에 웅크린 아내를 바라보고 있노라면, 그녀는 그 눈길을 응시하며 질투에 사로잡혔다. 알렉의 말과 행동을 전부 의심 없이 받아들이는 마지에게도 질투를 느꼈다. 하지만 그러는 와중에도 신경을 건드리는 무언가가 있었다. 바로 남편의 견딜 수 없는 남성적인 군림, 아내의 비굴하고 여성적인 복종이었다.

그러면 진실은 무엇일까? 헨리는 사랑의 충동 때문에 아내의 독립적인 삶을 빼앗았으나 다른 삶을, 풍요로운 삶을, 더 큰 세상과 맞닿아 있는 삶을 주었다. 물론 아내가 그런 삶을 원하는지는 다른 문제였다. 그런 삶이 싫다면 아이들에게 파묻혀 살 수도 있었다. 헨리는 그녀의 독립적인 삶을 빼앗았지만 자기 삶과 풍요를, 아니면 자식들의 삶과 잠재력을 누리게 해 주었다. 헨리는 그녀가 헨리 '나' 자식들의 삶에, 아니 헨리 '와' 자식들의 삶에 푹 빠져서 본디 바라던 삶을 즐기듯 즐거워하리라 생각했다. 그녀가 그저 자기 자신으로서 살고 싶어 할지도 모른다는 생각은 미처 못 했다.

그녀의 일부는 이 모든 것을 묵인했다. 자식들, 특히 아들들의 삶에 자신을 투신해야 한다는 생각을 묵인했던 순간이 기억났다. 꼭 자식들의 존재가 그녀보다 더 중요하다는 듯, 그녀는 그저 자식들을 탄생시키기 위한 수단이자, 어리고 연약한 아이들을 지켜 주는 보호자에 지나지 않는다는 듯한 태도였다. 케이를 낳았을 때였다. 출산하기 전에 토머스 맬러리의 책을 읽은 참이라 아기에게 케이라는 이름을 붙여 주고 싶었다.[18] 그 전까지 아들들은 자동으로 집안 대대로 내려오는 이름을 물려받았으나 — 허버트, 찰스, 로버트, 윌리엄. — 왜인지 다섯째 아들의 이름을 정할 때는 그녀도 의견을 낼 수 있었다. 그녀가 케이를 제안하자 헨리는 반대하지 않았다. 헨리는 기분이 좋아서 이렇게 대답했다. "마음대로 해요." 그녀는

---

18   케이는 토머스 맬러리가 쓴 『아서 왕의 죽음』에 나오는 인물로, 전투에 능하고 위세가 당당하지만 허세와 자만도 심했다.

출산 직후의 몸이 만신창이인 상태에서도 그것을 관대한 처사라고 생각했다. 갓난아기의 쪼글쪼글하고 빨간 얼굴을 내려다보며 — 물론 여섯 번째 출산인 만큼 그때쯤에는 쪼글쪼글하고 빨간 얼굴도 익숙했다. — 작은 아이에게 자기가 직접 고르지도 않은 이름을 붙여서 세상으로 내보낸다는 것이 얼마나 엄중한 일인지 깨달았다. 마치 전함 한 척을 전쟁터에 내보내는 것 같았다. 다만 포탑과 갑판과 총 대신에 살과 두뇌라는 기적적인 생명을 갖춰 주었을 뿐이었다. 아이를 케이라고 부르는 것이 과연 정당한 일이었을까? 이름은 보이지 않는 꼬리표로서 지속적인 영향력을 발휘했다. 사람은 자기 이름에 걸맞게 자란다고들 했다. 어쨌든 케이는 영웅적인 인물로는 성장하지 않았다. 그러나 자기 형제자매와 비슷한 면이 하나도 없었다.

그녀 자식 중 오직 케이와 이디스만이 어머니의 성격을 물려받았다. 케이의 아스트롤라베 애호, 이디스의 허둥대는 습관을 보면 알 수 있었다. 자식 중 캐리를 가장 쉽게 키웠다. 맏딸은 출산할 때조차 스스로 열심히 바둥대며 세상에 나와 줬다. 장남 허버트의 출생은 위풍당당하고 힘겨웠다. 아기 윌리엄은 조용했으나 성질이 고약하고 눈이 작았다. 게다가 욕심도 많아서 어머니의 가슴에 남은 젖을 모조리 다 빨아 먹으려고 안달이었다. 천상의 궁합인 아내 라비니아와 함께 동네 농가의 수익을 다 집어삼키려고 야단인 지금과 똑같았다. 찰스 역시 항상 불만투성이인 현재 모습과 똑같이 싸우듯 태어났다. 물론 그때는 육군성 같은 걸 아예 몰랐지만. 이디스는 찰싹 때려 준 뒤에야 첫 호흡을 시작했다. 삶을 사는 데에는 아기였을 때나 지금이나 똑같이 미숙한 이디스였다. 다만 변하지 않는 사실은 그녀가 케이와 이디스에게만 무어라 설명할 수 없는 공감을 느낀다는 점이었다. 나머지는 전부 헨리의 자식들로, 그에게 물려받은 강인한 기운을 이상한 방향으로 분출하고 있을 따름이었다. 하지만 자식들이 어렸을 때 — 일어서지도 못하고 누군가가 불안한 머리를 지탱해 줘야만 겨우 앉을 수 있는 작고 연약한 아기였을 때 — 그녀는 독립적인 삶을 포기한 만큼 보상을 얻을 수 있을까 해서 먼 훗날을 기다려 보기로 다짐했다. 아기들의 머리뼈가 아물어서 그 가슴 떨리는 생생한 맥박이 느껴지지 않을 날을, 그들의 생명이 지금처럼 불안하고 위태롭지 않을 날을, 유모가 없는 동안 요람 위로 몸을 굽히다가 갑자기 죽지는 않을까 걱정하지 않아도 되는 날을 고대하기로 결심했다. 아이들이 독자적인 특성을 형성하고 부모와 다른 의견을 표현할 날을, 자기 나름대로 인생을 계획하고 준비할 날을 기다려 보고자 노력했다. 그러나 이런 행위조차 결국 억압당하고 좌절되었다. 언젠가 그녀는 헨리와 함께 모기장을 씌운 요람에 누워 있는 허버트를 바라보다가 이렇게 말했다. "얼마나 좋을까요, 이 아이가 기숙학교에 가서 우리에게 편지를 보낼 나이가 되면." 헨리는 그 말이 탐탁지 않았다. 그녀는 남편의 언짢은 기색을 바로 알아차렸다. 헨리가 생각하기에 진짜 여자라면 자식이 작고 연약한 아기일 때 더 행복해야 했고, 그들이 장성해서 어미를 두고 떠나면 슬퍼해야 했다. 배내옷이 아동복보다, 아동복이 반바지보다, 반바지가 긴바지보다 애틋해야 했다. 헨리는 여자와 모성에 관해 아주 확고하고 남성적인 관점을 갖고 있었다. 내심 자라나는 아들들이 자랑스러워서 마음 쓰여도, 아이들의 양육은 언제까지나 완전히 어머니의 소관이라며 애써 자신의 고정 관념을 고집했다. 그렇게 스스로를 기만했다. 그런 형편이니, 아내 역시 자연스럽게 남편의 관점을 받아들일 수밖에 없었다. 허버트는 두 살이 되었을 때 캐리에게 '어머니의 아기' 자리를 내주었다. 캐리는 한 살이 되었을 때 찰스에게 밀려났다. 그녀는 남편의 기대에 맞추어 아기를 사랑하는 어머니 역할을 수행했다. 그러나 이 모든 것에 진실은 없었다. 그녀는 언제나 자신과 자식들의 자아는 별개임을 알았다. 그녀와 남편의 자아가 별개이듯, 심지어 그녀와 그녀의 자아도 별개이듯.

떠올려서는 안 될 충격적인 생각들이 그녀 마음속으로 흘러들었다. "내가 결혼을 안 했더라면…… 자식을 낳지 않았더라면." 하지만 그녀는 고통스러울 정도로 헨리를 사랑했고, 감상적이라고 할 수 있을 만큼 자식들을 사랑했다. 그녀는 아이들을 두고 이런저런 가설을 세웠고, 헨리와 단둘이 있을 때면 이런 가설을 확장하곤 했다. 허버트는 정계로 나갈 것 같고, (열두 살 나이에) 식민지 현지 정부의 문제점에 관해서 묻지 않았느냐고 말했다. 네 살인데 벌써 타지마할에 관심을 보이는 케이에 관해서도 논의했다. 헨리는 그녀가 마음껏 상상의 나래를 펼치도록 부추겼으나, 사실 그녀가 헨리를 부추기고 있다는 사실에는 깜깜했다.

하지만 이 모든 것은 헨리의 야망에 비하면 아무것도 아니었다. 그녀는 남편의 야망 때문에 가시밭길을 걸어야 했다. 헨리의 세계관을 구성하는 모든 것이 그녀의 성정과 불화했다. 현실주의자와 이상주의자로서 그들의 세계관은 양극단에 서 있었다. 차이점이라면 헨리는 자신의 신념을 숨길 필요가 없었지만 그녀는 자기 신념을 수치와 조롱으로부터 지켜야 한다는 것이었다. 바로 이 점 때문에 그녀는 또 혼란에 휩싸일 수밖에 없었다. 그녀 삶에는 헨리가 항상 몰두했던, 위대하고 흥미로운 게임의 영역으로 진입할 수 있었던 순간들이 존재했다. 이를테면 예술가라는 사적이고 특별하고 강렬하고 아름다운 존재가 — 그녀는 예술가로서 살아가진 못했으나 예술가가 추구하는 이상적인 삶을 비참할 정도로 갈망하고 상상했다. — 제국 건설과 정치라는 남성적 직업과 남성적 분투에 비하면 가엾고 이기적이고 과민한 존재로 보이는 순간들이었다. 분투하는 삶을 갈망하는 헨리를 이성뿐만 아니라 감성으로도 이해할 수 있었던 순간들 역시 있었다, 정작 자신이 진심으로 갈망하는 것은 사색의 삶인데도. 참으로 두 사람은 이 양분된 세상의 상징이었다.

3부

우리가 사는 이 삶은 호흡으로 죽음에 이르렀다.
죽음의 자아, 그것이 순례를 떠나고
비틀거리는 발걸음으로 여행의 짤막한 첫 단계를 걷는다.

— 크리스티나 로세티

여름이 지나고 10월이 되자 공기가 쌀쌀해져서 레이디 슬레인은 정원에 앉아 있기를 그만두었다. 바람을 쐬려면 제누가 준비해 주는 외투와 모피를 두르고 짧게나마 산책을 다녀와야 했다. 제누는 자기가 껴입힌 옷들을 마님이 복도에 벗어두고 나가진 않는지 감시하기 위해 현관까지 따라 나왔다. 벽에서 꽁꽁 싸맬 옷가지를 꺼내고 또 꺼내는 제누에게 레이디 슬레인이 불만을 터뜨릴 때도 있었다. "하지만 제누, 그러면 꼭 헌 옷 뭉치처럼 보일 거예요." 제누는 마지막 외투까지 단단히 어깨에 둘러 주며 대답했다. "마님은 기품이 넘치셔서 올드한 옷 뭉치처럼 보일 일 없어요." 이어서 "제누, 기억해요?" 레이디 슬레인이 장갑을 끼면서 말했다. "저녁 식사 전에 꼭 나한테 울 스타킹을 신겼던 것?" 정말이었다. 옛날에 제누는 날이 추워지면 마님의 저녁용 드레스를 준비할 때 절대 실크 스타킹을 내놓지 않았다. 레이디 슬레인이 불평하고 또 불평해서 하는 수 없이 실크 스타킹을 준비해야 할 때면, 그 아래 겹쳐 신으라고 울 스타킹을 함께 내놓았다. "왜 안 신으시려는 건가요, 마님?" 제누가 입바른 말을 했다. "이런 날씨에는 숙녀들 전부, 심지어 젊은 숙녀들도 계절에 맞춰 긴치마를 입고 속치마까지 챙겨 입는다고요. 왜 보이지도 않을 발목 때문에 감기에 걸릴 위험을 감수하세요? 저번에 속옷 윗도리를 챙겨 드렸을 때도 똑같았어요. 저녁 식사 전에 굳이 벗으려고 그러셨잖아요. 저녁이야말로 추울 땐데." 제누는 레이디 슬레인을 따라 아래층으로 내려가면서 그 시절과 똑같이 힘차게 떠들었다. 엘름 파크 가든스와 그곳에서 일하던 냉정하고 조심스러운 영국인 하인들에게서 벗어나자마자 제누의 수다 실력이 폭발한 것이다. 레이디 슬레인 주변을 맴돌면서, 꾸짖는 것 같기도 하고 애정을 표하는 것 같기도 한 목소리로 쫑알거렸다. "마님은 자기 몸을 돌보는 법을 모르신다니까요. 이 늙은 제누 말만 들으면 되는데. 10월 초가 제일 위험할 때예요. 조짐도 없이 덜컥 감기에 걸려요. 마님 나이에는 긴장을 늦추면 안 된다고요." 그러자 "날 파묻으려면 죽고 난 다음에 파묻어요, 제누." 레이디 슬레인은 영어와 프랑스어가 섞인 제누의 잔소리로부터 도망쳤다.

그녀는 성에가 얼어서 미끄러울지도 모르는 계단을 조심스럽게 내려갔다. 그녀는 자신이 보이지 않을 때까지 제누가 지켜볼 것을 잘 알았기에 모퉁이에서 뒤돌아 손을 흔들어 주었다. 깜빡하고 뒤돌지 않았다가는 제누가 속상해할 것이기 때문이다. 하지만 손을 흔드는 것만으로는 안심하지 않으리라. 레이디 슬레인이 외투에 파묻힌 늙은 몸을 이끌고 안락한 집으로 돌아오기 전에는, 제누가 그녀를 맞이하며 신발을 벗겨 주고 슬리퍼를 내오고 어쩌면 뜨거운 수프도 한 컵 가져다 준 뒤에 외투까지 받아 들기 전에는, 책 한 권을 들고 난롯가에 자리 잡은 그녀를 두고 자리를 뜨기 전에는 마음을 놓지 않을 것이다. 제누는 재잘재잘 잔소리가 많기는 해도 억센 시골 농부 같은 지혜가 풍부하고 유쾌하며 현명한 노인이었다. (레이디 슬레인이 모퉁이를 돌며 충실하게 손을 흔들자 제누도 손을 흔들었고, 그녀는 천천히 햄스테드 히스로 이동했다.) 이제 제누는 부엌으로 돌아가서 고양이와 이야기하며 냄비와 프라이팬을 들고 바쁘게 일할 것이다. 레이디 슬레인은 제누가 고양이에게 말을 거는 소리를 자주 들었다. "이리 오렴, 우리 귀염둥이." 하고 말하곤 했다. "맛있는 저녁이지, 봐, 다 네 거야." 제누는 영국 동물들이 영어만 알아듣는다고 믿었으므로 고양이에게는 늘 영어로 말했다. 한번은 테헤란에서 자칼이 짖는 소리가 들리니까 이렇게 말했다. "정말 재미있지요, 마님. 울음소리에서 영국 동물이 아니라는 게 딱 티 나잖아요." 레이디 슬레인은 햄스테드 히스를 향해 느긋느긋 언덕을 올라가며 생각했다. 그래, 이제 그들은 평온한 삶에 안착했다. 이제 그녀와 제누는 고요하고 오붓한 일상을 살아가고 있었다. 그녀는 감사해하고 제누는 헌신하며, 또 속으로는 누가 먼저 떠나게 될지 추측하며, 그렇게 단단한 유대감 속에서 살고 있었다. 드물게 손님이 다녀가면, 그 뒤로 현관문을 굳게 닫을 때마다 두 사람 모두 방해꾼이 사라졌다는 사실에 안도감을 느꼈다. 그들이 원하는 건 단지 잔잔하게 반복되는 일상이었다. 사실 그들의 기력으로 살 수 있는 삶이란 그런 삶뿐이었다. 무언가를 열심히 한다는 데에 진력이 났다. 물론 이런 마음을 터놓고 이야기하지는 않았지만.

다행스럽게도 방해꾼은 자주 등장하지 않았다. 처음에는 레이디 슬레인의 자식들이 의무감에서 차례대로 방문했다.

하지만 그들 대부분은 햄스테드까지 오느라 얼마나 힘들었는지 대놓고 불평하기 바빴다. 그래서 레이디 슬레인은 편안한 마음으로 수고스럽게 여기까지 오지 말라고 당부했는데, 자식들은 그 부탁을 들을 때도, 거를 때도 있었다. 레이디 슬레인은 꽤 날카로운 사람이라 그들이 자기 양심을 달래려고 서로에게 무슨 말들을 할지 상상할 수 있었다. "뭐, 우리랑 같이 살고 싶으신지 물어보긴 했으니까……." 이디스만은 자주 들러서 도와주겠다는 의향을 내비쳤다. 물론 정말 도움이 될지는 미지수였다. 사실 막내딸은 이제 자기만의 아파트를 구해서 행복하게 살고 있었으므로, 어머니가 자신의 방문을 원하지 않는다고 판단하는 일에 거리낌이 없었다. 케이는 한동안 얼굴을 비추지 않았다. 마지막으로 방문했을 때는 한참이나 부끄러워하며 서성거리다가, 피츠조지라는 나이 지긋한 친구가 어머니를 만나고 싶어 한다는 이야기를 전했다. "기억하기로는," 케이가 불을 쑤시며 말했다. "인도에서 어머니를 만난 적이 있다는 것 같아요." 그러자 "인도에서?" 레이디 슬레인이 멍한 눈빛으로 되물었다. "불가능한 일은 아니구나, 아들아. 그런데 이름은 기억나지 않아. 너도 알겠지만 워낙 많이들 들락날락했으니까. 스무 명이 모여서 점심 먹는 일도 다반사였지. 만나기는 어렵겠다고 둘러댈 수 있겠니, 케이? 무례하게 굴고 싶지 않지만, 요즘에는 모르는 사람을 만나는 게 싫어."

케이는 피츠가 했던 말, 요람에 있는 케이를 봤다는 말이 무슨 뜻인지 어머니에게 묻고 싶었다. 사실 햄스테드에 온 까닭도 그 수수께끼를 풀기 위해서였다. 하지만 당연하게도, 그는 끝내 물어보지 못하고 돌아갔다.

증손주들은 한 번도 보지 않았다. 방문 금지였다. 손주들은 괜찮았다. 그들은 시작과 끝 사이에 자리한 나날을 보내고 있었으므로 대수롭게 대할 만했다. 하지만 증손주들은 아직 어렸고, 신경만 쓰였으므로 방문 금지였다. 유순한 사람들이 종종 돌변해서 보여 주는 이상하리만치 단호한 태도로, 레이디 슬레인은 그 점을 확실히 했다. 정기적인 손님은 벅트라우트 씨뿐이었다. 그는 일주일에 한 번씩 화요일마다 차 마시는 시간에 찾아왔다. 레이디 슬레인은 벅트라우트 씨가 지겹지 않았다. 두 사람이 조명도 밝히지 않은 난롯가에 자리 잡으면 벅트라우트 씨의 이야기가 시냇물처럼 졸졸 흘렀고, 레이디 슬레인은 마음 내키는 대로 듣다가 말다가 했다.

그리고 언덕 위로 갈색 나무와 탁 트인 푸른 하늘이 어우러진 햄스테드 히스는 지극히 아름다웠다. 레이디 슬레인은 벤치에 앉아서 쉬었다. 남자아이들이 연을 날리고 있었다. 아이들이 끈을 잡고 질질 끌며 잔디밭을 달리자, 그제야 연은 볼품없는 새처럼 하늘로 떠오르면서 너덜너덜한 꼬리를 너울거렸다. 레이디 슬레인은 중국에서 본 연을 날리던 남자아이들을 떠올렸다. 요즘에는 추억 속의 외국과 현재의 영국이 머릿속에서 꼬리잡기를 하며 뒤섞이고 겹치는 일이 많았다. 현재와 과거가 갑자기 동시에 나타나곤 했으므로 혹시 기억력에 문제가 생기지는 않았는지 자문하게 될 때도 있었다. 그녀는 헨리와 함께, 그리고 적당히 거리를 유지하며 말을 끄는 마부와 함께 베이징 근처의 언덕에 있는 걸까? 아니면 검은색 옷을 입은 늙은 몸으로 햄스테드 히스의 벤치에서 홀로 쉬고 있는 걸까? 집집이 달린 굴뚝 통풍관을 보면 이곳은 틀림없이 런던이었다. 그녀 앞에서 뛰노는 꼬질꼬질한 남자아이들은 분명 푸른빛 옷을 입은 청나라 악동들이 아닌 런던 토박이들이었다. 그리고 딱딱한 벤치에 앉아서 자세를 살짝만 바꿔도 팔다리에 류머티즘 통증이 느껴지는 것을 보면, 헨리와 함께 잔디가 누렇게 시든 언덕을 달리던 젊고 건강하던 시절은 아득할 뿐이었다. 그녀는 어둠 속을 짚어 보듯 건강하던 시절의 감각을 되살려 보고자 했다. 불가능했다. 오래된 멜로디가 손에 잡히지 않는 기억의 변두리를 떠다니고, 과거에서 메아리치는 충직한 내면의 목소리가 건강하던 시절의 추억을 언어로 재현했을 따름이었다. 결코 노쇠하고 경직된 육체에 실질적 감각을 일깨우지는 못했다. 그녀는 지금 이 순간을 어느 여름날 아침이라고, 막 잠에서 깨어나 쾌활한 정신으로 침대를 박차고 일어났다고 상상해 보았으나 실패했다. 과거의 어느 날 — 하루 일과가 끝났을 때 — 어둠 속에서 헨리의 품에 안기기를 간절히 기다리던 그 마음을 되살리려고 힘껏 애써 보았으나 실패했다. 이제는 전부 이야기로 남았을 뿐 현실이 아니었다. 현실은 오직 제누와 함께하는 일상, 잔잔하게 반복되는 일상뿐이었다. 그런 일상은 사소한 사건들로 이루어지기 마련이었다. 방문 판매원이 뒷문을 두드렸고, 무디스 책방에 주문해 놓은 책 소포가 도착했고, 화요일에 벅트라우트 씨와 차를 마시며 머핀 혹은 크럼핏 중 어느 것을 곁들일지 고민했고, 예고 없이 방문한 캐리 때문에 소란해지기도 했다. 점점 아픈 곳이 많아지는 몸도 문제였는데, 어쩐 일인지 그녀는 아픔에 대해 애틋함을 느끼기 시작했다. 그녀의 몸은 평생 함께하는 동료, 항상 곁에 있는 자원이자 심취의 대상이었다. 젊었을 적에는 무시하기 일쑤였던 몸의 불편함, 자신만 아는 작은 불편함이 늙어 가면서 막대한 영향력을 발휘하며 포악한 잠재력을 떨치기 시작했다. 하지만 그러한 포악함이 마음에 들고 흥미로웠다. 그녀는 요통 탓에 의자에서 일어날 때마다 항상 주의해야 했는데, 그럴 때면 허리를 심하게 삐었던 과거의 어느 날을, 몸이 예전같이 튼튼하지 않음을 자각한 순간을 상기하게 되었다. 치아에 생긴 작은 문제들도 또렷하게 의식했기에, 한쪽으로만 조심스럽게 음식을 먹었다. 한 손가락이 ── 왼손 가운뎃손가락 ── 신경 염증을 앓았기 때문에 본능적으로 늘 구부려 두게 되었다. 엄지발가락 발톱이 피부를 파고들었으므로 제누는 구둣주걱을 쓸 때마다 극도로 조심했다. 그녀의 몸은 굉장히 사적인 것이 되었다. 등, 치아, 손가락, 발톱, 전부 자기만의 것이었다. 그리고 그녀가 의자에 털썩 앉을 때 돌연 내지르는 소리의 정확한 의미는 오직 제누만이 알았다. 그렇게 그녀와 제누의 유대감은 연인들만큼, 오직 서로의 몸만 알고 사는 연인들의 유대감만큼 끈끈해졌다. 이제는 소소한 것들이 그녀의 삶을 구성했다. 제누와의 공감, 점점 쇠약해지는 몸을 향한 흥미, 화요일마다 예정된 예의 바른 벅트라우트 씨의 방문, 서리 내리는 아침에 햄스테드 히스에서 연날리는 남자아이들을 구경하는 즐거움 같은 것들…… 나이들어서 뼈가 약하다는 사실을 잘 아는 만큼 꽁꽁 언 현관을 오르다가 미끄러질까 봐 걱정하는 일 역시 삶의 한 부분이었다. 사소한 것들, 이 작고 보잘것없는 것들은 거대한 풍경, 즉 죽음의 풍경 위에서 고귀함을 획득했다. 이탈리아 회화 중에 투명한 푸른 하늘을 배경으로 나무를 ── 포플러와 버드나무와 오리나무였다. ── 묘사하면서 나뭇잎을 하나하나 자세하게, 그 결까지 빈틈없이 표현한 작품들이 있다. 그녀의 삶을 이루는 작은 것들은 바로 그런 그림 속의 나뭇잎 같았다. 찬란한 영원과 병치되며 심오한 가치를 얻은 것이다.

마침내 뻔하고 초라하고 힘겨운 삶은 끝났으며 이제 궁극의 모험만이 남았다는 사실, 지금까지의 모든 모험은 이 궁극의 모험을 위한 준비에 불과하다는 사실이 그녀를 짜릿하게 했다.

그러나 인생이란 최후의 순간까지 경이의 연속이라는 사실을 그녀는 몰랐다. 그날 오후에 귀가한 레이디 슬레인은 복도 테이블에 놓인 네모진 모양의 특이한 남성용 모자를 보았고, 그녀를 맞이하며 속삭이는 제누에게서 흥분을 감지했다. "마님! 웬 신사분이 오셨는데요…… 마님이 외출하셨다고 말했는데도 도통 듣지를 않아서…… 거실에서 마님을 기다리고 있어요. 차를 내올까요? 일단 구두가 축축할 테니 그것부터 벗으시겠어요?"

레이디 슬레인은 피츠조지 씨를 기억하기 위해 지난날을 돌이켜 보았다. 피츠조지 씨도 레이디 슬레인을 만났던 날을 회상했다. 노신사는 아무리 기다려도 케이가 묵묵부답이자 그냥 자기 마음대로 한번 들러 보자고 작정하고 온 참이었다. 재산이 산더미 같은데도 부러 힘들게 지하철을 타고 햄스테드 역에서 레이디 슬레인의 집까지 걸어왔다. 집 앞에 선 그는 예리한 감정가의 눈으로 조지 왕조 시대의 웅장함을 갖춘 주택의 외관을 감상했다. "아," 그가 만족스럽게 말했다. "멋진 취향을 지닌 여성의 집이군." 하지만 곧 자기 생각이 틀렸음을 깨달았다. 제누가 만류하는데도 무작정 복도로 들어와서 살펴보니 레이디 슬레인의 취향은 전혀 멋지지 않았다. 이상하게도 오히려 더 마음이 놓였다. 제누가 마지못해 안내한

방은 깔끔하고 편안했다. "안락의자와 친츠.[19] 조명은 딱 맞는 자리에 있군." 그가 서성거리면서 말했다. 그런 와중에 레이디 슬레인을 다시 볼 수 있다고 생각하니 가슴이 두근거렸다. 그러나 레이디 슬레인은 이미 오래전에 피츠조지 씨를 까맣게 잊었음이 분명했다. 노부인은 총독 아내의 몸가짐을 되찾으며 정중하게 손님을 맞이했다. 기다리게 해서 죄송하다고, 차가 준비될 테니 앉으라고, 케이에게 이야기를 들어서 성함은 아는데 무슨 일로 오신지는 도무지 짐작할 수 없다고 말했다. 혹시 남편의 전기를 쓰려고 계획 중인 사람일까? 의외의 추측에 놀란 피츠조지 씨는 설명을 시작하기도 전에 돌연 낄낄 웃었다. 오십 년도 훨씬 전에 캘커타에서 자신의 상상력을 자극한 사람은 총독이 아니라 총독의 아내였다는 사실을 간단히 설명하기란 어려운 일이었다.

상황이 이러하니 피츠조지 씨는 처음부터 설명할 수밖에 없었다. 젊었을 때 그는 소개장 덕분에 총독 관저에서 열리는 저녁 식사에 초대받았다. 형식적인 초대였지만 그는 부끄러운 줄도 모르고 참석했다. 그러한 사회적 관습과는 거리가 먼 사람이었다. 그는 에두르지 않고 간단하게 자신의 과거를 이야기했다. "들어 보십시오. 저는 이름 없는 젊은이였습니다. 누군지도 모르는 아버지께서 제게 막대한 재산과 온 세상을 여행하라는 유언을 남기셨지요. 당연한 말이지만 저는 그 기회를 기꺼이 누렸습니다. 타인의 소원과 내 소원이 일치하는 것은 언제나 즐거운 일이지요. 담당 변호사들은 제 후견인이기도 했는데요." 그가 건조한 어조로 덧붙였다. "즉시 아버지

---

19   밝은색 바탕에 꽃무늬 같은 화려한 패턴을 날염한 직물.

의 유언을 따르려는 저를 칭찬하더군요. 그 사람들, 링컨스 인 법학원에서 썩어 가는 늙다리들이 보기에 아버지의 유지를 받들어 저 멀리 동양까지 여행하는 젊은이야말로 참된 효자였던 셈이죠. 아마 그들은 샤프츠버리 애비뉴의 극장이 광둥의 시장보다 멋지다고 생각했을 테지요. 물론, 틀린 생각이었습니다. 지금 제 소장품 중 절반은, 레이디 슬레인, 육십 년 전에 세계를 일주하며 모은 것들이니까요."

레이디 슬레인은 피츠조지 씨의 소장품에 대해 들어 본 적 없음이 분명했다. 아무런 대꾸도 하지 않는 모습을 보니 분명 그랬다. 피츠조지 씨는 노부인의 취향이 수수하다는 점을 발견했을 때만큼 기뻤다.

"훌륭하군요, 레이디 슬레인! 추측하건대 제 소장품은 그 유명한 조지 유모포풀로스의 소장품보다 최소 두 배는 더 값지고 유명합니다. 그런데 덧붙이자면, 현재 감정가의 100분의 1도 안 되는 값을 주고 사들였지요. 그리고 대부분의 전문가들과 달리, 저는 절대 아름다움을 희생한 적 없습니다. 희귀성, 개성, 예스러움 정도로는 성에 안 차거든요. 아름다움이, 적어도 장인 정신이 느껴져야 해요. 역시 제가 옳았지요. 제 소장품 중 아무것이나 내줘도 여느 박물관의 가장 값진 진열대를 차지할 수 있을 테니까요."

이런 종류의 이야기에 익숙하지 않은 레이디 슬레인은 피츠조지 씨의 순수하고 아이 같은 자기 자랑이 재미있었다. 레이디 슬레인은 이 순진한 수다쟁이를, 아름다운 것들을 수집한다는 노신사를 부추겼다. 그는 아무 예고 없이 노부인의 집에 쳐들어와서는 이제 난롯가에 함께 앉아서 자기 자랑을 늘어놓고 있었다. 아무래도 이곳을 찾아온 구실, 즉 캘커타의 저녁 식사나 케이와의 관계에 대해 설명해야 한다는 사실을 까맣게 잊은 모양이었다. 처음 만났을 때부터 피츠조지 씨는 세상과 동떨어진, 외톨이의 남다른 매력을 풍겼다. 그가 부모를 모른 채 자랐고, 서자의 이름으로 산다는 사실, 더도 말고 덜도 말고 그저 자기 자신으로 살고 있다는 사실을 알고 나니 어떤 신비로운 매력마저 느껴졌다. 레이디 슬레인은 자기 지위를 여권 삼아서 어디든 마음대로 다니는 사람들을 한평생 지겹도록 만났다. 피츠조지 씨에겐 그런 여권이 없었다. 심지어 그의 재산도 여권 역할을 해 주지는 못했다. 그는 이미 엄청난 구두쇠로 정평이 나 있었기에 아무리 낙관적인 사기꾼조차 그의 재산을 감히 넘보지 못했던 것이다. 레이디 슬레인은 이상하게도 아들 윌리엄의 욕심은 불쾌했지만 이 신사의 욕심은 아무렇지 않았다. 윌리엄과 라비니아는 무엇보다 엉큼했다. 핏속에 근검절약이 흐르고 있으므로 어쩔 수 없이 인색할 수밖에 없었으나 ─ 그들이 약혼했을 때 레이디 슬레인은 절약 정신이야말로 그들을 이어 주는 진정한 연결 고리라고 생각했었다. ─ 솔직하지 못하게 늘 아닌 척을 했다. 피츠조지 씨는 거침없이 자신의 약점을 만끽하고 확장했다. 레이디 슬레인은 약점을 부끄러워하지 않는 사람들을 좋아했다. 뻔히 위선을 떠는 사람은 전부 경멸스러웠다. 피츠조지 씨는 돈 쓰기가 싫다고 순순히 인정했다. 그가 거부할 수 없는 아름다움에 유혹을 느낄 때, 흥정에 성공해서 그 성취를 위안으로 삼을 수 있을 때만 지갑을 연다고 말하자, 레이디 슬레인은 진심으로 웃었고 또 진심으로 존경을 표했다. 피츠조지 씨는 난롯불 너머로 레이디 슬레인을 바라보았다. 레이디 슬레인 역시 피츠조지 씨를 관찰하며 외투가 누더기 상태임을 알아보았다.

"기억합니다." 피츠조지 씨가 말했다. "캘커타에서도 저를 보고 웃으셨지요."

　피츠조지 씨는 캘커타에 많은 추억이 있는 듯했다. 레이디 슬레인은 더욱 노신사의 기억력을 추궁했다. "레이디 슬레인," 하고 피츠조지 씨가 변명하듯 말했다. "나이가 들면서 어린 시절의 기억이 더 또렷해지는 것을 아직 경험해 보지 못하셨습니까?" '아직'이라는 단어에 레이디 슬레인은 또다시 웃음을 터뜨렸다. 피츠조지 씨는 늙은 여자를 젊은 여자처럼 대하는 남자들 특유의 연기를 하고 있었다. 레이디 슬레인은 여든여덟이었지만 놀랍게도 두 사람 사이엔 남녀 사이의 긴장감이 코브라처럼 도사리고 있었다. 그녀가 그런 긴장감을 느낀 지는 벌써 수년 만의 일이었다. 예상하지 못한 갑작스러운 자극은 잠시 머물다가 사라졌지만, 묘한 감각이 그녀를 뒤흔들었다. 내면에서 메아리가 울려 퍼졌으나 그 멜로디는 선뜻 기억나지 않았다. 정말 피츠조지 씨를 본 적이 있는 걸까, 아니면 노신사의 섬세한 구식 기사도 때문에 모든 남자가 눈빛에 경탄을 담고 그녀를 바라보던 시절의 기억이 되살아난 걸까? 어느 쪽이든 피츠조지 씨의 존재는 레이디 슬레인을 불안하게 했다. 그러나 그런 미약한 불안이 달갑지 않은 척을 할 수는 없었다. 그녀를 바라보는 피츠조지 씨의 시선 역시 암시로 가득했다. 가능하다면 이미 다 설명했으리라는 눈빛이었다. 피츠조지 씨가 떠나자, 그녀는 저녁 내내 책은 버려 두고 난롯불을 바라보며 자문했고, 기억을 더듬었고, 바로 눈앞에서 잡힐 듯 말 듯 애를 태우는 무언가를 움켜쥐려고 손을 뻗었다. 버려진 종탑의 낡아서 쩍쩍 갈라진 종을 방망이가 때려 울리듯, 무언가가 그녀를 강타했다. 종소리는 협곡 너머로 멀리

퍼져 나가지 못했으나 그 진동만큼은 끊임없이 탑을 흔들어 댔다. 그러자 둥지 속의 찌르레기들이 겁에 질렸고 거미줄도 덜덜 떨렸다.

물론 다음 날 아침에는 지난 저녁에 느꼈던 감각들에 코 웃음을 쳤다. 웬 별난 감상주의가 그녀를 사로잡았던 걸까? 무려 두 시간이나 여자아이처럼 몽상에 빠지다니! 전부 피츠조지 씨의 잘못이었다. 그런 식으로 그녀 집에 쳐들어와서, 마치 그럴 권리라도 있는 양 난롯가 옆자리를 차지하고 앉아 있다니, 과거 이야기를 떠들고 그녀가 총독의 젊은 아내로서 보여 줬던 풋풋한 위엄을 놀리다니, 이야기의 절반만 들려줬다는 듯 은밀한 시선으로 그녀를 바라보다니, 은근하게 희롱하다니, 정중한 체하며 완전히 감탄에 사로잡혀서는 은밀하게 슬픔을 내비치다니, 말도 안 됐다. 그녀는 피츠조지 씨가 겉으로 냉정을 유지했지만, 노신사에게 두 사람의 만남은 중대한 사건임을 알았다. 피츠조지 씨가 다시 올지 궁금해졌다.

그 신사분이 또 찾아오면 안으로 들여야 할까? 제누는 알고 싶어 했다. 다음에는 미리 준비되어 있을 것이다. 다시 피츠조지 씨가 방문하면, 제누를 지난날의 신문처럼 치워 버리고 복도로 쳐들어와서 테이블 위에 우스운 모자를 놔두지는 못할 것이다. "아, 세상에, 마님. 모자가 어찌나 우습던지!" 제누는 몸을 굽히고 손으로 허벅지를 때리며 깔깔 웃었다. 레이디 슬레인은 재미있는 일이 있을 때마다 진심으로 즐기고 웃는 제누가 좋았다. 제누의 웃음에 화답하고자 피츠조지 씨의 모자를 생각하니 슬며시 미소가 떠올랐다. 어디서 그런 모자를 구했을까? 제누는 궁금했다. 어느 가게의 진열장에서도 그런 모자를 본 적이 없는데, 혹시 주문 제작이라도 한 걸까? 그

리고 그의 목도리, 마님도 그 목도리를 봤는지? 마부들이나
두를 법한 체크무늬 목도리였다. "정말 괴짜인가 봐요." 제누
는 현명한 결론을 내렸다. 하지만 여느 영국인 하인과 달리,
그저 피츠조지 씨를 놀리는 데에만 관심이 있지는 않았다. 제
누는 그 괴짜 노신사에 대해 더 알고 싶었다. 그런 삶은 가엾
다고, 제누는 말했다. 나이 지긋한 신사인데 혼자 살다니. 결
혼을 안 한 걸까? 차림새로 보아서는 안 했음이 분명했다. 제
누는 레이디 슬레인을 따라다니면서 그녀도 답을 모르는 정
보를 구하려고 열성이었다. 차는 잘 만들더라고, 제누가 말했
다. 낡은 외투를 보고 제누는 피츠조지 씨가 몹시 가난하리라
고 추측했다. "머핀 장수를 따라잡으려고 잽싸게 모퉁이로 달
려가다가 봤지요." 레이디 슬레인이 건조한 어조로, 잘 모르
지만 피츠조지 씨는 백만장자라고 말하자 눈에 띄게 실망했
다. "백만장자라고요! 그런데 차림새가 그렇게 초라하다니!"
제누는 한참 동안 충격에 빠져 있었다. 그건 그렇고 결론은 무
엇이었나? 제누가 다시금 물었다. 다음에는 안으로 들여야 할
지, 들이지 말아야 할지?

　레이디 슬레인은 피츠조지 씨가 다시 올 것 같지 않다고
했다. 하지만 그렇게 말하면서도 스스로 거짓말하고 있다는
사실을 알았는데, 전날 피츠조지 씨가 떠나면서 손을 잡고 다
시 와도 되겠느냐고 물어봤기 때문이다. 제누에게 굳이 거짓
말을 해야 할 이유가 무엇인가? "그래요, 또 오면 들여보내
줘." 그녀는 거실로 걸어가며 답했다.

　이제 노신사는 총 세 사람이었다. 벅트라우트 씨, 고셔론
씨 그리고 피츠조지 씨. 참 재미있는 3인방이었다. 부동산 중
개인, 건설업자 그리고 예술품 감정가까지! 전부 나이 지긋하

고 세상과 동떨어진 괴짜들이었다. 인생이 이렇게 흘러가다니 정말 희한했다. 죽기 전에 이런 막간의 즐거움을 맛보다니, 평생 살아온 삶에서 — 맡아 온 일에서, 자식들에게서, 헨리에게서 — 멀찍이 물러선 끝에 이토록 흡족한 사람들과 어울리는 새로운 생활을 얻다니! 이 같은 변화를 초래한 장본인은 레이디 슬레인 자신이었지만, 어떤 방식으로 해냈는지는 도무지 알 수 없었다. "어쩌면," 그녀는 큰 소리로 말했다. "결국에는 자기가 원하던 것을 얻는 것이 인생인지도 몰라." 그러고는 오래된 책 하나를 꺼내서 아무 페이지나 펴고 읽기 시작했다.

맹세하지 말라, 거창하게 장담하지 말라,

자만하지 말라, 과시하지 말라,

증오하지 말라, 모독하지 말라,

악행하지 말라, 질투하지 말라,

분노하지 말라, 음탕한 짓을 하지 말라,

사기 치지 말라, 거짓말하지 말라,

혀를 놀려 험담하지 말라.

레이디 슬레인이 유념해 온 덕목들을 벌써 누군가가 — 그녀는 날짜를 확인했다. — 무려 1493년에 정리해 두었다니, 분명 굉장한 일이었다.

그녀는 다음 연(聯)도 읽었다.

피상적인 허위를 피하라, 혹독하게 휘발하는 혹취이므로.

포식자의 환심을 피하라, 희번지르르하므로.

버스러질 호감정을 피하라, 허황한 환담이므로.

패배자들의 폭력을 피하라, 편견이 흔하므로.

흥분한 폭군을 피하라, 표독함으로써 행복하므로.

허수아비의 허위를, 호의적인 환상을 피하라.

허무맹랑한 해찰을 피하라, 편녕하는 허구이므로.

분명 그녀는 그것들을 전부 피하며 살아왔다, 어쩌면 호의적인 환상만 빼고. 세 노신사는 분명 호의적인 환상 속의 인물들이라 할 만했다. 아니, 그들은 호의적인 환상을 사랑하는 사람들이라고, 그녀는 웃으면서 정정했다. 레이디 슬레인은 자만하거나 과시하거나 혀를 놀려 험담한 적이 한 번도 없었다. 가끔 캐리가 쌀쌀한 돌풍에 실어 이런저런 소문을 들려주기는 했지만. 그런데 바로 그때, 레이디 슬레인은 그토록 빨리, 피츠조지 씨를 친구라고 판단한 스스로에게 놀라서 잠시 생각을 중단했다. 다시 와도 되겠느냐고 물었지만 그건 헤어질 때면 누구나 예의상 건네는 인사였으니, 그가 다시 오리라고 여길 만한 실질적 근거는 대체 무엇이라는 말인가?

피츠조지 씨는 또 찾아왔다. 제누가 오랜 친구를 맞이하듯 복도로 손님을 안내하는 소리가 들렸다. 그랬다, 마님은 집에 있었다. 그랬다, 마님은 그 신사가 언제 방문하든 즐겁게 맞아 주겠다고 일렀다. 귀를 기울이던 레이디 슬레인은 제누가 그런 식으로 자기 몫까지 반가움을 표하고 있음에 부끄러움을 느꼈다. 지금으로서는 피츠조지 씨에게 아무 때나 찾아와도 된다고, 엉겁결에 사생활을 내준 상황이 달갑지만은 않았다. 케이에게 슬쩍 한마디 전하라고 당부할 생각이었다.

일단은 그를 맞았다. 검은색 부드러운 드레스 차림으로

자리에서 일어나, 피츠조지 씨가 기억하는 그 미소를 머금은 채 손을 내밀었다. 그러지 않을 이유가 없지 않은가? 어쨌든 그들은 두 노인, 늙디늙은 노인에 지나지 않았다. 너무나도 늙어서 항상 나이를 의식하며 살았고, 너무나도 늙어서 고양이 두 마리처럼 난롯가 양쪽에 앉아서 관절을 덥혔다. 난롯불이 분홍빛으로 투과하는 희끄무레한 손을 쭉 뻗은 채 대화가 자연스럽게 일렁이도록 놔두는 것이 즐거웠다. 레이디 슬레인은 주변 사람들이 말하고 싶으면 말하도록, 말하고 싶지 않다면 말하지 않도록 평생 애쓰며 살아왔다. 이것이 헨리 홀랜드가 그녀와 결혼하기로 마음먹은 이유 중 하나였다. 그녀는 자기 안에 보물 같은 고요함을 품고 있었기에, 다른 사람 역시 고요함을 즐긴다는 사실을 받아들일 수 있었다. 헨리 홀랜드의 말에 따르면 멍청하지 않고 조용한 여자는 드물었고, 지루하지 않게 말할 줄 아는 여자는 더욱 드물었다. 헨리 홀랜드는 여자들을 좋아했지만 멸시했고, 자기 아내 외에는 그 어느 여자도 높이 평가하지 않았다. 피츠조지 씨는 캘커타 시절에 너무나도 예리한 안목으로 이 점을 간파했다. 그곳에서 총독은 예쁘장하고 생기 넘치는 여자들에게 둘러싸인 채 생활했고, 여자들은 총독이 변덕스레 퍼붓는 진한 편애에 취해서 달콤한 착각에 빠지곤 했다.

취향이 형편없다니 참 감사한 일이군. 피츠조지 씨는 생각했다. 그는 자기 취향을 과시하는 여자들, 그래서 자신들이 감정가인 그와 통하리라 추측하는 여자들에게 신물이 났다. '실내 장식'과 진정한 아름다움 사이에는 아무런 연관도 없었다. 그의 소장품은 세련된 여자들의 숙련된 실내 장식과는 별세계의 영역이었다. 레이디 슬레인의 분홍색 갓을 씌운 램프와 터키산 깔개를 바라보는 그의 시선은 다정하기까지 했다. 아름다움을 갈망한다면 물건이 아닌 노부인을 바라보기만 해도 충분했다. 지극히 섬세하고 고풍스럽고 아름다워서 마치 상아로 깎은 조각 같았고, 그녀를 이루는 곡선은 물결처럼 의자 위로 흘렀으며, 팔다리는 연하고 부드러웠다. 난롯불이 그녀의 얼굴과 함박눈 같은 머리카락에 분홍빛을 드리웠다. 젊음에는 노년의 얼굴 같은 아름다움이 없었다. 젊은 얼굴은 아무것도 적히지 않은 백지이므로, 젊은이는 결코 이렇게 가만앉아 있을 수 없었다. 그녀는 마치 모든 조급함과 부산함을 다과거에 묻어 두었다는 듯, 이제는 기다리고 받아들이는 일밖에 남지 않았다는 듯 궁극의 휴식에 심취한 모습이었다. 피츠조지 씨는 중년의 그녀를 본 적 없음에 기뻐했다. 그 덕분에 생기 넘치고 혈기 왕성한 젊은 시절의 레이디 슬레인을 오롯이 간직할 수 있었다. 젊은 시절의 기억, 그리고 이야기의 결말에 다다른 노년의 모습을 하나로 엮을 수 있었다. 같은 여자, 하지만 그동안 어떤 삶을 살았는지 알 수 없는 여자였다.

피츠조지 씨는 족히 오 분 동안 아무 말도 하지 않았음을 깨달았다. 레이디 슬레인은 손님의 존재를 잊어버린 것 같았다. 그러나 잠든 것은 아니었다. 평소처럼 양손을 자유롭게 늘어뜨리고 발은 난로 쇠그물 위에 올린 채 묵묵히 불을 바라보고 있었다. 피츠조지 씨는 자신을 이렇게나 막역하게 대하는 레이디 슬레인에게 감탄했다. 우리는 늙었으니까. 노신사는 생각했다. 감각이 둔해진 거지. 내가 평생 알고 지낸 사람처럼 편하게 앉아 있어도 전혀 개의치 않는군. 그는 큰 소리로 말했다. "레이디 슬레인, 총독 남편을 두셨을 때 별로 즐겁지 않으셨을 것 같은데요?"

그의 목소리는 원래도 날카롭고 냉소적인 편이었다. 아무래도 레이디 슬레인과 함께 있을 때 역시 듣기 좋게 말할 생각은 없는 듯했다. 심지어 그는 인간을 너무나 무시하고 경멸했기에, 냉소 없이 이야기할 때가 드물었다. 그의 유일한 친구인 케이조차 좋은 말보다는 거친 말을 들을 때가 더 많았다.

남편을 향한 충심이 되살아난 레이디 슬레인은 방어적인 목소리로 말했다. "총독도 나름대로 쓸모 있는 직업이랍니다, 피츠조지 씨."

"하지만 레이디 슬레인 같은 분에게는 아닐 텐데요." 피츠조지 씨는 물러서지 않았다. 그러고는 "아십니까," 하고 몸을 앞으로 기울이며 덧붙였다. "그런 껍데기뿐인 인간들에게 발이 묶인 레이디 슬레인을 보면서 저는 정말 기분이 좋지 않았습니다. 도리에 맞게 해야 할 일을 하셨지만 ─ 아, 감탄이 나올 정도였지요! ─ 그러는 동안 자기 본성을 거부하셨잖습니까. 저녁 식사 전에 레이디 슬레인과 부군을 기다리던 기억이 납니다. 아마 서른 명 정도의 사람들이 거대한 응접실 같은 곳에 모여 있었지요. 다들 보석을 두르거나 제복 차림이었고, 바보 같은 기분으로 거대한 카펫 위에 서 있었습니다. 양초에 불을 밝힌 커다란 샹들리에가 있었던 것도 기억납니다. 누가 지나갈 때마다 불꽃이 너울거렸지요. 레이디 슬레인이 지나갔을 때도 너울거렸을까요. 그때 어마어마한 접이식 문이 열리면서 레이디 슬레인이 총독과 함께 들어왔고, 여자들은 전부 무릎을 굽혀 인사했습니다. 식사가 끝난 뒤에 두 분은 빙 둘러 앉은 손님들 주변을 돌며 차례대로 말을 건넸지요. 당시 레이디 슬레인은 흰옷을 입었고, 머리에서는 다이아몬드 장식이 빛났습니다. 제게 사냥할 계획이냐고, 물어보셨지요. 아마 돈

많은 젊은이에게는 그런 말이 적당하겠다고 생각하셨던 것 같습니다. 저는 재미로 동물을 죽인다는 생각만 해도 욕지기가 치미는 사람이지만, 그걸 어떻게 아셨겠어요. 아니라고, 여행 중이라고 대답했습니다. 그 순간 집중하고 있다는 듯 미소 지으셨지만 제 대답을 듣지 못하신 것 같았지요. 다음 사람에게 무슨 말을 해야 할지 고민 중이셨을 테고, 분명 제게 그랬듯이 예의 바르지만 적절하지 않은 말을 하셨을 거예요. 함께 여행하자고 저를 초대한 분은 레이디 슬레인이 아니라 부군이셨습니다."

"여행요?" 레이디 슬레인이 놀라서 물었다.

"총독님은 항상 아무렇지도 않게 호의를 흘리고 다니셨잖아요? 진심이 아니니까 진지하게 받아들여서는 안 된다는 사실을 보통 사람들은 직감했지요. 그저 머리를 숙이며, 정말 감사합니다, 그러면 참 좋겠어요, 하고 대답한 뒤에 절대 입에 올리지 않으면 되는 거예요. 부군은 늘 이런 식이었습니다. 중국이라고요? 그렇군, 나도 다음 주에 중국에 가는데. 아주 흥미로운 나라지, 중국은. 나와 같이 가면 어떻겠습니까. 하지만 상대가 정말로 그러겠다고 나서면 아주 놀랐을 겁니다. 물론 워낙에 예의범절을 중시하는 분이니 경악한 사실조차 감쪽같이 숨기셨겠죠. 자, 레이디 슬레인, 제 말이 틀렸습니까?"

피츠조지 씨는 자기 말이 틀렸는지, 맞았는지 대답도 듣지 않고 이야기를 이어 갔다.

"그런데 그때 누군가가 부군의 말을 진지하게 받아들였지요. 바로 저였습니다. 골동품 수집가라고요, 피츠조지 씨라고요? 부군이 말했습니다. 골동품 수집가가 정확히 뭔지 잘 모르는 눈치였지만, 이렇게 제안했죠. 골동품 수집가고, 딱히 급한 일정이 없다면 우리랑 파테푸르 시크리까지 동행하자고요."

레이디 슬레인의 마음속에 버려져 있던 퍼즐 한 조각이 갑자기 움직이기 시작하더니 곧장 제자리를 찾아갔다. 토막 난 가락들이 화음을 이루더니 노래가 되었다. 그녀는 인도의 인적 없는 도시로 불려 왔고, 탁 트인 테라스에 서서 황갈색 풍광을 바라보았다. 아그라로 이어지는 도로 위에서 이따금 먼지가 피어올랐다. 그녀는 따뜻한 난간에 팔을 기댄 채 천천히 양산을 돌렸다. 양산을 가만두지 못했던 까닭은 희미한 불안 때문이었다. 그녀와 그 옆에 자리한 젊은이는 일행과 동떨어져 있었다. 총독은 두 사람을 남겨 둔 채 흰 제복과 햇볕 차단용 모자 차림의 공무원들을 대동하고 자개 모스크를 살펴보는 중이었다. 지팡이를 들고서 처마에 있는 산비둘기를 쫓아내라고 지시하는 모습이 보였다. 레이디 슬레인 곁에 있던 남자가 나긋나긋한 목소리로 말했다. 산비둘기만 불쌍하게 되었다고, 사람들이 버리고 간 도시인데 새가 살면 안 될 이유가 있느냐고. 새, 원숭이, 앵무새가 살지 못할 이유가 뭐냐고. 그들 옆으로 옥색 잉꼬들이 휙 날아가며 지저귀었다. 저 다마스크 무늬 벽 위의 녹색 깃털을 보라고, 그가 고개를 들며 말했다. 잉꼬 떼가 푸드덕 날아올라서 '시인의 집'을 가로지르는 모습은 꼭 허공에 에메랄드를 한 줌 뿌린 것만 같았다. 오직 날짐승과 들짐승만이 살아남은 모스크와 궁전과 저택의 도시라니 무언가 기묘하다고, 그가 말했다. 그는 호랑이가 악바르의 계단을 올라가고, 코브라가 회의실 한가운데에 똘똘 똬리를 뜬 광경을 보고 싶다고 했다. 그가 생각하기에 이 붉은 도시에는 햇볕 차단용 모자와 부츠 차림의 인간들보다 그런 동물들이 훨씬 잘 어울렸다. 레이디 슬레인은 귀를 쫑긋한 채 총독과 부하들의 움직임에 주의를 기울였다. 하지만 그런 와중에도 그의 공상에 미소를 지으며, 피츠조지 씨는 낭만주의자라고 말했다.

피츠조지 씨. 레이디 슬레인은 비로소 그 이름을 기억해 냈다. 수많은 사람을 만나고 그 이름을 들었으니 개중 하나쯤 잊어버렸다 해도 놀랍지 않았다. 그런데 이제 그 이름이 기억났고, 실없다는 듯 옆에 있던 남자를 보며 웃었을 때 남자가 보여 줬던 표정마저 기억났다. 그것은 표정 이상의 무언가로, 피츠조지가 만들어 낸 순간이었다. 그는 감히 말하지 못할 이야기, 굳이 말하지 않을 이야기를 가득 머금은 시선으로 레이디 슬레인을 지긋이 응시했다. 레이디 슬레인은 그 앞에서 벌거벗은 기분이었다.

"그래요." 햄스테드에 있는 피츠조지 씨가 난롯가 건너편의 레이디 슬레인을 바라보며 말했다. "옳은 말씀이었습니다. 저는 정말 낭만주의자였어요."

레이디 슬레인은 이 말을 듣고서 깜짝 놀랐다. 분명 자신이 떠올린 과거를 피츠조지 씨도 떠올리고 있다는 뜻이었다. 어쩌면 레이디 슬레인에게 그 순간이 의미심장하고 강렬했듯 피츠조지 씨에게도 그랬을까? 그 의미심장한 순간은 정말이지 레이디 슬레인을 괴롭혔다. 그래서 한동안 그녀는 자인하는 것 이상으로 마음을 끓여야 했다. 남편을 향한 그의 충심은 흠잡을 데 없었으나 젊은 떠돌이 여행자 피츠조지가 — 이 이름은 그녀의 의식에 깊이 뿌리내리지 못했다. — 떠나자 누군가가 자기 내면의 가장 어두운 밀실을 다이너마이트로 부서 뜨린 것 같은 기분이었다. 스스로는 존재하는지조차 몰랐던 밀실로 가는 길을 누군가가 쓱 훑어보더니 바로 발견해 낸 것이다. 피츠조지 씨는 지극히 뻔뻔한 짓을 저질렀다. 그녀의 영혼을 들여다봤던 것이다.

"기묘했지요, 아닌가요?" 피츠조지 씨가 여전히 상대에게 시선을 고정한 채 말했다.

"그런데 아그라를 떠나신 뒤에는," 레이디 슬레인은 전혀 놀라지 않은 척 자연스럽게 대화를 이어 갔다. "뭘 하셨나요?"

"북쪽으로, 카슈미르에 갔지요." 피츠조지 씨는 의자 뒤로 기대며 양손의 손가락 끝을 맞붙였다. "선상 가옥을 타고 이 주 동안 강 상류로 향했습니다. 생각할 시간이 아주 많아서, 분홍빛 연꽃이 흩뿌려진 강물을 바라보며 흰 드레스 입은 젊은 여자를 떠올렸지요. 너무나도 순종적이고, 경탄이 나올 정도로 잘 훈련된 여자, 그러나 마음만은 자유로운 여자. 잠시나마 제가 그 여자의 마음에 다가간 것 같다고 즐거운 상상을 하기도 했지만, 시선이 엮이자마자 여자가 몸을 돌려서 남편이 있는 쪽으로 걸어가던 기억이 곧장 뒤따라왔지요. 다만 여자가 문득 겁이 나서 그랬는지, 거부 의사를 밝히려고 그랬는지 도통 답을 모르겠더군요. 어쩌면 둘 다였겠지요."

"만약 여자가 겁이 난 거라면," 하고 레이디 슬레인이 말했다. 그녀의 대답은 두 사람 모두에게 놀라움이었다. "자기 자신에게 겁이 난 거지, 피츠조지 씨에게 겁이 난 건 아닐 거예요."

"감히 저 때문에 겁이 났으리라고는 생각도 안 했습니다." 피츠조지 씨가 말했다. "그때도 제가 여자들에게 인기 없다는 사실을 알았거든요. 특히 레이디 슬레인처럼 아름답고 지체 높은 아가씨라면 말할 것도 없었지요. 인기를 바라지도 않았습니다." 피츠조지 씨는 늙은 독신자의 초라한 외모가 허락하는 가장 당당한 눈빛으로 레이디 슬레인을 바라보았다.

"그렇군요." 레이디 슬레인이 말했다. 노신사의 상처받은 자존심을 존중하고자 애썼다.

"그럼요." 피츠조지 씨는 마음이 누그러져서 다시 입을 열었다. "바라지도 않았지요. 그런데 말입니다," 그는 또 다른 아릿한 기억을 떠올리며 진솔한 이야기를 덧붙였다. "그 전까지 여자에게 반한 적 없고 그 후로도 없었지만, 파테푸르 시크리에서 레이디 슬레인을 봤을 때는 정말 사랑에 빠졌습니다. 사실 캘커타의 그 괴상한 저녁 식사 자리에서 반한 것 같아요. 그러지 않았다면 파테푸르 시크리까지 가지 않았을 겁니다. 제가 구상했던 여행 경로를 벗어나는 곳이었고, 저는 지금껏 어느 남자, 여자, 아이를 위해서도 길을 돌아간 적이 없으니까요. 저는 완전히 자기중심적인 인간입니다, 레이디 슬레인. 미리 아시는 게 좋겠네요. 제가 길을 돌아간다면, 오직 예술품 때문이지요. 카슈미르 다음에 머물렀던 중국에서는 그곳 예술품에 매혹되어서 레이디 슬레인을 까맣게 잊었답니다."

이토록 기이하고 무례하고 바보 같은 사랑 고백은 레이디 슬레인의 마음에 연쇄적인 감정을 불러일으켰다. 남편을 향한 충심을 거슬렀고 노년의 평화를 방해했다. 유년의 혼란을 되살렸다. 그녀는 작은 충격을 느꼈고, 동시에 그것보다 큰 기쁨을 느꼈다. 전혀 기대하지 못한 일이었다. 이제 그녀의 인생은 무수한 회고와 단 하나의 바람으로 채워지고 있었으니까. 피츠조지 씨는 마치 무엇을 느껴야 할지 이미 정해 놓은 그녀의 삶을 뒤흔들어 놓겠다는 고의적이고 악의적인 의도를 품고 침입한 듯했다.

"하지만 중국에서도," 피츠조지 씨가 계속 이야기했다. "종종 레이디 슬레인과 부군을 떠올리게 되더군요. 두 분은 구성이 영 좋아 보이지 않았지요. 이런 표현은 비스킷 세트 같은 것을 두고 할 만한 말이긴 합니다만, 물론 비스킷 세트는 대개 구성이 좋지요. 레이디 슬레인이 맡은 역할을 훌륭하게 해내지 못했다는 뜻은 아닙니다. 그 반대였죠. 어찌나 훌륭하게 해내시던지 의심이 들 정도였어요. 어떤 삶을 사셨을까요, 레이디 슬레인, 그 짓궂은 호감형 사기꾼과 결혼하지 않으셨다면?"

"사기꾼이라고요, 피츠조지 씨?"

"아, 아뇨. 물론 평생 사기만 치고 살지는 않았지요." 피츠조지 씨가 답했다. "그 정반대지요. 국가 위기였던 오 년(그렇다고들 하더군요.) 동안 그럭저럭 총리직을 수행했으니까요. 가만 보면 세상은 위기가 아닌 적이 없어요. 어쩌면 제가 부군을 잘못 판단한 걸 수도 있겠지요. 하지만 단점도 있었다는 걸 인정하실 거예요. 제가 아는 그 누구보다 매력적인 분이었습니다. 자기 매력만큼 훌륭한 사람이 없는 건 아니지만, 그것도 매력이 어느 정도여야 가능한 일이잖아요. 부군은 그 이상이었습니다. 정도를 훨씬 넘었죠. 실재하는 사람 같지 않았어요. 레이디 슬레인도 그 매력 때문에 종종 속앓이하셨을 법한데 말이지요?"

피츠조지 씨가 던진 질문은 어딘가 독특했으므로 레이디 슬레인은 자기도 모르게 진심을 털어놓을 뻔했다. 피츠조지 씨는 정말 궁금해하는 얼굴이었다. 그런데 레이디 슬레인이 기억하기로, 헨리는 가끔 절대 흥미로울 리 없는 질문을 두고도 정말 흥미롭다는 듯 눈썹을 들썩이며 고민하는 척했다. 그러고는 사실 인간의 흥미 따위는 중요하지 않으며, 그 중심에 차갑고 냉소적인 야망만이 남아 있는 세상으로 침잠하곤 했다. 헨리가 그랬다면 피츠조지 씨라고 그러지 못할 이유가 없지 않은가? 하나는 정치인이고, 다른 하나는 감정가라는 점이 다를 뿐. 레이디 슬레인은 웬 당나라 시대의 조각품처럼 관찰당하다가 가품이라고 평가당하고 싶지는 않았다. 헨리를 바라보고 살면서 얻은 어떤 교훈은 쉽사리 잊을 수 없었다. 그토록 매력이 넘치면서도 기만적이고 차가운 존재와 사랑하고 살아가는 일은 끔찍했다. 레이디 슬레인은 돌연 깨달았다, 헨리가 아주 남성적인 사람이었다는 사실을. 남편은 매력적이고 교양 있는 사람이었지만, 남성성이야말로 그의 성품을 단적으로 표현하는 말이었다. 그는 이 세속적인 세상의 산물이었다. 그의 냉소가 그 점을 잘 보여 주었다.

"저는 화가가 됐을 수도 있었지요." 레이디 슬레인이 뒤늦게 대답했다.

"아!" 피츠조지 씨는 마침내 원하던 것을 손에 넣었다는 듯 기뻐했다. "고맙습니다. 힌트를 주셨군요. 그러니까 예술가를 꿈꾸셨던 거군요? 하지만 여자라서 불가능했던 거겠지요. 가끔 휴식 중인 레이디 슬레인의 얼굴이 몹시도 비극적이었던 이유를 이제야 알겠습니다. 그 얼굴을 볼 때마다 이것은 상심한 여자의 얼굴이라고, 생각했던 기억이 나요."

"세상에, 피츠조지 씨!" 레이디 슬레인이 외쳤다. "절대 제 삶이 비극이었다는 식으로 말씀하시면 안 돼요. 저는 대부분의 여자들이 갈망하는 걸 전부 누리며 살았어요. 지위, 안락한 생활, 자식들, 사랑하는 남편. 불평할 이유가 하나도 없습니다. 하나도!"

"그렇지만 가장 중요한 것을 포기하셔야 했지요. 예술가에게 자기 재능을 실현하는 것보다 중요한 일은 없어요. 저보다 잘 아시잖습니까. 그러지 못하면 예술가는 기형으로 성장할 수밖에 없습니다, 기이하게 뒤틀린 나무처럼. 삶의 의미를 전부 잃어버린 채 그저 하루하루 대충대충 흘려보낼 뿐이지요. 진실을 직시하십시오, 레이디 슬레인. 자식, 남편, 부와 명예, 당신이 누린 모든 것들은 단지 자기 자신으로 사는 데 방해가 되었을 뿐입니다. 당신의 소명을 포기하고 그 대체품으로서 선택한 것들이지요. 아마 너무 어려서 잘 모른 채 그랬을 겁니다. 하지만 그런 삶을 선택했을 때 이미 진실 앞에서 죄를 저지른 것이었죠."

레이디 슬레인은 손으로 이마를 짚었다. 더는 이렇듯 충격적인 폭로를 견딜 힘이 없었다. 피츠조지 씨는 돌연 설교사처럼 영감을 받은 듯 미안한 마음도 없이 그녀의 평온한 일상을 뒤집어 놓았다.

"네." 레이디 슬레인이 힘없이 말했다. "맞는 말씀입니다. 저도 알아요."

"당연히 맞는 말이지요. 이 피츠 할아범이 우스운 놈이기는 해도 진정으로 가치 있는 게 뭔지는 잘 압니다. 그리고 레이디 슬레인은 제가 가장 중요하게 생각하는 신념에 반하는 행동을 했습니다. 제 말에 뼈가 있어도 무리는 아니지요."

"그쯤 해 두세요." 고개를 든 레이디 슬레인이 미소를 머금고 말했다. "제가 잘못을 저질렀다 해도 벌써 그 대가를 치렀으니까요. 하지만 부디 남편을 욕하지는 마세요."

"욕하는 게 아닙니다. 부군으로서는 아내가 원하는 걸 다 줬다고 생각했을 텐데요. 부군은 레이디 슬레인을 질식시켰습니다, 그게 다예요. 남자들은 여자를 숨 막히게 해요. 여자들 대부분은 그걸 즐기지요. 뭐, 그렇다고들 하더라고요. 레이디 슬레인도 여자인 만큼 분명 죽어 가는 과정에서 어떤 기쁨 같은 것을 느끼셨겠죠. 자, 제가 이런 말을 해서 화나셨나요?"

"아뇨." 레이디 슬레인이 답했다. "간파당하니 오히려 마음이 편안하네요."

"제가 파테푸르 시크리에서 레이디 슬레인을 간파했다는 걸 아시겠지요? 물론 속속들이 파악한 건 아니지만, 그 본질은 알아챘죠. 이 대화는 그때 우리가 나누지 못한 대화의 속편일 뿐이에요."

레이디 슬레인은 마음이 요동치는 와중에도 진심을 담아서 웃었다. 그녀는 이 무례한 노신사에게 무한한 고마움을 느꼈다. 피츠조지 씨는 이제 뼈 있는 말은 거두고 가만히 앉아서, 장난기와 애정 어린 시선으로 상대를 바라보고 있었다.

"오십 년 동안 유보되었던 대화지요." 레이디 슬레인이 말했다.

"이제는 영원히 묻어 둬도 되겠습니다." 피츠조지 씨가 눈치 빠르게 대응했다. 레이디 슬레인은 피츠조지 씨의 날카로운 검이 또다시 자신의 숨겨 둔 상처로 파고들까 봐 두려워하고 있었고, 노신사는 그런 두려움을 기민하게 파악했다. "세상에는 밝혀 둬야만 하는 것이 있지요. 이것도 그중 하나였습니다. 이제는 묻어 두고, 친구로 지내면 되겠네요."

피츠조지 씨는 그렇게 두 사람의 우정을 선포했고, 레이디 슬레인이 자신의 방문을 좋아하리라고 굳게 믿었다. 예고 없이 찾아왔으며, 금세 의자 하나를 자기 것으로 삼아 그 자리에 앉았고, 자신을 좋아하는 제누와 노닥거렸으며, 벅트라우 트 씨와 장황한 논의를 벌였고, 이곳 사람들에게 자기 방식을 내세우면서도 레이디 슬레인의 생활 방식에 잘 적응했다. 레이디 슬레인이 햄스테드 히스로 느릿느릿 불안한 산책을 다녀올 때 동행하기도 했다. 레이디 슬레인의 망토와 피츠조지 씨의 네모진 모자는 앙상한 나무가 그리는 겨울 풍경 속에 자주 등장했다. 함께 위태로운 발걸음을 옮기다가 이내 벤치에 주저앉았고, 서로에게 피곤한 기색을 내비치는 법 없이 풍경을 감상하려고 앉은 척했다. 충분히 쉬었다 싶을 정도로 오랫동안 감상하고 난 뒤에는 다시 일어나서 더 걸었다. 언젠가 보았던 컨스터블의 그림을 떠올렸고, 키츠의 생가에 들를 때도 있었다. 진녹색 월계수 수풀 한가운데에 외따로 떨어진 새하얀 저택이었다. 패니 브론의 유령이 떠돈다며, 열정이 그 시인을 망쳤다며[20] 두 사람 역시 유령이 된 듯 속닥거렸다. 그런 와중에도 레이디 슬레인을 향한 피츠조지 씨의 열정은 모퉁이 뒤에, 손을 뻗으면 곧 잡을 수 있는 곳에 숨어 있었다. 피츠조지 씨가 그토록 완고하게 자기중심적이지 않거나 (가여운 키츠는 그렇지 못했다.) 젊은 총독 부인을 향한 절망적인 사랑에 탐닉할 정도로 어리석었다면, 오십 년 동안 멀리서나마 사랑을 간직할 만큼 바보스러웠다면, 열정은 그를 완전히 망가뜨렸을 것이었다.

---

20 시인 존 키츠와 그의 연인 패니 브론을 말한다. 키츠는 자유분방하고 쾌활한 성격의 패니 브론을 무척 사랑하면서도 어려워한다. 1819년 마침내 두 사람은 약혼하지만 곧 키츠에게 폐결핵이 발병하고 만다. 키츠는 고통 속에서 열정적으로 사랑과 작품 활동을 이어 가지만 끝내 1821년 요양하던 로마에서 숨을 거둔다.

어느 날 햄스테드 히스 언덕에서, 피츠조지 씨가 레이디 슬레인은 이미 잊어버린 먼 과거의 사건을 언급했다.

"기억하시나요." 그가 입을 열었다. 두 사람은 이 문장을 너무나도 자주 꺼내서 누군가가 또 이 말을 할 때마다 미소 짓게 되었다. "저녁 식사를 함께한 다음 날, 제가 또 점심 먹으러 방문했었는데?"

"저녁 식사요?" 예전처럼 정신이 빠릿빠릿하지 않은 레이디 슬레인은 기억을 더듬으며 되물었다. "무슨 저녁 식사요?"

"캘커타에서의 만찬이요." 피츠조지 씨는 부드럽게 대답했다. 그는 레이디 슬레인을 재촉해야 할 때도 절대 인내심을 잃는 법이 없었다. "파테푸르 시크리에서 만나자는 제안에 응했더니 부군께서 다음 날 점심 식사에 또 초대하셨거든요. 좀 더 자세한 사항을 의논하자고 그러시더군요. 조금 일찍 도착했는데, 그때 레이디 슬레인은 혼자 계셨어요. 사실 혼자는 아니었지요. 케이가 있었으니까."

"케이? 아, 케이는 그때 태어나지도 않았을 텐데요."

"태어난 지 두 달 된 아기였습니다. 방 안에 요람을 두고 있었지요. 기억 안 나세요? 아기랑 있는데 낯선 젊은이가 등장해서 당황한 눈치였어요. 하지만 당황한 기색은 잠시뿐이었고 — 그 진술한 모습에 감탄했던 기억이 납니다. — 곁에 와서 아기를 보라며 요람에 달린 커튼을 젖혀 주셨지요. 나는 레이디 슬레인을 위해 그 못생긴 아기를 흘끗 바라보았습니다만, 사실 커튼을 붙잡은 손에 주목하고 있었습니다. 모슬린처럼 흰 손, 알록달록한 반지를 꼈을 뿐 티끌 하나 없이 맑은 손이었어요."

"이 반지들이지요." 레이디 슬레인은 장갑 위로 불룩 솟아 있는 울퉁불퉁한 반지들을 만지며 말했다.

"그렇습니까. 언젠가 케이에게 요람에 누워 있던 모습을 본 적 있다고 말했어요." 피츠조지 씨가 쿡쿡 웃으며 말했다. "그 농담을 써먹으려고 얼마나 기다렸는지 몰라요. 깜짝 놀라던데요. 놀란 것이 빤히 보였습니다. 그러나 설명은 안 해 줬어요. 케이는 지금까지 아무것도 모릅니다. 혹시 그 애가 여쭤보던가요?"

"아뇨." 레이디 슬레인이 답했다. "물어본 적 없어요. 물어봤더라도 답은 못 해 줬겠네요."

"그렇죠. 사람은 잊기 마련입니다, 잊기 마련이에요." 피츠조지 씨는 햄스테드 히스 너머를 바라보며 말했다. "하지만 절대 잊을 수 없는 것들도 있지요. 커튼을 젖히던 흰 손만큼은 기억납니다. 장차 케이로 자라날 그 못생기고 작은 갓난아기를 내려다보던 얼굴도 기억나지요. 레이디 슬레인의 사생활에 침입했다고 생각하니 기분이 묘했던 기억도 납니다. 물론 그 순간이 오래가진 않았습니다. 곧 레이디 슬레인이 종을 울렸고, 어느새 유모가 와서 케이를 요람째 데려갔지요."

"케이를 좋아하시나요?" 레이디 슬레인이 물었다.

"좋아하냐고요?" 피츠조지 씨는 놀라서 되물었다. "글쎄요. 난 케이가 익숙하지요. 맞아요, 좋아한다고도 할 수 있겠네요. 서로를 잘 이해하니 공연히 귀찮게 할 필요가 없지요. 우리는 서로 익숙한 사이입니다. 이쯤 해 두지요. 우리 나이에는 익숙한 것 말고 다 성가신 법이니까."

누군가를 좋아한다는 것, 사실 이것은 레이디 슬레인에게도 생경한 개념이었다. 그는 피츠조지 씨를 좋아하는 것 같았고, 제누와 벅트라우트 씨를 좋아했으며, 정도가 조금 약하기는 하지만 고서론 씨 역시 좋아했다. 그러나 그 감정이란 고민과 불안이 전부 휘발된 호감이었다. 그녀의 몸은 일말의 생기조차 소진된 늙은 몸이었다. 이제 감정조차 저무는 해처럼 아련했다. 그녀가 확실히 말할 수 있는 사실은, 피츠조지 씨와 햄스테드 히스를 거닐고 벤치에 앉아서 노신사가 끄집어내는 과거의 이야기를 듣고 있으면 즐겁다는 것뿐이었다. 과거의 나날은 세월이라는 장막을 드리우고 바라보아도 그녀의 약해진 시력에는 지나치게 밝았지만.

그러나 피츠조지 씨가 레이디 슬레인에게 진실을 모조리 다 밝힌 건 아니었다. 그 옛날에 점심을 먹으러 왔다가 한쪽 구석에서 레이디 슬레인과 요람에 누워 있는 케이를 발견했을 때, 총독 부인이 꽃 더미에 둘러싸인 채 무릎을 꿇고 앉아 있었다는 이야기까지는 하지 않았던 것이다. 피츠조지 씨는 당시 겨울이었던 영국에서 꽃을 가져왔으리라고 생각했다. 하지만 전부 인도의 화원에서 기른 것이었다. 장미, 델피니움, 스위트피가 레이디 슬레인 주변에 풍성하게 쌓여 있었다. 카펫 여기저기에 물을 채운 투명한 유리병이 있었는데, 햇볕을 투과하며 영롱한 빛을 드리웠다. 예상하지 못한 방문객을 향해 고개를 든 레이디 슬레인은 사실 총독 부인에게 어울리지 않는 일을 하는 중이었다. 꽃꽂이는 비서나 정원사에게 더 적합한 일이었으나 그녀는 직접 하기를 좋아했다. 그녀는 고개를 들어 올리며 물이 뚝뚝 떨어지는 손가락으로 시야를 가리는 머리카락을 뒤로 넘겼다. 바로 그 순간, 머리카락을 넘기는 손짓과 눈빛에서 무언가가 드러났다. 그녀의 내밀한 사적 세계였다. 그녀는 그것을 통째로 내보인 뒤 거둬들였고, 이내 의례적인 예의범절에 맞게 자리에서 일어나 행주에 손을 닦고 상대 쪽으로 뻗으며 말했다. "아, 피츠조지 씨." 그때는 잠시나마 이 이름을 기억하고 있었다. "죄송해요. 시간이 이렇게 늦었는지 몰랐네요."

세인트 제임스 스트리트를 오가는 사람들은 피츠조지 씨가 전처럼 자주 보이지 않는다는 사실을 알아챘다. 케이 홀랜드 역시 피츠가 저녁 식사 초대를 거절할 때가 늘었음을 눈치챘으나, 그 이유가 무엇인지 아무리 골똘히 고민해도 알 수 없었다. 진실 근처에 접근하지도 못한 채, 늙은 친구가 피곤하거나 몸이 안 좋아서 일찍 잠자리에 드는 것은 아닐지 불필요한 노파심을 품었다. 하지만 두 사람의 관계는 항상 지극한 예의에 바탕을 두었기 때문에 케이는 감히 캐묻지 못했다. 피츠조지 씨의 집에 가 본 경험이 있었기에 노신사가 어떻게 지내고 있을지 짐작이 갔다. 사실, 꽤 또렷하게 그려졌다. 목욕 가운과 슬리퍼를 신고 비할 바 없이 값진 예술품이 마구잡이로 널린 사이로 걸어가서 가스레인지에 저녁으로 먹을 즉석 수프를 데우는 모습, 전기를 아끼느라 한 알만 밝혀 둔 전구의 빛이 짤막한 예거 가운을 걸친 노인과 켜켜이 쌓인 액자의 금박 틀을 비추는 광경. 어쩌면 병에 양초를 끼워서 사용하고 있을지도? 케이는 피츠조지 씨가 제대로 챙겨 먹고 살지 않으리라고 확신했다. 그런 낮고 비좁은 방, 청소부가 들러도 최소한의 정돈밖에 할 수 없는 곳에서 먼지를 잔뜩 들이마시며 사는 삶이 건강할 리 없었다. 어떻게 피츠조지 씨는 그토록 더럽고 뒤죽박죽인 곳에 살면서 용케도 말끔하고 그럴싸한 차림을 유지하는 걸까, 케이에게는 수수께끼였다. 케이는 자기 주변을 최대한 깨끗하고 반짝반짝하게 유지하려고 엄청난 시간을 들이는 사람이었다. 어떤 독신녀도 매년 봄 대청소를 감독하는 케이 홀랜드만큼 열성이지는 못할 터였다. 소장품 중 손상되기 쉬운 것들은 따로 골라내서 물을 채운 대야에 넣은 뒤 셔츠 소매를 걷어붙이고 직접 손으로 씻었다. 그러나 피츠 할아범은 달랐다! 케이가 추측하기에, 피츠 할아범 집의 방 두 칸은 그가 언제인지 모를 날에 이사 온 뒤로 단 한 번도 제대로 청소한 적이 없었다. 버나드 스트리트의 어느 건물 처마 밑의 까치집처럼 그저 붙어 있었다. 하나씩 들여온 것들이 가득 쌓여서 터질 듯했다. 예술품은 의자 위에 두었다가 자리가 없으면 바닥 위에, 서랍장에 쑤셔 박았고, 찬장에도 문이 닫히지 않을 때까지 마구 집어넣었다. 먼지를 털어 낸 적도, 심지어 건드린 적조차 없었다. 방문객에게 보여 줄 때에만 예외였는데, 그제야 피츠조지 씨는 그림이든 청동이든 조각품이든 그 위에 내려앉은 더러운 먼지를 후, 하고 불어 낸 다음 밝은 곳으로 가져다주었다.

그런 피츠조지 씨가 최근 자주 보이지 않았던 것이다. 클럽에 얼굴을 비출 때는 평소와 다름없는 모습이라 케이는 불안을 삭일 수 있었다. 솔직히 전보다 더 생기 있어 보였다. 더 열정적으로 케이를 놀렸고, 반짝거리는 눈동자를 보노라면 무슨 비밀스러운 농담이라도 궁리 중인 듯했는데, 정말 사실이었다. 케이는 훈훈하고 즐거운 마음으로 앉아 있었다. 피츠조지처럼 그를 잘 놀려 주는 사람은 없었다. 물론 요람에 있는 케이를 봤다던 대화에 대해 캐묻고 싶은 마음이 없지는 않았다. 하지만 부끄러운 데다가 둘은 그런 사이가 아니므로 잠자코 입을 다물고 있었다.

한편 피츠조지 씨가 더는 레이디 슬레인을 소개해 달라고 부탁하지 않는 건 무척 다행이었다. 햄스테드에서 은퇴 후의 휴식을 즐기는 어머니는 분명 낯선 사람이 찾아오는 일을 환영하지 않을 터였다. 실로 케이는 이런 상황을 파악한 자신의 혜안에, 피츠 할아범을 막아 낸 자신의 재간에 우쭐했다. 그러나 종종 불안해졌다. 피츠조지 씨가 새로운 친구를 만들겠다고 나선 것은 이번이 유일했는데 그렇게 단호하게 선을 긋다니, 케이가 너무했던 건 아닐까? 피츠로서는 말을 꺼내기조차 굉장히 껄끄럽고 다시금 부탁하기는 더욱 힘들 터였다. 그래도 어머니가 우선이었다. 캐리와 허버트 그리고 찰스는 은퇴해서 혼자 있고 싶어 하는 어머니의 바람을 이해하지 못했다. 하지만 케이는 이해할 수 있었다. 그러므로 어머니가 살고 싶은 삶을 살 수 있도록 도와주는 일은 케이의 몫이었다. 케이는 어머니를 보호해야 했고 — 피츠에게는 항상 어쩔 줄 몰라 하는 그였지만. — 그가 능숙하게 얼버무린 덕분에 피츠는 이제 깔끔하게 단념한 것 같았다. 케이는 조만간 어머니를 찾아가서 자기가 얼마나 재치 있게 대처했는지 알려야겠다고 생각했다.

그러나 방문은 자꾸만 미뤄졌다. 1월 날씨는 매서웠고 케이는 고양이만큼이나 따뜻하고 안락한 환경을 좋아했으므로, 건강에 유의해야 하는 노인에게 외풍이 드는 지하철역은 무리라고 쉽사리 정당화해 버렸던 것이다. 그 대신 외투와 목도리를 잘 싸매고 템플에 있는 집을 나섰다. 그러고는 파운틴 코트와 너무 뚱뚱해서 길을 피해 주기도 힘든 비둘기 떼를 통과한 뒤 계단을 내려가 템스강 강둑길로, 노섬벌랜드 애비뉴로, 하이드 파크를 지나 세인트 제임스 스트리트로 향했다. 이것이 케이로서는 건강을 지키기 위한 산책이었고, 그 이상 걷는 법은 없었다. 그의 산책에는 운동뿐만 아니라, 모든 대중교통에 존재하는 세균을 피하려는 목적도 있었다. 케이는 웬만한 파충류보다 세균을 훨씬 무서워했다. 매일같이 어떤 치명적인 질병에 걸리는 상상을 했고, 차를 마실 때면 항상 끓인 물이라 세균이 없겠다고 안심했다. 이런 상황이었으니, 비가 오거나 진눈깨비가 내리면 집 안에 머물 만한 핑계가 생겼다며 반색했다. 어머니에게는 짧고 다정한 편지를 써서 감기에 걸렸다고, 듣자 하니 인플루엔자가 대유행이라고, 제누가 어머니를 잘 돌봐 주기를 바란다고 소식을 전함으로써 양심의 가책을 덜었다. 그럼에도 날이 풀리면 바로 햄스테드에 가서 어머니에게 피츠조지 씨의 이야기를 들려줘야겠다고 생각했다. 어머니는 즐거워하고, 또 고마워할 것이었다.

하지만 케이는 여느 현명한 사람들이 그러듯 계획을 지나치게 미루고 말았다. 피츠조지 씨가 그보다 스물다섯 살이나 많다는 사실을 잊어버린 것이다. 여든한 살은 시간과 밀고 당기기를 할 수 있는 나이가 아니었다. 스무 살, 서른 살, 마흔 살, 쉰 살, 예순 살에는 무슨 계획이든 다음 해 여름까지 미뤄 둘 수 있었으나 — 물론 스무 살의 인생에도 예상 밖의 위험은 언제나 도사리고 있다. — 여든한 살의 나이에 그런 식으로 할 일을 미루기란 그저 운명의 신을 면전에서 약 올리는 행위에 지나지 않았다. 청년에게 닥치면 뜻밖이고 믿기 힘든 악재가 여든 살의 노인에게는 당연한 일이 된다. 어쩌면 케이는 유독 장수하는 집안사람들 때문에 판단력을 잃었는지도 몰랐다. 피츠조지 씨의 죽음은 분명 충격적이었고, 부고를 접한 케이는 반신반의하며 비통함에 잠겼다.

그가 맞닥뜨린 최초의 소식은 전단이었다. '웨스트엔드 클럽 회원 사망.' 그는 템스강 강둑길과 노섬벌랜드 애비뉴를 지나서 점심을 먹으러 가는 길에 전단을 훑어보았고, 그 부고에 별달리 주목하지 않았다. 브릭스턴을 지나는 버스에 관한 소식보다 대수롭지 않은 사건이었다. 더 걷다 보니 점심에 새로 나온 전단이 보였다. '홀로 살던 백만장자 웨스트엔드에서 사망.' 머릿속에 피츠조지 씨가 퍼뜩 떠올랐지만 바로 지워 버렸다. 아무리 기자들이더라도 버나드 스트리트를 웨스트엔드라고 보기는 무리였으니까. 케이는 기자들의 세계인 플리트 스트리트에 대해 아무것도 몰랐던 것이다. 어쨌든 신문을 한 부 구입하기는 했다. 하이드 파크를 지나가다가 땅에서 뾰족하게 솟아난 연둣빛 크로커스 새싹을 발견했다. 수천 번이나 지나다닌 길이었다. 평온한 마음으로 부들스 클럽에 들어가서 비시 온천수를 주문하고 냅킨을 깐 다음,《이브닝 스탠다드》를 펼친 뒤 점심을 먹었다. 구운 고기 한 조각과 피클이었다. 매일 드나드는 단골이었기에 웨이터에게 굳이 주문할 필요조차 없었다. 바로 그때, 1면 두 번째 단에서 그 소식을 발견했다. '웨스트엔드 클럽 회원 사망. 부유한 은둔자의 기묘한 인생 이야기 밝혀지다.' (이때까지도 케이는 어떻게 클럽 회원이면서 은둔자일 수 있는지 의아해했다.) 마침내 이름이 눈에 띄었다. 피츠조지 씨는…….

그는 손에 쥔 나이프와 포크를 요란스럽게 접시로 떨어뜨렸다. 여느 때와 다른 케이의 모습에 놀란 다른 회원들은 고개를 들고 속삭였다. "아, 들은 게로군!" 읽었다고 해야 할 것을 들었다고 한 것이다. 그러나 들었다는 말도 틀리지는 않았다. 케이는 신문을 읽자마자 누군가가 귀먹을 것 같은 고성으로 피츠조지 씨의 이름을 울부짖고 있는 듯 느껴졌기 때문이다. 텔레비전에 귀를 대고 있는 것 같았다. "정말 피츠가 죽었습니까?" 그는 옆자리 남자에게 물었다. 지난 이십 년 동안 오다가다 마주치며 습관적으로 목례했을 뿐, 전혀 모르는 사람이었다.

정신을 차려 보니 케이는 버나드 스트리트에 도착해 있었고, 벌써 피츠의 집으로 이어지는 계단을 오르고 있었다. 택시비를 내려고 주머니를 뒤지던 기억이 어른거릴 뿐 어떻게 이곳까지 왔는지 알 수 없었다. 피츠네 현관문은 이미 누군가가 부수고 들어갔는지 쩍쩍 갈라져 있었고, 실내에는 경찰이 있었다. 덩치가 큰 젊은 경찰 두 명은 정중하지만 거만했는데, 케이의 이름을 듣고 난 뒤에는 아주 예의 바르고 호의적으로 처신했다. 피츠도 있었다. 예거 목욕 가운을 입은 채 침대에 누운 몸은 기묘하게 뻣뻣해 보였다. 식탁 위에는 정어리가 하나 반, 반쯤 먹다 남은 토스트, 부스러기뿐인 삶은 달걀이 있었다. 차게 식은 삶은 달걀인 만큼 식욕을 떨어뜨리는 생김새였다. 고깔 모양의 기다란 수면용 모자를 쓴 것은 의외였다. 피츠는 살아 있을 때와 똑같은 모습이었으나, 완전히 다르기도 했다. 정확히 어디가 다른지는 짚어 내기가 힘들었다. 뻣뻣한 몸 때문인 것 같지는 않았다. 어쩌면 여태껏 그 누구에게도 공개한 적 없는 피츠 할아범의 사생활을 엿보았다는 죄책감 때문인 것 같았다. 슬리퍼를 신고 수면용 모자를 쓴 채 찬장에서 마지막 남은 정어리 통조림 세 개를 꺼내 놓은 모습 그대로 박제되어 버린 피츠 할아범을 포착했다는 죄책감. "아직은 그대로 두어야 합니다, 선생님." 하고 젊은 경찰 하나가 말했다. 그는 케이가 망자 가까이 다가가서 현장을 건드릴까 봐 지켜보고 있었다. "의사들이 살펴봐야 하거든요."

케이는 우물쭈물 창가로 가서 피츠의 죽음과 아버지의 죽음을 비교했다. 두 사람은 실로 다른 삶을 살았다. 피츠는 세상을 비웃었고, 자기만의 비밀스럽고 사적인 삶을 살았으며, 내면에서 즐거움을 찾았고, 아무한테도 속내를 드러내지 않았다. 지금껏 케이는 그가 화내는 모습을 딱 한 번밖에 보지 못했다. 웬 신문에서 런던의 괴짜들에 관한 기사를 냈을 때였다. "세상에!" 그가 말했다. "사생활을 지키며 산다고 괴짜라니?" 그는 자기 이름이 포함되었음을 발견하고 분노했다. 사람들이 흔히 타인에게 표하는 호기심을 이해할 수 없었다. 천박하고 지루하고 불필요하다고 여겼다. 피츠는 사람들이 자신을 가만히 내버려 두기를 바랄 뿐 세상사에 전연 관여하고 싶지 않았다. 그저 자기가 선택한 세상에 침잠해서 자신의 소장품과 그것들의 아름다움에 매혹되어 살고 싶어 했다. 그것이 그만의 종교였고 사색이었다. 그러니 그의 외로운 죽음을 동정할 필요는 없었다. 그의 죽음은 그가 선택한 삶과 완전히 부합했으니까.

그러나 정부와 경찰이 보기에 그의 죽음은 걱정거리였다. 케이가 참담한 기분으로 더러운 커튼을 만지작거리는 사이, 그들은 피츠의 집을 샅샅이 뒤졌다. 뻣뻣하게 굳어서 말 없는 시체를 바라보며 이 신사분은 굉장한 부자라고, 그의 재산이 100만 파운드 단위는 족히 되리라고 떠들었다. 경찰은 극빈자의 고독사는 자주 다뤄서 익숙했으나 백만장자의 고독사는 전례 없었다. 친척이 있기는 있으리라고, 이 모든 것을 케이가 안다는 듯 그쪽을 바라보았다. 하지만 케이는 아니라고, 자기가 알기로 피츠조지 씨는 친척이 없다고, 이 세상 그 누구와도 연결 고리가 없다고 말했다. "잠깐만요." 그가 덧붙였다. "사우스 켄싱턴 박물관에서 뭔가 알고 있을지도 모르겠네요."

이 말을 들은 경위는 껄껄 웃었다. 그러다가 옆에 시체가 있다는 사실을 떠올리고 입을 막았다. 박물관이라니! 경위가 말했다. 글쎄, 죽은 사람의 정보를 구하러 가기에 박물관은 참 우울한 곳이라고. 그는 분명 여우 같은 아내, 토끼 같은 자식들과 함께 창가에 빨간 제라늄 화분을 늘어놓은 집에서 사는, 그런 부류의 사람이었다. 가만 보니까 홀랜드 씨의 박물관 이야기가 순전히 터무니없지는 않다고, 그가 덧붙였다. 박물관이 아니었다면 경위와 그의 부하들은 이곳에 올 일조차 없었으니까. 누가 죽었더라도 살인이나 자살이라는 증거가 없다면 경찰은 출동하지 않았다. 경위의 묘사에 따르면 그야말로 '흥분한' 상태였던 박물관 관계자가 런던 경찰국으로 연락했기 때문에, 국가의 유산이 될지도 모르는 귀중한 예술품을 감시하려는 목적으로 버나드 스트리트에 경관이 출동했던 것이다. 경위는 예술품에는 대놓고 경멸을 표현했지만, 귀중하다는 말에는 즉각 호의적으로 반응했다. 어쨌든 홀랜드 씨가 박물관 말고 도움이 될 만한 다른 사람을 알려 줄 수는 없을까? 홀랜드 씨는 그럴 수 없었다. 인명록에서 피츠조지 씨를 찾아보면 어떻겠느냐고 조그마한 목소리로 덧붙일 뿐이었다.

경위는 노트를 꺼내서 본격적인 조사를 시작하며 물었다. 그건 그렇고, 피츠조지 씨의 아버지는 누구였나요? 기자들 못 들어오게 막아. 이는 부하 둘에게 성난 목소리로 덧붙인 말이었다. 아버지는 없습니다, 하고 답하는 케이는 덫에 걸린 토끼가 된 기분이었다. 경찰관에게 괴롭힘이나 당하다니, 버나드 스트리트에 오지 말걸, 하고 생각했다. 게다가 죽은 백만장자의 부모에 관한 질문은 조사 범위를 넘어서는 것이었다.

이런 질문을 던진 이유는 순전히 호기심 때문이라는 의심이 들었다.

케이를 응시하는 경위의 눈에 농담이 떠올랐으나 그는 자신의 위엄을 지키기 위해 애써 참는 기색이었다. "어머니는요?" 그의 목소리에 아버지는 없을 수 있어도 어머니는 없을 수 없다는 추측이 담겨 있었다. 하지만 케이는 그런 추측의 세계에 속하지 않았다. 그에게 피츠조지는 그저 단독자, 자신의 독립을 지키기 위해 싸우는 전사였다. "어머니도 없습니다." 케이가 대답했다.

"그러면 있었던 건 뭐지요?" 경위는 질문을 던지면서 부하들을 슬쩍 바라보았다. 그 표정을 본 케이는 생각했다. 이자는 무지하구나.

케이는 이렇게 답하고 싶었다. 그에게는 자기만의 삶이 있었습니다. 케이는 피츠조지와 경위, 그리고 경위가 상징하는 모든 것들의 간극이 너무나도 버거워서 어지러울 지경이었다. 그러나 그는 타협했고, 공간에 어지러이 널린 예술품을 가리키며 말했다. "이것들이요."

"이걸로는 부족하지요." 경위가 대꾸했다.

"그는 만족했습니다." 케이가 말했다.

"이런 잡동사니에?" 경위가 물었다. 케이는 아무 대답도 하지 않았다.

경찰 한 명이 경위에게 다가와서 명함을 보여 주며 소곤거렸다. "알았어." 명함을 확인한 경위가 말했다. "들여보내."

"건물 앞에 기자들이 잔뜩입니다, 경위님."

"못 들어오게 막으라니까."

"잠깐만 들여다보고 나갈 거라는데요."

"아니, 안 된다니까. 볼 것도 없다고 해."

"알겠습니다."

"잡동사니밖에 없다고."

"알겠습니다."

"박물관에서 왔다는 분만 안으로 들여보내. 다른 사람은 안 돼. 보아하니," 경위는 케이 쪽으로 고개를 돌리고 계속 얘기했다. "박물관 이야기가 정답이었던 것 같습니다. 그쪽에서 사람이 왔네요. 죽은 노인의 삼촌일지도 모르겠습니다. 잽싸게도 왔잖아요." 경위는 케이에게 명함을 넘겨주었다. 케이는 명함에 적힌 소개를 읽었다. '크리스토퍼 풀점, 빅토리아 앤드 앨버트 박물관.'

중절모, 푸른색 외투, 새끼 염소 가죽 장갑, 뿔테 안경 차림의 젊은 남자가 들어왔다. 그는 피츠조지 씨를 흘긋 바라보더니 곧 시선을 돌려서 방 안에 널린 것들을 훑어보고 평가하며 경위와 대화했다. 그러나 그의 태도는 경위와 달랐다. 가끔 의자나 테이블 위에 놓인 먼지 앉은 귀중품을 포착할 때마다 눈을 반짝이며 탐난다는 듯 자기도 모르게 손을 뻗고는 했다. 게다가 케이 홀랜드를 정중하게 대했으므로 경위 역시 케이를 더욱 높이 평가할 수밖에 없었다. 어쨌든 박물관은 정부로부터 (적게나마) 금전적 지원을 받는 공적 기관이었다. 그리고 바로 이런 사실이 경위의 존경심을 유발하는, 아니 그의 존경심을 살 수 있는 가치였다. 그는 케이 홀랜드에게 보인 것보다 훨씬 정중한 태도로 풀점 씨를 대했다. 케이는 전 총리의 아들처럼 보이지 않는 반면, 풀점 씨에게는 '빅토리아 앤드 앨버트 박물관'이라고 분명하게 적힌 명함이 있었으니까.

사실대로 말하자면, 풀점 씨는 이런 상황이 불편했다. 단지 그의 상관들이 피츠 할아범의 소장품을 보호하려고 헐레벌떡 지시를 내린 탓에 이곳에 왔을 뿐이었다. 피츠가 지난 사십 년 동안 온갖 암시를 흘리고 다녔으므로, 박물관은 이제 그의 귀중한 유품을 손에 넣을 수 있겠다고 합당하게 판단한 것이었다. 케이 홀랜드는 경위와 풀점 씨를 배려하기 위해 다시 창가로 물러나서 더러운 커튼을 만지작거렸다. 경위는 임무를 수행해야 했고 풀점 씨는 박물관에서 내린 불편한 지시를 이행해야 했다. 새로운 발견에 기뻐하던 피츠 할아범, 뚱하고 무덤덤한 방식으로 아름다움을 경탄하던 피츠조지 씨는 이런 세상과 어울리지 않았다. 지극히 세속적인 방식으로 죽음을 처리하고, 망자의 유품에 침을 흘리는 세상과는. 케이는 세상이 돌아가는 방식을 잘 알았기에 이 점 역시 잘 알고 있었다. 아무리 친구를 위한다고 해도 새삼스럽게 서글픔을 느낄 수는 없었다. 경위와 풀점 씨는 각각 자기들 세상의 법칙대로 행동하고 있었다. 그리고 풀점 씨는 적어도 예의를 갖추고 있었다.

"물론 저희에게 개입할 권리가 없다는 점을 압니다." 풀점 씨가 말했다. "하지만 소장품의 막대한 가치를 고려하면, 또 피츠조지 씨가 항상 소장품의 대부분을 국가에 기부하겠다고 말했음을 고려하면, 박물관에서는 소장품을 보호하기 위해 필수적인 조치를 취할 수밖에 없다고 판단했습니다. 저희 쪽에서 맡아서 처리하기를 원하신다면 사람을 보내겠다고 전하라더군요."

"소장품에 막대한 가치가 있다고 말씀하신 게 맞습니까, 선생님?"

"수백만 파운드에 달할 겁니다." 풀점 씨가 기쁜 목소리로 대답했다.

"그렇군요⋯⋯." 경위가 말했다. "그런 쪽에는 문외한이라 잘 모릅니다. 제 눈에 이곳은 꼭 전당포 같은데요. 하지만 선생님이 그렇게 말씀하시니 믿겠습니다. 이분은요," 하고 그는 엄지손가락으로 피츠조지 씨를 가리키며 말했다. "연고가 없는 것 같습니다만?"

"제가 알기로도 가족은 없었습니다."

"정말 드문 일입니다, 선생님. 이렇게 부유한데 가족이 없다니, 희귀한 경우예요."

"변호사는요?" 풀점 씨가 물었다.

"아직은 아무 연락도 없네요, 선생님. 그렇지만 아무리 일러도 점심 신문에야 기사가 났을 테고, 이곳에는 전화마저 없으니⋯⋯." 경위는 일그러진 얼굴로 주변을 둘러보았다. "변호사가 있다면 직접 찾아와야겠지요."

"피츠조지 씨는 뭐랄까, 내향적인 사람이었습니다."

"그렇다고 하더군요, 선생님. 고독한 사람이라고 할까요. 저로서는 이해가 되지 않습니다. 저는 주변에 사람이 있는 쪽이 좋거든요. 여기에 무슨 문제라도 있었을까요?" 경위는 이마를 톡톡 두드리며 말했다.

"조금 괴짜이기는 했지만, 그게 다예요."

"저런 신사분은 치안 판사 같은 직업에 어울리거든요. 아닙니까, 선생님? 뭔가 사회적인 일을 하는 편이 어울려요. 그러니까 병원 위원회나, 뭐 그런 일 말입니다."

"피츠조지 씨는 사회에 관심이 없었던 것 같습니다." 풀점 씨의 어조는 아주 미묘했으므로 케이는 그가 피츠 할아범을 옹호하는지 비난하는지 판단할 수 없었다. "그렇지만," 하고 그가 덧붙였다. "귀중한 예술품을 국가에 기증한 분께 그렇게 말할 수는 없지요."

"정말 기증했는지는 모르는 일이잖아요." 경위가 답했다.

풀점 씨가 어깨를 으쓱했다. "분명 그러겠다고 넌지시 말씀하셨습니다. 게다가 나라에 기증하지 않으면 도대체 누구에게 물려주겠습니까? 홀랜드 씨에게 줬을지도 모르겠지만요." 그는 고개를 돌려서 케이를 바라보았다. 자기 농담이 재미있다는 듯한 표정이었다.

그러나 피츠조지 씨의 소장품을 물려받은 것은 국가도, 케이 홀랜드도 아니었다. 그는 모든 유품에 더해서 전 재산까지 레이디 슬레인에게 남겼다. 유언장은 종이 반 장을 겨우 채울 정도였지만 더없이 명확하고, 더없이 적법하며, 증인도 확실한 데다 다른 해석의 여지 따위는 전혀 없었다. 재산은 자선 단체에 기부하고, 소장품은 다양한 박물관, 국립 미술관과 테이트 미술관에 기증한다는 내용의 이전 유언은 취소하겠다고, 정확히 적혀 있었다. 이제 모든 것은 오롯이 레이디 슬레인의 소유라고, 어떻게 처분하든 순전히 그녀의 재량이라고 했다. 이 소식이 알려지자 사람들은 경악했다. 박물관 측의 거대한 분노와 실망에 대적할 수 있는 것은 레이디 슬레인의 가족들이 느낀 놀라움과 기쁨뿐이었다. 그들은 전부 한달음에 달려와서 캐리가 차를 차려 놓은 테이블 앞에 앉았다. 캐리는 바로 그날 오후에 어머니를 직접 만났으므로 다른 남매들이 부러워할 만한 정보가 많았다. 사실 소식을 듣자마자 햄스테드로 달려갔던 참이었다. "가여운 어머니." 캐리가 말했다. "그렇게 큰일을 떠맡다니, 어머니가 걱정되어서 혼자 둘 수가 있어야지. 다들 알다시피 어머니는 그런 일에 영 미숙하잖아." 이에 "하지만 대체 어떻게 된 거야?" 하고 그날따라 더욱 불같이 으르렁대며 허버트가 말했다. "대체 어떻게 이런 일이 생겼지? 어쩌다가 어머니는 그 피츠조지라는 사람을 알게 된 거야? 게다가 케이는 또 어떻게 엮인 거고? 케이랑 피츠조지가 친구인 건 우리도 알았지만, 어머니랑 피츠조지가 만난 적 있다는 소리는 처음 듣는데. 어머니가 그 사람을 언급한 적은 단 한 번도 없었다고." 허버트는 난롯불처럼 지글지글 끓고 있었다.

"계략이 있었던 거지, 바로 그거야. 그리고 케이가 원흉이고. 그 애는 그 노인네의 물건을 탐냈어. 뭐, 어쨌든 케이도 배신당한 거겠지만."

"정말 그럴까?" 찰스가 말했다. "케이가 어머니랑 몰래 수작을 꾸몄는지도 모르지? 케이는 항상 우리에게 거리를 뒀잖아. 난 항상 그 애가 어딘가 음흉하다고 생각했어."

"오, 설마요." 하고 메이블이 입을 열었다.

"조용히 해, 메이블." 허버트가 말했다. "나는 찰스 말이 맞는 것 같아. 케이는 정말 의뭉스럽지. 그리고 어머니는 자기 유언장에 뭐라고 썼는지 단 한 번도 귀띔한 적 없잖아."

"지금까지는," 이디스가 가족의 대화에 끼어들었다, 이런 말을 하는 스스로가 경멸스러웠지만. "남겨 줄 만한 재산이 없었으니까."

이디스의 지적은 평소처럼 아무런 주목도 받지 못했다.

"나는 어느 쪽에도 동의하지 못하겠어." 가족 중에서 가장 세속적이고 셈하는 데 능한 윌리엄이 말했다. "정말 케이와 어머니가 수작을 부렸다면, 피츠조지의 재산이 어머니에게 먼저 넘어가도록 꾸밀 이유가 하등 없지. 세금을 생각해 봐."

"죽고 나서는 상속세가 발생하니까?" 항상 그렇듯 눈치 없는 이디스가 굳이 불길한 단어를 언급하고야 말았다.

"적어도 50만 파운드는 나올 거라고." 윌리엄이 말했다. "그럴 이유가 없지. 그냥 케이에게 넘어가도록 하는 편이 이익이잖아."

"하지만 어머니는 셈법에 어두우니까." 캐리가 한숨을 내쉬며 말했다.

"비극적인 수준이지." 윌리엄이 말했다. "왜 우리와 미리 상의하지 않았을까? 어쨌든 이젠 다 끝난 일이야." 다소 철학적인 어조였다. "그런데 대체 그 돈으로 뭘 하시려나?"

"관심도 없는 것 같던데." 캐리가 말했다. "책을 읽고 있더라고. 제누는 구석에서 고양이 밥을 주고 있고. 뭐, 집중해서 읽는 것 같지는 않았지만! 책 제목이 뭐냐고 물었더니 — 다들 알겠지만 그냥 얘기나 좀 하자고 물어본 거였어. — 대답을 못 하던데. 무디스 책방에서 보내 준 책이라고만 했지. 하지만 다들 알다시피 어머니는 항상 고심해서 직접 책을 고르잖아. 책방에서 추천해 주는 걸 읽는 법이 없지. 사실 집에 들어가느라 애를 먹었어. 신문 기자들이 벌써 집을 에워싼 터라, 어머니가 제누에게 초인종이 울려도 나가 보지 말라고 당부해 둔 것 같더라고. 정원을 빙 돌아간 다음에 창문 아래서 '어머니!' 하고 불러야 했다니까."

"그래." 허버트가 말했다. 캐리가 잠시 이야기를 멈춘 틈을 못 참고 물었다. "안에 들어가니까 어머니가 뭐라 하시던?"

"아무 말도 안 했어. 그 피츠조지라는 사람과는 인도에서 알게 되었다는 것 같아. 최근에 한두 번 집에 왔었대. 말은 그렇게 하셨어. 하지만 뭔가 감추고 있음이 분명했지. 피츠조지가 집에 온 적 있다고 어머니가 말하니까, 마침 주변에서 얼쩡거리던 제누가 갑자기 울음을 터뜨리더니 뛰쳐나가더라고. 앞치마 자락을 붙잡고 코를 풀었지. 그러고는 이러던데. '참 친절한 신사분이셨는데.' 방문할 때마다 팁을 쳤다는 뜻이라고 추측했지."

"어머니는 어때 보였어? 속상한 얼굴이었어?"

"조용하셨지." 캐리는 잠시 입을 다물더니 결론을 내렸다. "맞아, 전반적으로 그랬어. 그렇지만 분명히 무언가를 감추고 있었어. 자꾸 말을 돌리려고 하더라니까. 이렇게 큰일이 터졌는데 당치도 않지! 런던에 붙은 전단은 못 본 것 같아. 그건 확실해. 불쌍한 어머니, 난 그냥 도와주려는 건데, 참. 어머니가 내 선의를 오해하고 무엇이든 자꾸 숨기려고 드니까 솔직히 기분이 좀 안 좋았지. 나를 따돌리려고 부러 그러는 것 같았어. 나와 거리를 두려고."

"하지만," 라비니아가 입을 열었다. "숨길 일이 뭐가 있다고 그러셨을까요? 어머니 나이에? 혹시……?"

"아냐." 허버트가 말했다. "아니라고! 그건 말도 안 돼!" 그는 가장으로서 온당하게 선언했다.

"아니겠지." 캐리가 허버트의 선언에 수긍했다. "허버트가 그렇게 판단했다면, 분명 그게 옳겠지. 그런데 말이야, 아주 이상한 생각이 퍼뜩 나더라고."

다들 캐리의 아주 이상한 생각을 듣고자 얼른 몸을 기울였다.

"안 되겠어. 아무래도 입에 담기가 좀 껄끄러워." 캐리는 사람들의 호기심을 자극했음에 기뻐하며 말했다. "말 못 하겠는데, 가족끼리니까 소문 퍼질 일은 없겠지."

"캐리!" 허버트가 외쳤다. "끝까지 말하지 않으려면 절대 시작하지 않는다는 게 규칙이잖아, 알면서 왜 이래."

"우리가 어렸을 때." 캐리는 여전히 내키지 않는다는 듯 입을 열었다.

"물론 정말로 입에 담기 힘든 말이라면……." 허버트가 말했다.

"글쎄, 듣고 싶다면 말해야지." 캐리가 말했다. "이런 생각이 들었어. 우리 중 그 누구도 어머니와 이 노인, 피츠조지라는 노인의 관계를 몰랐잖아. 어머니는 아무한테도 그 사람을 언급하지 않았어. 그런데 두 사람이 인도에서 — 그 무렵에 케이가 태어났지. — 만났다는 사실이, 어쩌면 그 전에 만났다는 사실이 밝혀졌잖아. 그 사람은 항상 케이에게 관심이 많았지. 그런데 그가 전 재산을 어머니에게 남기고 죽었어. 케이에게 남긴 건 아니야, 그건 그래. 하지만 어머니가 그걸 케이에게 남기지 않으리라는 보장 또한 없잖아. 피츠조지라는 사람은 어쩌면 케이가 자기 재산을 물려받기를 늘 바랐을 수도 있어. 에둘러 가기로 했을 수도 있지. 눈속임 같은 게 아닐지, 누가 알겠어? 알다시피 그런 괴짜 노인들은 스캔들을 겁내니까."

"그리고 그 이유는……." 허버트가 말했다.

"그래. 바로 그거야."

"오, 아니야, 아니라고!" 이디스가 외쳤다. "끔찍해, 캐리. 말도 안 돼. 어머니는 아버지를 사랑했어. 아버지를 속였을 리가 없다고."

"세상에, 이디스!" 캐리가 말했다. "순진하기도 하지! 그렇게 흑백 논리로만 세상을 보다니!" 그러나 캐리는 이디스가 듣는 데서 자신의 추측을 늘어놓았음을 벌써 후회하고 있었다. 막내가 어머니에게 이 이야기를 전할 수도 있었다. 지금 어머니와 좋은 사이를 유지함으로써 가장 큰 이익을 누릴 수 있는 사람은 바로 막내, 이디스였다.

이디스는 분노한 나머지 자리를 박차고 떠났고, 남은 가족들은 자기들끼리 똘똘 뭉쳤다. 의자를 바짝 붙이고 앉았다.

"그런데 잠시 후에." 캐리는 하던 이야기를 마저 이어 갔다. "웬 젊은이가 왔어. 아주 기분 나쁜 청년이었지. 풀점이라고, 박물관에서 왔다더군. 제누가 어찌나 경우 없던지. 아마 그 청년이 대뜸 명함까지 줬나 봐. 무슈 폴잠브[21] 씨가 왔다고 알렸지. 일부러 이상하게 발음한 것 같았어. 곧 그런 대우를 받아도 싸다는 게 밝혀졌지. 그 사람, 그리고 그의 박물관이 어머니의 유산에 눈독 들이고 있음이 분명했거든. 제안할 것이 있어서 왔다는 거야. 어머니에게는 소장품을 보관할 공간이 없으니 박물관에서 대신 맡아 주겠다더라. 어머니는 그때만큼은 꽤 현명하셨지. 확답을 안 하셨거든. 어떻게 해야 할지 아직 결정을 내리지 않았다고 했어. 풀점 씨를 투명 인간 취급하듯 오묘한 눈빛으로 보던데. 당연하게도 그때 제누가 평소처럼 쳐들어와서 저녁에 커틀릿을 드실지, 닭고기를 드실지 물어봤어. 닭고기를 먹겠다고 하셨어. 가격은 비싸도 다음 날까지 먹을 수 있으니까 좋다고 그러시는 거야! 매년 8만 파운드씩 챙기게 생겼는데 그런 말을 했다니까!"

---

21 풀점은 'Foljambe'이라고 표기하는데, 문자 그대로 읽으면 '폴잠브'이지만 일반적으로 '풀점'이라고 발음한다. 제누가 프랑스어를 하듯 틀리게 발음한 것이다.

라비니아가 무거운 신음을 내뱉었다.

"하지만 어머니는 그 청년에게 그러듯 내게도 과묵했어." 캐리가 계속 말했다. "그냥 도와주려는 거라고 줄곧 말씀드렸는데도 — 다들 나를 잘 아니까 그게 진실임을 믿어 주겠지. — 풀점 씨를 바라볼 때처럼 오묘한 눈빛으로 나를 보더라니까. 내내 딴생각을 하는 듯했지. 몰라, 옛날 생각을 하던 중이었을지도." 캐리가 가시 돋친 목소리로 말했다. "제누가 다시 와서 저녁을 다 차렸으니 식사를 해야 한다고 그러는데도 저녁 먹고 가라는 말조차 없더라. 결국 나는 풀점 씨랑 같이 집을 나섰고, 그 청년을 차에 태워 줄 수밖에 없었지. 피츠조지의 유산은 재산 말고 소장품만 헤아려도 200만 파운드 정도래."

"가여운 아버지." 허버트가 말했다. "돌아가셔서 다행이라는 생각이 들기는 또 처음이네."

"맞아, 정말 다행이지." 캐리가 말했다. "가여운 아버지. 아무것도 몰랐어."

그들은 말없이 기이한 행운을 곱씹었다.

"그런데," 언제나 잇속에 밝은 윌리엄이 다시 대화를 시작했다. "어머니는 그 많은 걸 어떻게 할 생각이지? 그 돈은? 하, 수입이 매년 8만 파운드라니! 게다가 예술품들의 값어치는 200만 파운드나 된다고! 세상에, 그걸 다 처분하면 매년 16만 파운드는 들어올 거야. 잘 투자해서 5퍼센트의 수익만 내도 그보다 더 벌겠지. 그 정도는 쉬운 일이거든." 그의 목소리는 돈 이야기를 할 때면 항상 그러듯 예리했다. "어머니는 정말 속을 모르겠어. 아무것도 아니라는 듯 보석을 나눠 줬던 걸 생각해 봐. 물건의 가치, 사람의 도리 같은 건 아무것도 모르시는 것 같아. 소장품을 전부 국가에 기증하든 안 하든 우리에게는 한마디 상의도 안 할걸."

레이디 슬레인의 자식들 사이에 공포가 무겁게 내려앉았다.

"정말 그렇게 생각하는 건 아니지, 윌리엄? 아무리 그래도 자식들이 조금은 애틋하지 않겠어?"

"아니, 정말 그렇다고 생각해." 윌리엄이 말했다. 그는 점점 흥분하고 있었다. "어머니는 루비와 조약돌도 구분 못 하는 어린애나 다름없어. 아무것도 배우지 못한 거야. 그냥 평생 동안 방황만 한 거지. 우리가 대놓고 말은 안 했지만, 항상 어머니가 다른 사람들과 다르다는 걸 알았잖아. 어머니를 두고 이런 말을 하기는 내키지 않지만, 상황이 상황이니만큼 세심하게 할 말 못 할 말 따지기도 힘들어. 당장이라도 이상한 짓을 저지르실 거라고. 보고 있으면 참담해서 손을 배배 꼬게 될, 그런 짓 말이야. 그리고 우리는 막을 힘이 없지. 아무런 힘도 없어!"

"당치 않아, 윌리엄." 캐리가 말했다. 윌리엄이 상황을 과대 해석하고 있다고 생각했다. "어머니는 항상 이성에 귀 기울이는 사람이었다고."

"햄스테드로 이사한 것도 이성적이었나?" 윌리엄이 음울한 목소리로 말했다. "그 나이에 새 인생을 살겠다고 나서는 사람을 이성적이라고 하기는 힘들지. 그때 아무렇게나 보석을 나눠 줄 때도 이성적이었나?" 윌리엄이 메이블을 바라보았다. 긴장한 메이블은 레이디 슬레인이 준 진주 귀걸이를 성긴 레이스로 가리려고 했다. "틀렸어, 캐리. 어머니는 단 한 순간도 현실에 발 딛고 살지 않았어. 어머니의 고향은 무지개 뜬

꿈나라지. 그리고 불행하게도 동향 친구를 만난 거고. 피츠조지 씨 말이야."

"그러면 벅트라우트는?" 캐리가 물었다.

"뭐라고? 그 사람을 잊고 있었군!" 윌리엄이 말했다. "분명 벅트라우트는 어머니를 꼬드겨서 재산을 손에 넣으려 하겠지. 가여운 어머니, 그토록 단순하고 바보 같다니! 완벽한 먹잇감이지. 이걸 어쩐다?"

그런 와중에 벅트라우트 씨는 레이디 슬레인을 찾아가서 급작스럽게 무거운 짐을 떠맡게 되었음을 위로하고 있었다.

"있잖아요, 벅트라우트 씨." 레이디 슬레인은 아픈 듯 수심 가득한 얼굴이었다. "피츠조지 씨는 자기가 무슨 짓을 하는지 몰랐을 거예요. 자신이 모은 아름다운 것들을 내가 즐길 수 있다면 좋겠다고 생각했겠지요. 그건 알겠어요. 하지만 내가 그 많은 돈으로 뭘 할 거라고 생각했을까요? 지금 가진 돈으로도 충분히 내가 원하는 삶을 살 수 있는데. 아는 사람 중에 백만장자가 있었거든요, 벅트라우트 씨. 세상에서 가장 불행한 사람이었어요. 누가 자신을 죽이러 올까 봐 두려워서 늘 주변에 탐정을 잔뜩 심어 놓고 살았지요. 탐정들은 꼭 벽속에 숨은 생쥐들 같았어요. 그는 친구도 사귀지 않았어요. 숨은 의도가 있으리라는 의심을 떨칠 수가 없었으니까요. 다른 사람과 함께 저녁을 먹을 때, 자선 단체에 기부해 달라는 부탁을 받게 될 것 같아서 식사 내내 덜덜 떨었지요. 대부분 그를 싫어했어요, 나는 그 사람을 아주 좋아했지만. 살면서 숨은 의도가 있으리라며 타인을 의심하는 사람들을 많이도 봤답니다, 벅트라우트 씨. 나는 그렇게 살기 싫어요. 하고많은 사람 중에 하필이면 피츠조지 씨가 내 삶을 그렇게 만들게 생겼으니 참 웃기네요. 그 사람은 자기가 무슨 짓을 하는지 몰랐던 것 같아요."

"세상 사람들이 보기에, 레이디 슬레인." 벅트라우트 씨가 말했다. "피츠조지 씨는 레이디 슬레인에게 엄청난 호의를 베푼 겁니다."

"알아요, 알아요." 레이디 슬레인은 걱정과 고뇌로 피곤했으나 고마움도 모르는 사람처럼 보이고 싶지는 않았다.

그녀는 평생 사람들이 자신에게 원하지도 않는 호의를 베풀었다고 생각했다. 헨리는 그를 총독 부인, 정치계 안주인 자리에 앉혔고, 이제 피츠조지가 그녀의 고요한 삶에 금은보화를 퍼부었던 것이다.

"난 그 어느 것도 원하지 않았어요, 벅트라우트 씨." 그녀가 말했다. "한쪽 구석에서 조용히 살 수 있다면 그걸로 족했지요. 보아하니 그 바람만큼은 세상이 허락하지 않네요! 내 나이가 여든여덟인데도."

"가장 작은 행성도," 벅트라우트 씨가 사뭇 진지하게 말했다. "태양 주위를 공전할 수밖에 없어요."

"그렇다고 해서 모든 인간이 좋든 싫든 부와 지위와 소유물에 얽매여 살아야 한다는 말인가요? 나는 피츠조지 씨가 현명한 줄 알았어요. 벅트라우트 씨도 내 마음을 이해할 수 없나요?" 레이디 슬레인이 절박하게 공감을 구했다. "나는 마침내 그런 것들에서 탈출했다고 생각했다고요. 그런데 다른 사람도 아니고 피츠조지 씨가 다시 그 속으로 날 밀어 넣었어요. 어쩌면 좋지요, 벅트라우트 씨? 난 어떡해야 하나요? 피츠조지 씨는 아주 아름다운 것들을 수집했으리라 믿어요. 그렇지만 난 그런 것에는 깜깜하다고요. 난 항상 인간의 작품보다 신의 작품을 더 좋아했어요. 신의 작품은 백만장자든 빈털터리든 그 아름다움을 감상하려는 사람이라면 누구에게든 열려 있으니까요. 하지만 인간의 작품은 백만장자만 누릴 수 있지요. 창작자가 자신의 작품에 만족하든 못 하든 훗날 값을 치를 백만장자는 전혀 개의치 않아요. 물론 피츠조지 씨가 값을 따지면서 고가의 예술품만 모았다는 소리는 아니지요. 예술가로서 아름다움을 감정했어요. 게다가 구두쇠였잖아요. 시장 가치에 맞게 값을 치르기는커녕 훨씬 싼값을 내야 즐거워했다고요. 그러면서 인간의 작품이 아닌 신의 작품을 손에 넣은 양 느꼈을 테죠. 내 말이 무슨 뜻인지 아시려나요."

"아주 잘 압니다." 벅트라우트 씨가 말했다.

"알아주는 사람이 많지 않아서요." 레이디 슬레인이 말했다. "벅트라우트 씨를 보면 내 상황에 공감해 주실 것 같다는 생각이 드네요. 내게 공감하는 사람은 많지 않은데. 난 이런 귀중한 것 다 필요 없어요. 아름다운 거라고 해도 싫어요. 벽난로 선반에 첼리니의 테라코타 조각을 뒀다고 생각하면 걱정이 앞선다고요. 분명 제누가 아침 식사 전에 먼지를 털다가 부수고 말 테니까요. 이런 건 싫어요, 벅트라우트 씨. 난 햄스테드 히스에 가는 게 더 좋다고요. 무언가를 바라보고 싶다면 컨스터블이 그렸던 나무를 보면 그만인걸요."

"컨스터블의 작품을 걸어 놓는 건 싫으시고요?" 벅트라우트 씨가 허를 찔렀다. "피츠조지 씨의 소장품 중에 컨스터블의 햄스테드 히스 그림이 있을걸요. 아주 훌륭한 수준의 작품으로요."

"그렇다면," 하고 레이디 슬레인이 긴장을 풀며 답했다.

"그건 집에 둬도 좋겠네요."

"하지만 다른 것들은 말이지요, 레이디 슬레인." 벅트라우트 씨가 말했다. "몇 개는 개인적으로 간직하셔도 되겠지만, 나머지는 어쩌실 겁니까?"

"줘 버리렵니다." 레이디 슬레인은 피곤한 듯 힘없이 말했다. "국가에 기증하려고요. 돈은 병원에 기부하고요. 피츠조지 씨가 처음에 계획했던 것처럼. 내가 전부 처분하면 되지요. 내가 줘 버리면 그만이에요! 게다가," 레이디 슬레인은 작은 반전을 예고했다. 벅트라우트 씨는 레이디 슬레인의 그런 화법에 이제 익숙했다. "그러면 자식들이 얼마나 싫어하겠어요!"

벅트라우트 씨는 자식들을 겨냥한 레이디 슬레인의 짓궂고 미묘한 장난이 아주 재미있다고 생각했다. 원래 벅트라우트 씨는 유치하고 바보 같다고 생각했으므로 장난을 즐기지 않았다. 그러나 이 장난만은 그의 유머 감각을 살살 간질였다. 그는 레이디 슬레인의 자식들을 직접 만난 적 없음에도 그들을 예리하게 간파하고 있었다.

"그렇지만 레이디 슬레인이 돌아가시면," 그가 평소처럼 솔직하게 말했다. "사회에 공헌한 이타적인 인물이라고 떠들썩하게 부고 기사가 날 텐데요."

"어차피 나는 읽지도 못하는데요, 뭐." 레이디 슬레인은 이미 남편의 부고를 읽어 봤기에 잘못된 해석의 가능성에 대해서는 잘 알고 있었다.

귀가하는 동안 벅트라우트 씨는 곤혹스러운 문제를 떠안은 나이 든 친구가 진심으로 걱정스러웠다. 세상 사람들 대부분이 레이디 슬레인의 한탄을 아주 의아하게 여기리라는 사실은 중요하지 않았다. 그는 레이디 슬레인이 세상의 보편적 가치에 동의하지 않음을 그저 사실로서 받아들였고, 따라서 연신 세속의 가치를 강요받아야 하는 친구의 고충을 자연스럽게 이해할 수 있었다. 게다가 레이디 슬레인이 어렸을 때 어떤 꿈을 꾸었는지, 실제로 살아온 삶과 얼마나 다른 꿈이었는지 알고 있었다. 여러모로 단순한 성격인 벅트라우트 씨였지만 — 사람들 대부분은 그가 약간 미쳤다고 생각했다. — 그에게는 그만의 명료하고 편견 없는 지혜가 있었다. 그는 규범을 개인의 삶에 맞춰야지, 개인의 삶을 기성의 규범에 욱여넣기란 흔하기는 해도 부조리한 일이라고 생각했다. 그래서 그가 보기에 꿈을 포기해야 했던 레이디 슬레인은 몸이 마비된 운동선수만큼 안타까웠다. 분명 일반적인 관점은 아니었지만, 벅트라우트 씨는 자신이 옳다는 것을 믿어 의심치 않았다.

그러나 제누는 레이디 슬레인의 계획을 듣고 기겁했다. 그녀의 프랑스적 영혼은 어안이 벙벙했다. 이 급작스럽고 믿을 수 없는 돈벼락 소식을 접한 뒤 며칠 동안 날아갈 듯 기뻤고, 축하하기 위해 고양이에게 먹일 생선도 몇 토막 더 샀었다. 레이디 슬레인이 상속받을 재산을 향한 그녀의 태도는 — 신문에서 정확한 액수를 읽은 그녀는 손가락으로 0이 몇 개인지 헤아려 보다가 도저히 믿기지 않아서 몇 번이나 셈을 거듭했다. — 이중적이었다. 100만이 얼마고, 200만이 얼마인지 잘 알았으나 그 숫자를 실생활에 적용해 본 결과, 일주일에 두 번 부르는 청소부를 이제 세 번 부르자고 마님에게 부탁해야겠다는 다짐에 지나지 않았다. 그때까지는 돈을 아끼겠다는 일념으로 평소보다 류머티즘이 심한 날에도 꾀부리지 않았다. 그저 코르셋에 평소의 두 배로 종이를 덧대고 페티코트를 하나 더 입은 뒤 상태가 좋아지기를 바라며 일을 시작했다. 마님이 부자가 아니라는 사실을 알았기에 지출을 늘리기보다 자기가 고생하는 쪽이 더 편했던 것이다. 하지만 어느 날 저녁에 쟁반을 치우러 갔더니 마님은 별일 아니라는 듯 태연하게 자신의 결정을 전달했고, 그 순간 제누가 꿈꾸던 사치스러운 환상들은 산산이 깨져 버렸다. "그럴 순 없어요, 마님!" 제누가 탄식했다. "이제 전처럼 풍족하게 살 수 있겠다고 생각했건만!" 제누는 깊이 낙담했다. 사실 다시금 레이디 슬레인에게 쏟아지는 세간의 관심도 반갑던 참이었다. 일간지뿐만 아니라 그림 많은 주간지에도 레이디 슬레인의 사진이 잔뜩 실려 있었다. 물론 최근 사진을 구할 수 없었기에 아주 오래된 사진뿐이었다. 총독 부인 시절과 대사 부인 시절의 사진이었는데, 젊은 레이디 슬레인은 이브닝드레스와 보석으로 치장하고 세련된 헤어스타일 위에 왕관까지 쓴 채 야자수 아래에 앉아 있었다. 기묘하고 예스러운 사진들이었다. 읽지도 않는 책을 들고 있기도 했다. 아이들에게 둘러싸인 사진도 있었다. 허버트는 뱃사람 같은 복장, 캐리는 파티용 드레스 차림이었는데 — 제누는 이런 과거를 전부 생생하게 기억하고 있었다! — 어머니가 무릎 위에 앉힌 아기를 — 이 아기는 찰스였을까, 아니면 윌리엄? — 어깨 너머로 다정하게 바라보고 있었다. 한 신문에서는 레이디 슬레인의 최근 사진을 구할 수 없었다면서, 난감한 상황에서도 최선을 다하기 위해 무려 칠십 년 전에 촬영한 결혼사진을 실었다. 그 옆에는 승마 바지를 입고 손에 라이플총을 든 채 한쪽 발을 호랑이 위에 올리고 있는 슬레인 경의 사진이 배치되었다. 레이디 슬레인은 이런 것들이 왠지 거슬렸지만 제누가 보기에는 전부 훌륭했다. 마님의 결정을 통보받은 제누는 생각했다. 마님에게 이래라저래라 할 수는 없겠지만, 마님의 지위가 어떤지, 그런 지위에는 무엇이 필요한지 곰곰 고민하고 결정을 내리신 걸까? 마님은 마님의 쪽지나 서신을 들고 분주히 달리는 수많은 부관과 하인과 — 물론 전부 흑인들이었지만. — 시종에 익숙한 사람인데? 그 시절에는 적어도 제대로 대접받으셨는데. 그렇게 실의에 빠져 있던 제누는 문득 떠오른 생각에 갑자기 배를 잡고 깔깔 웃으며 손으로 허벅지를 내리쳤다. "아, 세상에, 마님, 레이디 샬럿이 좋아 죽겠군요! 그리고 윌리엄 씨도! 아, 제대로 골려 주셨네!"

피츠조지 씨가 세상을 떠난 뒤 레이디 슬레인은 적적했다. 그녀가 상속받은 예술품을 국가에 기증하자 온 세상이 들썩였고 자식들은 미쳐 날뛰었으나, 정작 그녀는 이 혼란스러운 시기를 무덤덤하게 통과했다. 제누에게는 대문짝만하게 난 기사들이 겨우 몇 줄짜리 단신으로 바뀔 때까지 집 안에 신문을 들이지 말라고 일렀고, 자식들에게는 그 사건을 없던 일로 취급하지 않는다면 영영 만나지 않겠다고 경고했다. 캐리는 고심 끝에 위엄 있게 쓴 편지를 보냈다. 거기엔 몇 주, 어쩌면 몇 달은 지나야 이 끔찍한 상처가 충분히 아물어서 어머니가 세운 침묵의 규칙을 지킬 수 있으리라고 적혀 있었다. 그 전까지는 입을 다물 수 있을지 확신할 수 없으며, 다소 회복한 뒤에 다시 편지를 쓰겠다고 했다. 그동안 어머니는 끔찍한 수치 속에서 자신이 무슨 짓을 했는지 계속 고민해야 할 것이었다.

물론 이런 편지는 레이디 슬레인에게 아무런 타격도 주지 못했고, 케이와 벅트라우트 씨 덕분에 몇 가지 서류에 서명하는 것 말고는 다른 귀찮은 업무에 관여하지 않았으나 그녀는 충분히 지쳤고 영혼이 텅 비워진 듯했다. 피츠조지와의 우정은 이상하지만 즐거웠다. 이제 그녀의 삶에서 이상하지만 즐거운 경험은 그 우정이 마지막이리라. 더는 바랄 것이 없었다. 그저 성가신 일은 다 지나가 버리고 고요한 일상만이 남기를 바랐다.

때때로 그녀는 신문에서 가족들의 소식을 보았다. 캐리가 바자회를 열었다고 한다. 캐리의 손녀가 자선 공연에 참여했다고 한다. 찰스는 드디어 편지 하나를 《타임스》에 싣는 데 성공했다. 리처드 ─ 허버트의 맏손자 ─ 는 크로스컨트리 경마에서 우승했다. 허버트의 손녀 데버라는 참 장하게도 웬 공작의 장남과 약혼했다고 한다. 허버트 본인도 귀족원에서 연설하는 영예를 누렸다. 다음 총독 자리가 비면 허버트가 맡게 되리라는 소문도 돌았다. 이에 더해 신년 서훈식에서 기사 사령관 작위도 받았다고 한다…… 그녀는 세상사에 초연한 노인으로서 이런 사소한 사건들을 저 먼 세상의 이야기라고 생각하며 곱씹었고, 그러자 그녀가 살아오면서 겪은 일들이 덩달아 떠오르기 시작했다. "참 피곤하고, 단편적이고, 고루하고, 허무하지." 그녀는 지팡이와 난간을 잡고 조심스럽게 아래층으로 내려가며 혼잣말을 했고, 그 와중에 인생의 막바지에서 굳이 셰익스피어 말고 다른 것을 읽어야 할 이유가 있을지 고민했다. 아니, 그렇게 치면 인생의 초반부에서도 마찬가지였다. 셰익스피어는 생명력과 성숙함을 모두 이해하는 작가였으니까. 하지만 셰익스피어의 심오한 통찰은 나이 든 뒤에야 비로소 제대로 감상할 수 있는지도 몰랐다.

그녀는 자기 몸에서 태어난 한 무리의 인간들을, 경력의 중반기에 접어들었거나 이제 막 사회생활을 시작하는 그들을 떠올렸다. 어린 데버라는 약혼해서 행복할 테고, 어린 리처드는 들판을 가로지르며 자기 내면이 생명으로 가득 차오르고 있음을 느꼈을 터였다. 그녀는 이 두 청년을 생각하며 부드럽게 미소 지었다. 하지만 그들은 굳어 갈 것이다. 따뜻한 젊음이 식으면서 딱딱하게 굳어 갈 것이다. 세상에 대해 배우고 자기 잇속을 챙기게 될 것이다. 젊음의 무분별한 다정함은 중년의 신중함으로 변하고 말 것이다. 저항도, 영혼의 고뇌도 멈출 것이다. 자신을 위해 마련된 거푸집으로 들어가서 딱딱하게 굳어 갈 것이다. 레이디 슬레인은 자기도 간접적으로나마 그들의 삶에 책임이 있음을 깨닫고 한숨을 쉬었다. 후대가 마치 길고 끔찍한 뱀처럼 그녀에게서 뻗어 나오고 있었다. 그녀는 마음이 아팠고, 이 모든 것에서 벗어날 날만을 기다렸다.

어쨌든 그녀로서는 굉장한 결심을 했다. 결심을 행동에 옮긴 뒤 ─ 편지를 쓰고 우표를 붙인 다음 제누에게 부치라고 말한 뒤 ─ 자신이 무슨 짓을 했는지 돌아보았다. 그 결과, 일종의 무아지경에 빠졌었음이 틀림없다고 결론을 내렸다. 어떤 충동이 그녀를 자극했는지, 어떤 기이한 욕망이 동해서 일찍이 놓아주었던 삶에 다시 손을 뻗게 되었는지 알 수 없었다. 어쩌면 그녀의 외로움은 그 어느 용감한 사람이라도 견딜 수 없을 만큼 컸는지 모른다. 어쩌면 그녀는 스스로의 용기를 과대평가했는지도 모른다. 아주 강인한 영혼만이 홀로 설 수 있는 법이었다. 어쨌든 그녀는 신문 배달소에 그녀의 가족과 관련한 기사를 전부 보내 달라고 편지를 쓴 참이었다. 사실 속마음으로는 증손주들의 기사만 받고 싶었다. 캐리나 허버트, 찰스, 윌리엄에게는 무슨 일이 일어나든 그다지 마음이 쓰이지 않았다. 그들이 걸어온 길과 앞으로 걸어갈 길은 너무나도 명백해서 놀랄 일도, 기쁠 일도 없을 터였다. 그러나 무아지경 상태에서도 홀본의 배달소 담당자에게 자신의 속내를 드러내는 일은 꺼려졌다. 요청의 범위를 넓게 유지함으로써 저변의 본심을 숨길 수 있었다. 이윽고 작은 초록색 소포가 도착하기 시작하자 자식들 기사는 전부 쓰레기통에 버렸다. 그러고는 증손주들에 관한 기사만 조심스럽게 오려 낸 다음 길모퉁이에 자리한 문구점에서 산 앨범에 스크랩했다.

그녀는 매일 저녁 분홍색 갓을 씌운 램프를 켜 놓고 신문 기사를 스크랩하며 굉장한 기쁨을 느꼈다. 소포는 일주일에 많아 봤자 두세 번 도착했으므로 작업할 거리를 아끼느라 매일 저녁의 사치를 제한해야 했는데, 기사를 미리 잘라 놓고 그중 일부만 앨범에 붙이는 방식으로 항상 그다음 날 스크랩할 기사를 한두 개쯤 남겨 두었다. 다행스럽게도 그의 증손주 중에는 성인이 둘이었고, 그들의 활동은 다채로웠다. 가장 촉망받는 젊은이들이었으므로 가십 기사란에서 특히 몸값이 높았다. 레이디 슬레인은 짤막한 기사들을 바탕으로 아이들의 성격과 특징을 상상하고 그 상상에 기존의 지식을 더하면서 몇 시간이고 재미있게 놀았다. 그 애들은 이렇게 자기들을 두고 이야기를 짓는 증조할머니가 누군지도 잘 모를 터였다. 이런 익명성은 레이디 슬레인의 반쯤 장난스럽고 반쯤 감상적인 놀이에 즐거움을 더했다. 그녀가 보기에 즐거움이란 전적으로 사적인 행위이자 은밀한 농담이었고, 가드니아 꽃잎처럼 화려하고 향긋하지만 멍들기 쉬웠다. 오직 제누만이 매일 저녁의 놀이에 대해 알았고 절대 그녀를 방해하지 않았다. 레이디 슬레인에게 제누는 부츠나 보온용 고무 물통만큼이나, 더없이 말끔하고 우아한 자세로 난롯가에 웅크리고 앉은 고양이 존만큼이나 결코 부정할 수 없는 일상의 일부였다. 사실 제누도 마님처럼 홀랜드 가문의 청년들에게 관심이 많았다, 관점은 조금 달랐지만. 제누는 레이디 슬레인의 새로운 관심을 섣불리 판단하고 반가워했는데, 초록색 소포가 우편함에 도착하자마자 잽싸게 들고 들어왔다. "보세요, 마님! 소포가 왔네요!" 그러고는 마님이 포장지를 뜯고 기사를 꺼내는 동안 기대에 찬 시선으로 옆에 서 있었다. 단언하건대, 기사는 정말 쓸데없는 내용이었다. 지하철역에서 보물찾기를 했다느니, 무도회나 파티를 열었다느니, 그런 이야기였다. 가끔 승마 바지를 입은 리처드나 화려한 무도회에서 스코틀랜드의 여왕 메리 스튜어트로 분장한 데버라의 사진도 있었다. 쓸모없지만 풋풋하고 무해했다. 레이디 슬레인은 그런 기사들을 하나씩 넘겨 볼 뿐이었으니, 속으로 무슨 기분일지 누가 알겠는가? 하지만 제누는 진심으로 즐거워서 두 손을 꼭 맞잡았다. "아, 마님, 리처드 도련님은 참 잘생겼네요! 아, 마님, 아가씨도 참 곱지요!" 데버라를 두고 한 이야기였다. 레이디 슬레인은 제누의 찬사가 재미있어서 미소를 머금었다. 그녀 역시 노인이라 결국에는 작은 것들에 즐거워했다. 리처드의 사진을 보며 "맞아요." 하고 대답했다. 증손자는 진창 위에 서서 한쪽 팔 아래 은잔을, 다른 팔 아래 채찍을 들고 있었다. "체격이 좋은 젊은이네. 나쁘지 않군요." 그러자 "나쁘지 않다고요?" 제누가 어이없다는 듯 외쳤다. "대단한데요. 꼭 고대의 신 같아요. 이렇게 우아하고 세련된 모습 좀 보세요. 아가씨들이 전부 침을 줄줄 흘리겠는데요. 증조할아버지처럼 훌륭하게 될 거예요." 세속적인 명망에 담백한 존경심을 가진 제누가 덧붙였다. "바이스로이, 프라임 미니스터가 되겠지요. 그것보다 더 높은 사람이 될지도 몰라요. 두고 보세요, 마님." 제누는 마님이 세속적 명예를 경멸한다는 사실을 몰랐다. "아니지요, 제누." 레이디 슬레인이 말했다. "나는 두고 못 봐요. 그 전에 떠날 테니까."

레이디 슬레인은 기이한 거리감을 유지한 채 그들의 사랑스럽고 바보 같은 젊음을 관찰했다. 그들이 더 바보 같은 어른의 삶으로 단단하게 굳어 가는 모습, 이토록 자유롭고 실없고 화려한 젊음을 다 잃어버리는 모습을 보지 못할 테니 차라리 다행이었다. "님프와 목동들아, 이리 오너라."[22] 그녀는 자손들의 풍성한 머리카락과 날씬하고 유연한 팔다리를 보며 중얼거렸다. "아, 제누." 그녀가 말했다. "젊을 때는 참 좋았어요."

그것도 젊었을 때 어떤 삶을 살았는지에 달려 있지요, 하고 제누가 현명하게 답했다. 가난한 부모의 열두 번째 자식으로 태어나서 푸아티에 근처의 농장으로 돈을 벌러 떠나는 젊음은 좋지 않았다. 헛간에서 짚 더미를 침대 삼아 잠을 청하고, 부모는 만날 수도 없으며, 겨울이든 여름이든 매일 새벽 5시면 일어나고, 일을 제대로 못 하면 두들겨 맞고, 형제자매와 남처럼 성장해야 하는 젊음은 결코 좋지 않았다. 제누와 거의 칠십 년 동안 함께 살았는데도 레이디 슬레인은 그녀의 인생 이야기를 처음 들었다. 그녀는 호기심이 동해서 제누를 바

---

22   17세기 후반, 헨리 퍼셀이 상연한 연극 「난봉꾼(The Libertine)」에 수록된 노래다. 음악과 시를 즐기며 한바탕 놀아 보자는 내용을 담고 있다.

라보았다. "그러면 형제자매와 다시 만났을 때, 제누, 정말 낯선 사람들 같았어요?"

제누는 전혀 아니었다고 답했다. 피는 진했다. 가족은 가족이었다. 제누는 열여섯 살 무렵에 가족들이 사는 파리의 작은 아파트로 돌아갔다. 가족으로서의 권리를 주장하며 당당하게 돌아갔다. 푸아티에의 농장은 잊어버렸고, 다시는 그곳을 떠올리지 않았다. 떠돌이 암탉들이 어디에 달걀을 낳는지 누구보다 잘 알았으나 미련은 전혀 없었다. 형제자매들의 터전으로 똑바로 걸어 들어가서 한 번도 떠난 적 없는 사람처럼 자기 자리를 만들었다. 한 자매와 작은 문제가 있기는 했다. 바로 쌍둥이를 출산하는 사이에 자식 하나를 디프테리아로 잃은 언니였다. 가족들은 굳이 소식을 알리지 않았으나 언니는 자식의 죽음을 직감했다. 결국 침대에서 벌떡 일어나더니 잠옷 바람으로 묘지까지 달려가서 무덤 위에 몸을 던졌다. 제누가 언니를 다시 데려오기 위해 집을 나섰다. 어린 여자아이한테 그런 일을 맡기는 게 아무래도 이상하다는 생각은 하지 못했다. 누군가는 해야만 하는 일이었고, 어머니는 갓 태어난 아기를 돌봐야 했다. 하지만 가족과의 삶은 거기까지, 그저 짧은 간주곡 정도로 끝맺고 말았다. 어느새 아버지가 등기소에 제누의 이름을 올렸고, 정신을 차려 보니 벌써 해협을 건너고 있었다. 그렇게 제누는 어느덧 영국에서 마님을 위해 일하고 있었다.

레이디 슬레인은 담담하지만 철학적인 제누의 인생사를 들으며 마음이 동했다. 그간 제누에게 관심을 기울이지 않은 스스로를 책망했다. 이토록 긴 세월 동안 제누를 대수롭지 않게 여겨 왔다니! 그러나 제누의 다부진 가슴 속에는 풍부한 경험이 깃들어 있었다. 짚단을 깔고 자다가 두들겨 맞던 푸아티에 농장에서 휘황찬란한 총독 관저와 근사한 저택으로 오게 되었으니, 극적인 변화였을 것이다……. 제누의 인생에 비하면 증손주들의 인생은 정말 별것도 아니었다. 심지어 레이디 슬레인의 인생도 얄팍한 데다 과도하게 다듬어져 있었으므로, 진정한 현실과는 동떨어진 듯 느껴졌다. 이루지 못한 꿈에 남몰래 애태운 그녀였지만, 새로 묻은 무덤에 몸을 던진 언니를 일으켜 세운 경험은 없었다. 가만히 서서 덤덤히 과거의 이야기들을 늘어놓는 제누를 바라보며, 레이디 슬레인은 자문했다. 현실이 찢어 놓은 너덜너덜한 자상, 그리고 상상이 남긴 깊지만 보이지 않는 멍 중에 어떤 것이 더 치명적일까?

그 뒤로 제누는 사적인 삶을 거의 누리지 못했으리라고 레이디 슬레인은 추측했다. 제누는 삶도 자아도 일에 매몰된 채 살았으리라. 레이디 슬레인은 이기적인 늙은이라며, 자신을 욕하기 시작했다. 그러나 곰곰 생각해 보면 그녀 역시 자기 삶을 헨리에게 바치지 않았던가. 이 마지막 멜랑콜리를 탐닉하면서 지나친 자책에 빠질 필요는 없었다.

그녀는 다시 제누에게 집중했다. 홀랜드 가족은 제누의 가족이 되었고, 제누의 자부심, 야망, 우월감을 전부 빨아들였다. 그녀는 헨리가 귀족 작위를 얻었을 때 제누가 뛸 듯이 기뻐하던 모습을 기억했다. 제누는 그녀의 아이들도 전부 자기 자식처럼 돌봤고, 마님을 향한 뜨거운 충심이 없었다면 홀랜드 가문의 후손들을 비판하는 일도 절대 삼갔을 것이다. 그리고 지금은 마님의 증손주들에게 관심을 퍼붓고 있었다. 그들이 햄스테드에 발길을 끊기 전과 똑같이 다정한 태도였다. 레이디 슬레인이 데버라와 리처드를 만나지 않겠다고 선언했을 때 충실한 제누는 가슴이 찢긴 듯 슬퍼했다. 그러나 젊은이들의 생명력은 자신을 피곤하게 하므로 그럴 수밖에 없다고 설명하자 금세 마음을 돌렸다. "그럼요, 마님. 젊음이란 몹시도 피곤하지요."

하지만 초록색 소포와 앨범이 상징하듯, 레이디 슬레인이 다시금 가족을 향해 온당한 자부심을 불태우자 제누는 반가웠다. 제누가 가진 시골 농부 같은 지혜의 저변에는 후대의 번영을 흡족해하는 건강한 본능이 있었다. 자신이 어머니로서 살지 못했기에 사랑하는 마님을 매개로 삼아 간접적인 만족에 간절히 매달렸다. "참 기쁘네요." 제누가 눈물을 글썽이며 말했다. "마님이 스틱패스트[23]를 들고 증손주들 소식을 스크랩하시는 모습을 보니까요." 그러고는 고양이 존을 들어 올려서 《태틀러》전면에 실린 리처드의 사진을 보여 주었다. "봐, 귀염둥이야. 참 잘생긴 청년이지." 존은 꿈틀거리기만 할 뿐 사진을 보지 않았다. 제누는 실망해서 고양이를 내려놓았다. "재미있지요, 마님. 동물들은 그렇게 똑똑한데도 그림이나 사진을 알아보지 못해요."

요즘 레이디 슬레인은 세간의 상식 따위에 전혀 개의치 않았다. 그렇지만 그녀가 피츠조지의 막대한 재산을 포기한 일에 대해 증손주들은 어떻게 생각할지 궁금하기도 했다. 아마 분노했겠지. 결국에는 자기들 몫이 되었을 재산을 앗아 간 증조할머니를 정당하게 비난했을 것이다. 낭만적인 이유가 있으리라고는 생각하지 않을 것 같았다. 혹시 증손주들에게 사과까지는 아니더라도 해명 정도는 해 줘야 했을까? 하지만

---

23   당시에 널리 쓰이던 식물성 접착제.

지금에 와서 어떻게 연락하겠는가? 자존심이 손목을 잡고 늘어졌으므로 펜촉에 잉크를 묻히기조차 힘들었다. 가만 따져 보면 레이디 슬레인이 증손주들에게 보인 태도는, 합리적인 사람이라면 누구든 어이없다고 여길 만했다. 처음에는 만남을 거부하더니, 손쉽게 엄청난 재산을 얻을 기회마저 빼앗아 버렸으니까. 증손주들의 눈에 그녀는 자기중심주의와 경솔함의 화신일지도 몰랐다. 레이디 슬레인은 다소 마음이 불편했으나 자기 신념대로 행동했음을 알고 있었다. 피츠조지는 그녀가 진실 앞에서 죄를 저질렀다면서 자기 신념대로 살아야 한다고 꾸짖지 않았던가? 그때 비로소 그녀의 시야가 돌연 환하게 밝아졌고, 왜 피츠조지가 무지막지한 유산이라는 유혹의 덫을 놓는지 깨달았다. 피츠조지는 그녀가 유혹을 거부하도록 유혹한 것이었다. 피츠조지는 재산을 남긴 것이 아니라, 레이디 슬레인이 스스로에게 충실해질 수 있는 기회를 남긴 것이었다. 레이디 슬레인은 몸을 굽혀서 평소에 살갑게 굴지 않았던 고양이 존을 쓰다듬었다. "존." 하고 불렀다. "존, 그가 뭘 원하는지 깨닫기도 전에 그가 원하는 대로 했으니 정말 다행이구나."

그 뒤로 그녀는 행복했으나 증손주들을 떠올리면 마음이 무겁고 줄곧 걱정스러웠다. 뜻밖의 이상한 결말이었다. 자신이 왜 그런 행동을 했는지 만족스러울 만한 설명을 완성해 내자 오히려 양심의 가책은 증폭된 것이다. 마치 그토록 거리낌 없이 신념에 충실했던 스스로를 책망하는 듯했다. 어쩌면 너무 성급하게 결정했던 건 아닐까? 자식들에게 부당한 선택은 아니었을까? 어쩌면 인간은 자기 신념을 위해 타인의 희생을 요구해선 안 될지도 몰랐다. 그녀가 재산을 포기하기로 결심했을 때, 캐리와 허버트와 찰스와 윌리엄이 싫어하겠다는 점을 깨닫자 요리에 맛깔난 양념을 뿌리는 순간처럼 마음이 즐거웠다는 사실을 인정할 수밖에 없었다. 그리고 자기만의 조용한 삶을 사는 사람에게 그토록 소유물이, 그토록 재산이 많다니, 도무지 옳다고 느껴지지 않았다. 그러므로 서둘러 보물은 대중에게, 재산은 힘겨운 삶을 사는 사람들에게 나눠 준 것이었다. 간단하지만 적확한 논리였다. 이렇게 보면 자신의 행동을 잘못이라고 여기기는 힘들었다. 하지만 자신에게 충실하려는 욕심으로 증손주들을 배려하지 못한 건 아닐까? 혼자 결론짓기에는 참 미묘한 문제였다. 벅트라우트 씨에게 이런 심정을 털어놨으나 그다지 도움받지는 못했다. 그가 레이디 슬레인의 본능에 전적으로 공감하고 있음은 사실이지만, 세상의 종말이 임박했다는 점을 고려하면 이러나저러나 별 차이가 없었기 때문이다. "친애하는 레이디 슬레인." 그가 말했다. "레이디 슬레인이 가진 첼리니의 작품, 푸생의 작품, 심지어 손주분들도 전부 우주의 먼지에 뒤섞인 채 사라질 텐데 양심의 가책쯤은 그리 중요하지 않아요." 그 말이 사실일지언정 도움은 되지 않았다. 천체학적 정보는 상상력을 키우는 데 좋을지 몰라도 긴박한 문제를 해결해 주기에는 적당하지 않았다. 레이디 슬레인은 고통에 잠긴 채 계속 그를 바라보았다. 그런데 바로 그 순간 헨리가 옆에 있었다면 눈썹을 치켜올리며 뭐라고 했을지 퍼뜩 떠올랐고, 급기야 고통은 더욱 커졌다.

"데버라 홀랜드 양이 방문했습니다." 제누가 문을 열면서 말했다. 꼭 옛날 파리 대사관에 있던 집사처럼 문을 여는 듯했다.

레이디 슬레인은 허둥지둥 자리에서 일어났고, 평소처럼

실크와 레이스가 부드럽게 바스락거렸다. 뜨갯감이 바닥으로 굴러떨어졌고, 다시 주우려고 몸을 굽혔으나 손이 헛나갔다. 증손주와 벅트라우트 씨가 한자리에 모이다니, 이 말도 안 되는 상황을 조화시키기 위해 머릿속에선 소란이 일었다. 너무 복잡한 상황이라 순간의 생각을 조율하기조차 힘들었다. 그녀는 잽싼 기지를 발휘해야 하는 상황에 능숙한 적이 없었다. 게다가 벅트라우트 씨와 증손주들에 대해 이야기하다가, 갑자기 대화의 주제인 허버트의 손녀가 등장했으니 정말이지 잽싼 기지를 드러내야 하는 상황이었다. "우리 귀여운 데버라." 레이디 슬레인이 종종걸음으로 다정하게 다가가며 말했다. 뜨갯감이 또 떨어졌지만 이제는 손을 거두고 일어서서, 마침내 데버라의 볼에 입을 맞추었다.

그녀는 몹시 혼란스러웠다. 그녀가 엘름 파크 가든스를 떠나 햄스테드에 정착한 뒤로 이 집에 발을 들인 청년은 데버라가 처음이었다. 이 집의 대문은 오직 피츠조지 씨, 벅트라우트 씨, 고셔론 씨에게만 열려 있었다. 물론 레이디 슬레인의 자식들이 드나들긴 했지만, 어쨌든 그들도 환영받지는 못할지언정 하나같이 노인이었다. 데버라는 앳된 얼굴로 현관을 두드렸다. 털모자 아래의 얼굴이 무척 예뻤다. 아니, 예쁘고 우아했다. 스크랩해 둔 사교계 신문 기사에서 봤던 바로 그 데버라였다. 만나지 못한 사이에 어수룩한 학생에서 풋풋한 아가씨로 성장한 모습이었다. 데버라가 아가씨로 장성한 뒤 사교계에서 무엇을 하고 살았는지, 레이디 슬레인은 충분히 알고 있었다. 그녀는 데버라를 관찰하다가 테이블 위, 램프 밑에 놓아둔 스크랩북을 떠올렸다. 얼른 데버라의 손을 놓은 뒤 잽싸게 앨범을 집어서 더러운 찻잔을 치우듯 보이지 않는 곳으로 숨겼다. 그러고는 그 위에 압지까지 덮었다. 아슬아슬하게 위기를 모면했던 것이다. 정말 급박하고 예상치 못한 위기였다. 하지만 이제는 안전했다. 그녀는 몸을 돌려서 데버라를 벅트라우트 씨에게 정식으로 소개했다.

벅트라우트 씨는 재치를 발휘해서 바로 자리를 떠났다. 레이디 슬레인은 벅트라우트 씨를 잘 알았기에 가장 중요한 현안, 즉 최근 레이디 슬레인의 기이한 행적을 도마 위에 올리지 않을지, 그래서 두 여자를 당혹스럽게 하지 않을지 걱정했다. 그러나 노신사는 그 누구보다 세상사에 빠삭한 듯 능숙하게 대처했다. 봄이 오고 있다는 이야기를 잠깐 꺼내며, 런던 거리의 행상인들이 다시 꽃을 팔기 시작했다고, 아네모네는 잘 시들지 않는데 특히 줄기를 잘라 놓으면 오랫동안 싱싱하다고, 시골에서 스노드롭이 줄지어 들어오고 곧 앵초도 뒤이어 피어나리라고 했다. 그리고 코번트 가든 이야기도 곁들였다. 그러나 지구에 종말이 닥치리라는 등, 증조할머니가 옳은 판단을 했다는 등 그런 이야기는 전혀 입에 올리지 않았다. 딱 한 번 실례를 저지를 뻔했다. 몸을 쑥 내밀고 코에 손을 가져다 대더니 이렇게 말했던 것이다. "데버라 양, 레이디 슬레인과 닮은 구석이 있군요. 저는 레이디 슬레인을 제 친구라고 얘기할 수 있어서 영광입니다." 다행히 그는 아무 말도 덧붙이지 않고, 그저 적당히 자리를 지키다가 떠났다. 레이디 슬레인은 그런 그에게 감사했으나, 한편 그가 떠나면 과거의 자기 이름을 이어받은 어린 증손녀와 단둘이 마주 앉을 수밖에 없었으므로 괴로웠다.

레이디 슬레인은 일단 모호하고 무의미한 대화가 개시되리라 예상했다. 그러다가 회심의 한마디와 함께 본론이 시작

될 테고, 잭의 콩나무처럼 무럭무럭 자라나며 비난의 덩굴이 무성해질 것이었다. 꿈에도 몰랐다, 데버라가 자기 무릎을 끌어안으며 그런 결정을 내려 줘서 고맙다고 단도직입적으로 말할 줄은. 레이디 슬레인은 아무 대답도 없이 무릎에 기댄 증손녀의 머리에 손을 올려놓았다. 가슴이 벅차서 아무 말도 할 수 없었다. 그저 데버라의 앳된 목소리가 끊기지 않도록 내버려 두었고, 그 목소리의 주인공을 자신이라 상상하며 어린 시절로 되돌아갔다. 그러고는 마침내 자기 속내를 터놓을 수 있는 사람을 발견했노라며 상상의 나래를 펼쳤다. 그녀는 늙었고, 지쳤고, 그런 달콤한 상상 속에서 기꺼이 길을 잃었다. 그녀가 들은 건 메아리였을까? 아니면 기적이 일어나서 과거를 지워 버렸던 걸까? 과거가 조금씩 변형되며 반복되고 있는 걸까? 손가락을 들어서 데버라의 머리카락을 만져 보았더니 긴 곱슬머리 대신에 짤막한 머리카락이 피부에 닿았다. 그녀는 자신의 도주 계획을 증손녀가 실행한 걸지도 모르겠다고 어렴풋이 추측했다. 그러면 그녀는 정말 가출한 걸까? 정말 헨리를 내조하는 대신 자기만의 꿈을 추구하기로 선택한 걸까? 바닥 위에, 믿을 수 있는 친구 옆에 앉아서 마음속의 열정이 야기한 단호하고 확고한 태도로 자기만의 결심과 꿈과 신념을 털어놓고 있는 걸까? 데버라는 운도 좋지! 그녀는 생각했다. 이렇게 단단하고 믿음직하다니, 자신을 이해해 주는 사람이 곁에 있다니. 하지만 어느 데버라를 두고 하는 말인지는 그녀조차 알 수 없었다.

피츠조지의 죽음 이후로, 이제 자기 인생에 이상하고 즐거운 사건은 없으리라고 단언했으나 정말 어리석은 예언이었다. 자신과 증손녀의 삶이 뒤섞여 버린 이 예상하지 못한 혼란은, 피츠조지 씨와의 우정만큼이나 이상하고 즐거웠다. 친구의 죽음은 그녀를 더욱 늙게 했다. 나이가 그쯤 되면 갑자기 무서울 만큼 빨리 노화하는 법이다. 어쩌면 그녀의 판단력은 이제 날카롭지만은 않을지도 몰랐다. 그래도 무뎌진 스스로를 인식하며 대화를 이어 갈 수는 있었다. "계속하렴, 아가. 꼭 내 마음 같은 말을 하는구나." 데버라는 젊은이들이 흔히 그러듯 자기 이야기에만 집중하느라, 레이디 슬레인이 의도치 않게 내뱉은 의미심장한 말을 흘려듣고 말았다. 레이디 슬레인은 증손녀에게 자신을 내보일 의도가 없었다. 한 손을 죽음의 문손잡이에 걸쳐 둔 지금, 한때 앓았던 고민을 늘어놓으며 어린 데버라를 괴롭히고 싶지 않았다. 이제는 듣는 이의 역할에 침잠하기로, 한 쌍의 귀가 되기로 마음먹었다. 물론 마음이 내키면 내면의 비밀이 흘러들거나 흘러 나가도록 내버려 둘 수도 있었다. 레이디 슬레인은 자기만의 내밀한 기쁨을 즐기는 사람이었으므로, 이 사실을 꼭 유념해야 했다. 지금 느끼는 기쁨은 특히나 사적이었다. 예전처럼 또렷하지는 않았다. 또렷하기보다는 뿌옇고, 강렬하지만 막연했다. 그래서 그 정체를 밝혀낼 능력도, 그래야 한다는 의무감도 없이 그저 흠뻑 취할 뿐이었다. 어둠이 짙어지는 인생의 황혼기, 빛이 저물어 가는 노년기에서 돌연 요동치는 청년기로 돌아온 것이다. 그녀는 다시금 강가의 갈대처럼 흔들렸고, 바다 위의 작은 배처럼 저 멀리 나아가다가도 어귀의 잔잔한 물결 속으로 자꾸 밀려들었다. 젊음! 젊음! 그녀는 마음속으로 외쳤다. 죽음에 이토록 가까이 다가선 지금, 그녀는 또다시 자기 앞에 위험한 모험들이 기다리고 있다고 상상하면서, 이번에는 더 용감하게 직면하겠다고, 절대 굴복하지 않겠다고, 더 굳세고 단호하게 대처하겠다고 다짐했다. 이 아이, 이 데버라, 이 자아, 또 하나의 자신이 투사된 존재는 굳세고 단호했다. 데버라는 약혼이 실수였다고 말했다. 할아버지를 기쁘게 하려다 보니 어쩔 수 없이 승낙했다고 했다. (어머니의 의견은 중요하지 않잖아요, 할머니도요, 하고 그 아이가 말했다. 불쌍한 메이블!) 할아버지가 자신에게 큰 기대를 한다고 덧붙였다. 할아버지는 언젠가 손녀가 공작 부인이 되리라며 흡족해했다. 하지만 공작 부인 따위가 무슨 소용이냐고, 데버라가 물었다. 그녀가 진정 바라는 삶, 음악가의 삶에 비하면?

그녀가 '음악가'라고 했을 때, 레이디 슬레인은 조금 놀랐다. 데버라가 '화가'라고 말하리라 굳게 믿고 있었던 것이다. 하지만 결국에는 같은 것이었고, 레이디 슬레인의 실망감 역시 재빨리 누그러졌다. 증손녀는 증조할머니의 마음과 똑같은 말을 하고 있었다. 그녀는 자신과 같은 가치관으로 세상을 바라보는 사람이랑 결혼하기는 기꺼운 일이라고 했다. 그러나 중요한 것과 중요하지 않은 것을 판단하는 줄자가 다르면 서로를 이해할 수 없었다. 그녀가 보기에 할아버지와 전 약혼자에게 재산과 귀족 작위는 1야드, 2야드, 100야드, 아니 1마일만큼 크고 중요했다. 그러나 그녀에게는 1인치, 어쩌면 0.5인치만큼 작고 보잘것없었다. 반면 음악과 음악이 내포하는 것들은 전부, 감히 어느 척도로도 잴 수 없는 귀중한 것들이었다. 그래서 그녀는 세속적인 결혼 시장에서 자신의 가치를 깎아 준 증조할머니에게 고마웠던 것이다. "들어 보세요." 데버라가 즐거운 목소리로 말했다. "한 일주일은 상속녀라고 떠받들더니, 유산이 사라졌음을 알고 난 뒤에는 약혼을 취소하자니까 흔쾌히 받아들이더라고요."

"언제 취소하자고 했지?" 레이디 슬레인은 마지막으로 배달된 신문 소포에 파혼 기사가 없었음을 떠올렸다.

"그저께요."

제누가 그날 저녁에 도착한 소포를 들고 들어왔다. 데버라를 한 번 더 볼 수 있는 핑계가 생겨서 기쁜 제누였다. 레이디 슬레인은 초록색 소포를 뜨갯감 아래로 감췄다. "나는 몰랐구나." 그녀가 말했다. "파혼 얘기는."

파혼해서 정말 다행이라고, 데버라는 어깨를 으쓱하며 말했다. 그런 미친 세상과는 이제 작별이라고, 말이다. "증조할머니, 세상이 미친 것 맞지요?" 데버라가 물었다. "아니면 내가 미친 건가요? 그저 내가 세상에 적응하지 못한 것뿐인가요? 나는 중요하지 않은 걸 중요하다고 여기는 사람인가요? 그렇지만 왜 타인의 관점에 맞춰 살아가야 하나요? 내 관점이 옳을 수도 있는 거잖아요. 적어도 나한테는 옳다고요. 내 관점에 동의하는 사람도 한두 명쯤 있겠죠. 하지만 할아버지나 캐리 고모할머니는 그런 사람들을 꺼리는 것 같아요. 그리고 말이에요." 데버라가 잠시 입을 다물었다.

"계속하렴." 레이디 슬레인은 증손녀의 어수선하고 혼란스러운 분석에 마음이 동했다.

"그러니까." 데버라가 말했다. "할아버지, 고모할머니, 그리고 두 분이 인정하는 사람들 사이에는 일종의 연대 같은 게 있는 것 같아요. 시멘트 바닥처럼 단단한 연대예요. 반면 내가 좋아하는 사람들은 뿔뿔이 흩어져서 외롭게 살아요. 하지만 만나면 그 즉시 서로를 알아봐요. 그들은 할아버지나 고모할머니가 중요하다고 여기는 것보다 훨씬 중요한 게 있다는 사실을 아는 것 같아요. 그 중요한 것이 정확히 뭔지는 잘 모르겠지만. 그게 종교였다면 ─ 그렇다면 나는 음악을 하는 대신 수녀가 되고 싶어 했겠지요. ─ 할아버지도 내가 무슨 말을 하는지 어렴풋이나마 납득하셨을 거예요. 그런데 그건 종교가 아니에요. 종교와 비슷한 것 같지만 아니에요. 이를테면, 내 귀에 음악 한 소절은 기도 한 구절보다 더 황홀하지요."

"계속 이야기하렴." 레이디 슬레인이 말했다.

"그리고," 데버라가 말했다. "내가 좋아하는 사람들을 보면 내면에 단단한 무언가를 품고 살아요. 가차 없고, 잔인하기까지 한 그것 말예요. 뭐랄까, 돌처럼 견고한 솔직함. 어떤 대가를 치르더라도 자기가 중요시하는 것에 충실하고 싶은 마음. 당연한 말이지만," 하고 착한 데버라는 할아버지와 캐리 고모할머니가 했던 말들을 떠올렸다. "사회에서 그런 사람들은, 이른바 쓸모없는 존재로 간주되지요, 저도 알아요." 그녀는 짐짓 위엄 있게 말했으나 얼굴은 천상 아기였다.

"그들도 나름대로 쓸모가 있어." 레이디 슬레인이 말했다. "효모(leaven) 같은 존재들이야. 세상에 생명력을 불어넣지."

"그 단어는, 정확한 발음이 뭔지 모르겠어요." 데버라가 말했다. "'리븐'이라고 해야 할지, '레븐'이라고 해야 할지. 어쨌든 증조할머니 말씀이 맞는 것 같아요. 하지만 효모가 제 역할을 하려면 시간이 걸리잖아요. 그리고 엇비슷한 사람들을 만나야만 하고요."

"맞아." 레이디 슬레인이 말했다. "그런데 그런 사람들은 네가 생각하는 것보다 훨씬 많단다. 다들 자기 본모습을 숨기려고 노력하다가 위기의 순간에 비로소 내보이곤 하지. 예를 들어 네가 죽음을 앞두고 있다면," ─ 사실 그녀는 내가 죽음을 앞두고 있다면, 이라고 말하고 싶었다. ─ "분명 알게 될 거야, 네 할아버지는 네(내)가 생각하는 것보다 너(나)를 잘 이해하고 있다는걸."

"그건 감상주의에 불과해요." 데버라가 단호하게 말했다. "죽음은 모든 사람에게 충격적이에요. 할아버지와 고모할머니에게도 마찬가지고요. 무시하고 싶은 것들을 직면하게 하지요. 그러니까 내가 좋아하는 사람들은 죽음에 병적으로 집착하기보다 자기 인생에서 무엇이 중요한지 끊임없이 고민한다는 거예요. 결국에는 죽음도 사건에 지나지 않아요. 인생도 사건이고요. 내가 이야기했던 그 중요한 것은 삶과 죽음 너머에 있어요. 그리고 할아버지와 고모할머니가 내게 권하는 그런 종류의 인생과는 공존할 수 없지요. 내가 잘못된 걸까요? 아니면 할아버지와 고모할머니가?"

레이디 슬레인은 허버트와 캐리를 성가시게 해 줄 마지막 기회를 포착했다. 자신을 고약한 노인네라고 부르든 말든 마음대로 하라지! 그녀는 스스로 고약한 노인네가 아니라는 사실을 알았다. 증손녀 데버라는 예술가였고, 예술가로 살아야 했다. 세속적인 일을 하며 살아갈 사람들은 데버라 말고도 많았다. 세상의 보상을 긁어모으고 기꺼워할, 세상의 악의에 고통받고 상처를 갚아 줄 사람들은 많고 많았다. 데버라가 속한 소수의 희귀한 집단은 번쩍거리는 재물의 유혹에 무심한 채 뜨거운 열정으로 은밀하게, 자기만의 일을 할 수 있어야 했다. 거대한 관점에서 보면 날마다 새로운 소동을 벌이고 또 해결하며 하루하루 역사를 축적하는 정복자들보다 시인과 예언자가 더 깊은 발자국을 남기는 법이었다. 예수도 그중 하나였다.

레이디 슬레인은 데버라에게 과연 재능이 있는지 알 수 없었다. 그런 것은 중요하지 않았다. 성취도 좋지만, 명랑한 마음이 더 좋았다. 성취를 따지려는 생각 자체가 세상을 정복한 속된 가치에 굴복하는 것이었다. 그 딱딱하고 무감각하고 피곤한 잣대와 작별하기, 이것이야말로 레이디 슬레인과 그들 부류가 추구하는 것이었다. 그러나 그녀의 말은 속마음과 달랐다. "오 이런, 내가 그 돈을 기부하지 않았다면 네가 독립할 수 있도록 도와줬을 텐데."

데버라는 웃었다. 자기가 원하는 것은 조언이지 돈이 아니라고 했다. 사실 증손녀에게는 조언조차 필요 없음을 레이디 슬레인은 잘 알았다. 진짜 필요한 것은 데버라의 결심에 힘과 지지를 실어 주는 것뿐이었다. 그래, 공감을 바란다면 주면 될 것이었다. "당연히 네 말이 맞아, 얘야." 레이디 슬레인이 나긋한 목소리로 말했다.

두 사람은 조금 더 대화를 이어 갔다. 평온한 공감에 위로받던 데버라는 증조할머니가 어떤 혼란스러운 미로 속을 배회하고 있고, 자신은 그 미로의 지리를 모른다는 사실을 깨달았다. 레이디 슬레인의 나이를 고려하면 자연스러운 일이었다. 이따금 증조할머니는 데버라가 아닌 자기 이야기를 하다가 돌연 제정신으로 돌아왔고, 가엾고 서투르게 실수를 수습하고자 괜스레 열정을 불태우며 증손녀의 미래에 관해 떠들었다. 먼 과거의 불행한 사건에 대해서는 그만 이야기하기로 했다. 데버라는 평온과 행복감에 너무 심취해서 그 불행한 사건이 무엇이었을지 궁금해할 여력마저 없었다. 늙은 여인과 함께하는 시간은 음악처럼, 저녁 시간을 잔잔하게 물들이는 화음, 길어지는 그림자, 열린 창문 너머에서 파닥거리는 나방의 날갯짓처럼 마음에 평화를 불어넣었다. 데버라는 늙은 무릎을 버팀목 삼아서 몸을 기댄 채 따뜻하고 희미하고 부드럽게 조화하는 음악 속으로 폭 빠져들었다. 야단법석은 끝났다. 소란도 잦아들었다. 할아버지와 고모할머니는 육중한 위엄을 잃었고, 단지 퍼석퍼석한 얼굴로 바보처럼 손을 퍼덕거리는 꼭두각시일 뿐이었다. 다른 중요한 가치들이 대천사처럼 장엄하게 떠오르더니 우뚝 서서 날개를 펼쳤다. 형언할 수 없는 이미지들이 데버라의 머릿속으로 밀려들었다. 언젠가 새하얀 드레스 차림의 젊은 여자가 흰 보르조이를 데리고 어두운 남부의 항구를 가로지르는 모습을 보았다. 증조할머니와의 직접적인 교감이 ── 두 사람은 나이도 세대도 달랐지만 영혼만큼은 똑 닮아 있었다. ── 작지만 소중한 보물 같은 경험의 실체를 드러냈다. 그녀는 나중에 이 마법 같은 시간을 생생히 되살려서 음악으로 재현할 수 있을지 문득 궁금해졌다. 삶의 경험을 음악으로 만들고 싶은 그녀의 욕망은 증조할머니를 향한 인간적 관심을 초월하는 것이었다. 일종의 자기중심적 욕망이었다. 그녀는 증조할머니가 그것에 분개하지도, 그것을 오해하지도 않으리라는 사실을 알았다. 그녀를 증조할머니에게로 인도한 충동은 옳았다. 거침없이 솟아오르는 음악적 영감을 통해서 그것이 옳은 충동이었음을 알 수 있었다. 저 멀리서 피아노 화음이 울렸다. 할아버지와 고모할머니가 사는 세상에서는 아무런 의미나 존재감도 가질 수 없는 화음이었다. 반면 증조할머니의 세상에서는 대단히 가치 있고 유의미했다. 하지만 증조할머니를 피곤하게 해서는 안 된다고, 데버라는 생각했다. 어느새 나긋나긋한 노인의 목소리가 끊임없는 이야기를 멈추었다. 마법 같은 시간이 끝났다. 증조할머니는 잠든 것 같았다. 턱이 가슴께의 레이스 위로 툭 떨어져 있었다. 다정한 손은 축 늘어져 있었다. 데버라는 조용히 일어나서 현관문을 소리 나지 않게 닫고 거리로 나왔다. 상상의 화음이 조금씩 잦아들었다.

한 시간 뒤 제누는 쟁반을 들고 들어와서 말했다. "마님, 식사 가져왔습니다." 그러고는 마저 하려던 말을 끊고 급하게 외쳤다. "세상에, 이게 무슨 일이야. 마님이 돌아가셨네."

"돌아가실 줄은 알았지만," 캐리가 눈물을 훔치며 말했다. 아버지가 죽었을 때는 이만큼 울지 않았던 캐리였다. "돌아가실 줄은 알았지만요, 벅트라우트 씨. 그래도 충격이네요. 우리 가여운 어머니는 참 보기 드문 사람이었지요, 아시겠지만. 아니, 어떻게 아셨겠어요. 벅트라우트 씨에게 어머니는 그냥 세입자였을 텐데. 오늘 아침에 《타임스》를 보니 어떤 기자가 어머니를 귀한 영혼의 소유자라고 묘사했더라고요. 딱 제가 했던 말이거든요. 귀한 영혼의 소유자." 캐리는 자기가 했던 다른 많고 많은 말들을 벌써 까맣게 잊은 뒤였다. "가끔은 다루기 힘들기도 했지요." 문득 피츠조지의 유산을 생각하니 가슴이 아려 와서 덧붙인 말이었다. "세상 물정을 잘 모르셨지만, 세상 물정만이 중요한 건 아니니까요. 그렇지요, 벅트라우트 씨?" 이것은 《타임스》에서도 언급한 내용이었다. "가여운 어머니, 성정이 아름다운 분이셨지요. 물론 저라면 절대 하지 않을 행동도 하셨어요. 때때로 어머니의 속내는 좀체 파악하기가 힘들었지요. 아시지요, 엉뚱하다고나 할까요? 철이 없기도 하고. 게다가 종종 끔찍이도 고집을 부렸지요. 다른 사람 말은 절대 듣지 않을 때도 있었어요. 세상 물정에 깜깜했던 것을 생각하면 참 안타까운 일이었지요. 어머니가 우리 말을 들었다면 우리는 전부 지금과 다른 삶을 살고 있었을 거라고요. 어쨌든 다 지나간 일이니 울어 봤자 뭐 하겠어요, 그렇잖아요?" 캐리는 벅트라우트 씨를 바라보면서 용감한 미소를 연기했다.

벅트라우트 씨는 아무 대답도 하지 않았다. 그는 캐리가 마음에 들지 않았다. 이렇게 딱딱하고 위선적인 사람이 그의 친구처럼 섬세하고 정직한 사람의 딸이라는 사실을 믿을 수 없었다. 캐리에게는 자기가 레이디 슬레인의 죽음에 대해 얼마나 큰 슬픔을 느끼고 있는지 말로든 표정으로든 표현하지 않겠다고 결심했다.

"아래층에 있는 사람이 치수를 재서 관을 마련해 줄 겁니다. 관이 필요하다면요." 그가 말했다.

캐리가 그를 빤히 응시했다. 사람들이 벅트라우트 씨를 두고 하던 말이 옳았다. 냉정한 늙은이, 가여운 어머니를 위해 애도 한마디조차 할 줄 모르는 예의 없는 늙은이였다. 캐리는 상냥하게도 언론 기사에서 어머니를 귀한 영혼의 소유자라 묘사했다고 알려 줬는데 말이다. 사실 다 따져 보면, 특히 어머니가 자식들에게 친 고약한 장난들을 고려하면 캐리의 추모는 굉장히 관대한 것이었다. 캐리는 그 말을 하면서 스스로 몹시 유덕한 사람임을 체감했고, 그녀가 아는 사회의 규율에 따르자면 벅트라우트 씨는 적절히 대구해 줬어야 했다. 분명 벅트라우트 씨는 푸딩에서 자두를 빼먹으려고 호시탐탐 노리다가 결국 실패하자 비통해하고 있음이 틀림없었다. 늙은 사기꾼이 실패했다고 생각하니 캐리의 마음은 굉장히 편안해졌다. 벅트라우트 씨는 순진한 할머니를 꾀어내려고 안달 난 부류의 남자였다. 끝내 복수심에 불타올라서 관 짜는 사람을 주선한 것이다.

"제 오빠인 슬레인 경이 곧 도착해서 필요한 일들을 처리할 겁니다." 캐리는 거만한 태도로 말했다.

그러나 문간에는 이미 고셔론 씨가 와 있었다. 중절모를 기울이며 안으로 들어왔는데, 말없이 침대에 누워 있는 레이디 슬레인을 향해 그랬는지 침대 발치에 선 캐리를 향해 그랬는지 알 수 없었다. 고셔론 씨는 장의사 업무에도 능했으므로 죽음에 익숙했다. 그러나 레이디 슬레인을 향한 그의 마음은 여느 고객을 대할 때보다 훨씬 뜨거웠다. 가장 아끼는 목재로 관 뚜껑을 만들어서 자신의 슬픔을 표현해야겠다고 이미 결심한 터였다.

"레이디 슬레인은 죽음 속에서도 아름다우시네요." 그가 벅트라우트 씨에게 말했다.

그들은 캐리를 무시하고 있었다.

"살았을 때 아름다워야 죽어서도 아름답다, 제가 항상 하는 말이지요." 고셔론 씨가 말했다. "죽어야 마침내 드러나는 아름다움이란 정말 놀랍습니다. 저처럼 장의사였던 제 할아버지가 그렇게 말씀하셨는데, 오십 년 동안 그 말이 진실임을 확인했지요. '살았을 때의 아름다움은,' 하고 말씀하셨지요. '좋은 옷 같은 겉치레의 산물일 수도 있지만, 죽었을 때의 아름다움은 오직 성품의 결과야.' 지금 레이디 슬레인을 보십시오, 벅트라우트 씨. 제 할아버지 말씀이 맞잖아요? 틀렸나요? 솔직히 말씀드리자면," 그가 은밀하게 덧붙였다. "저는 사람을 판단하고 싶으면 그저 지긋이 바라보면서 그가 죽었을 때를 상상합니다. 그러면 진실이 드러나지요. 그 사람이 제가 뭘 하는지 모를 때는 더욱 확실하게 보입니다. 저는 처음 레이디 슬레인을 만났을 때 이렇게 생각했지요. 그래, 죽은 뒤에도 아름답겠군. 그때 상상했던 모습 그대로 역시 아름다우십니다.

레이디 슬레인은 이 어지러운 세상에 물들지 않은 순수한 영혼이셨어요."

"맞아요, 그랬습니다." 벅트라우트 씨가 말했다. 이제 고 셔론 씨가 왔으니 레이디 슬레인에 대해 이야기할 마음이 생겼던 것이다. "끝까지 세상에 굽히지 않았지요. 누릴 수 있는 것은 다 누렸지만, 전부 원하지 않았던 것들이었습니다. 레이디 슬레인은 들판의 백합을 바라던[24] 사람이었지요, 고셔론 씨."

"정말 그랬습니다, 벅트라우트 씨. 레이디 슬레인에게 적용할 수 있는 성경 구절이 얼마나 많았던지요. 사람들은 성경의 글을 읽을 줄은 알아도 막상 실천하지는 못하지요. 자기 집에 이미 성경의 가르침이 있는데도 그걸 깨우치지 못하는 것 같더라고요. 목사가 연단에 서서 설교하면 감복한 표정을 짓기는 합니다만."

세상에, 캐리는 생각했다. 이 두 늙은이는 도대체 언제까지 어머니를 두고 그리스 비극의 합창단처럼 지저귈 생각이지? 캐리는 굳게 마음먹고 햄스테드에 온 터였다. 마음을 넉넉하게 쓰고 전부 용서하려고 했는데 ─ 진심 어린 슬픔이 조금은 우러나와서 다행이었다. ─ 차츰 차분한 마음에 금이 가고 신경질과 불만이 끓어올랐다. 이 부동산 중개인과 장의사는 어쩜 이렇게 확신에 차서 현명한 척 떠들어 대는 걸까? 어머니에 대해서 자기들이 뭘 안다고?

---

24 마태복음 6장 28절. "어찌하여 너희는 옷 걱정을 하느냐? 들판의 백합꽃이 어떻게 자라는지 살펴보아라. 수고도 하지 않고 길쌈도 하지 않는다."를 인용한 것이다. 여기서 백합은 물질적인 것, 세속적 가치에 집착하지 않고 오롯이 자연의 섭리에 자신의 운명을 맡긴 존재다.

"어쩌면," 캐리가 쏘아붙였다. "어머니의 장례식은 가족들이 알아서 하게 두시는 편이 좋겠네요."

벅트라우트 씨와 고셔론 씨는 정색한 얼굴로 캐리를 바라보았다. 돌연 그들은 완전히 다른 사람들로 변했다. 물론 우스꽝스럽기는 매한가지였으나, 동시에 진실을 꿰뚫어 보는 재판관으로 탈바꿈해 있었다. 두 늙은 남자의 눈동자가 캐리를 감싸고 있던 예의범절과 위선을 걷어 냈다. 캐리는 그들이 자신을 판단하고 있음을 느꼈다. 고셔론 씨는 자기 직업과 원칙에 맞게 죽은 캐리의 모습을 상상하고 있었고, 수월한 상상을 위해 눈을 가늘게 떴다. 속수무책인 캐리를 침대에 눕힌 채 살펴보고 있었다. 귀한 영혼의 소유자라는 말은 쪼그라들다 못해 아예 재로 타들었다. 벅트라우트 씨와 고셔론 씨는 어머니 편이었고, 그 단단한 결속 앞에서는 어떤 말로도 진실을 묻을 수 없었다.

"고인이 앞에 있으니," 캐리가 고셔론 씨를 향해 입을 열었다. 관습을 앞세운 최후의 방어였다. "모자라도 벗으시면 어떨까요."

진실한 삶을 살기 위한 열정

    남편과 사별하고 자기만의 평온을 찾아 나선 여든여덟 살 노인의 이야기, 이 책을 출간했을 때 비타 색빌웨스트의 나이는 서른아홉 살이었다. 그는 프랑스인 하녀 한 명만 두고 햄스테드의 조붓한 집에서 조용히 생활하기보다는 글쓰기, 화목한 가정, 뜨거운 연애까지 그 어떤 것도 포기하지 않은 채 삶에 매진하고 있었다. 일 년 전에 시싱허스트 성을 사들인 뒤로 거의 폐허에 가까운 그곳을 어떻게 개조해야 할지 골똘히 고민하면서, 3대 색빌 남작이었던 아버지의 죽음과 함께 잃어버린 가문의 영지 '놀'을 향한 상실감을 달래는 중이었다. 간단히 말하자면, 그 당시 비타는 레이디 슬레인과 달리 열정으로 가득 차 있었다.

    비타는 정말이지 열정적으로 살았다. 버지니아 울프의 열렬한 독자라면 『올랜도』에 영감을 제공한 인물이 있음을, 또 그가 비타라는 사실을 알지 모르겠다. 실제로 비타는 버지니아 울프를 비롯해 수많은 매력적인 여자들과 사랑 그리고 우정을 이어 갔다. 할머니가 '페피타'라는 이름으로 알려진 플라

멩코 무용수였던 만큼 스페인 예술가와 영국 귀족의 혈통을 모두 지닌 그에겐 독특하고 중성적인 매력이 있었고, 일단 비타와 사랑을 시작하면 다들 푹 빠져 버렸으므로 광적인 질투와 삼각관계로 이어지는 경우도 왕왕 있었다. 물론 당시 영국 상류층 사회에서 배우자 외에 애인을 두고 연애하는 것은 드문 일이 아니었지만, 비타와 그의 남편 해럴드 니컬슨이 각자 자유로운 사생활을 이어 가면서도 한평생 끈끈한 관계를 유지했다는 사실은 분명 특별하다.[25]

비타는 두 아들에게도 최선을 다했다. 부모로서 권위를 내세우거나 자신의 생활과 정체성을 숨기려 하기보다는 부부가 서로를, 그리고 자식을 얼마나 사랑하는지, 또 관계를 이어가기 위해 얼마나 노력하는지 설명해 주었다. 큰아들 벤이 성 정체성 때문에 고민할 때도 비타는 전혀 개의치 않는다면서 동성애자 역시 삶의 모든 행복을 누릴 수 있다고, '자신이 아는 가장 행복한 기혼자 두 사람은 동성애자'라고 일러 주었다. 비타가 남편, 아이들과 주고받은 편지를 보면 그들이 그저 외관만 그럴싸한 데에 그치지 않고 서로의 진실을 포용했음을,

---

[25] 물론 결혼 생활이 순탄하기만 했던 것은 아니고, 두 사람의 관계는 끊임없는 사랑과 노력의 산물이었다. 해럴드는 비타와 마찬가지로 동성애 지향이 지배적인 양성애자에 가까웠는데, 비타는 결혼 초에 처음으로 해럴드와 여러 남성의 관계를 깨닫고 충격받아서 어린 시절의 사랑 바이올렛 트리퓨시스와 도피했다. 그리고 해럴드의 간청에 못 이겨 집에 돌아온 뒤에도 오랫동안 사람들의 질타와 따가운 시선을 견뎌야 했다. 그래서 이 시절의 경험을 회고록으로 남겨 남성과 여성에게 가해지는 이중잣대를 고발했고, 현재의 위선적인 결혼 제도가 사라져야 한다면서 개인의 사생활과 정체성을 억압하는 사회를 비판했다. 비타는 이 원고를 완성한 뒤 가방에 넣고 열쇠로 잠가 두었는데, 사후에 작은아들 나이절이 찾아내서 『결혼의 초상』이라는 책으로 출간했다.

그 중심에 비타가 있었음을 알 수 있다.

비타가 창작자로서 거둔 성공도 상당했다. 열두 살에 처음 글쓰기를 시작한 뒤로 펜을 놓은 적이 없었기에, 열 권의 시집과 열두 권의 장편 소설을 비롯해 단편집과 전기를 여럿 집필하였고 릴케의 시를 번역하기도 했다. 그리고 약 십오 년 동안 《옵서버》에 「당신의 정원에서」라는 제목으로 시싱허스트의 정원을 조경하며 경험한 이야기를 연재했다. 비타는 글쓰기에 자신감을 잃거나 작가로서 벽에 부딪히는 일이 잦았고, 버지니아를 비롯해 남편과 두 아들에게 지나치게 솔직한 의견을 들을 때도 있었지만, 비타는 대중과 문단 양측으로부터 긍정적인 평가를 받았다. 1930년 5월 말에 출간한 소설 『에드워드 시대의 사람들』은 일약 두 달 만에 2만 부가 팔렸고, 장시 『대지』는 호손든상을 받았으며 1926년에 출판한 이래 1971년까지 10만 부 이상 팔려 나갔다. 이런 성공에 힘입어, 1930년에 계관시인 로버트 브리지스가 사망하자 그 후계자로 비타가 거론되기도 했다. 라디오 문학 비평 프로그램을 진행하고, 해럴드와 함께 결혼을 주제로 토론을 벌였으며, 미국 각지로 강연을 다닐 만큼 국제적 인지도 역시 높았다. 비타는 딸이라서 색빌 남작의 영지와 재산을 물려받을 수 없었으므로(레이디 슬레인처럼) 자기 지위에 준하는 재산이 없었고, 그 대신 작가 활동으로 수입을 마련하며 생활비와 시싱허스트 성의 개조 비용을 충당했다. 그렇게 가꿔 낸 시싱허스트 정원은 연간 20만 명이 방문하는 보물 같은 명소가 되었다. 버지니아 울프가 "비타야말로 진짜다."라고 말했듯이 비타는 사적이든 공적이든 충만한 인생을 살았다.

그러나 비타의 삶이 여성으로서 수월하기만 했던 것은 아니다. 외동인데도 단지 딸이라는 이유로 깊이 사랑했던 가문의 영지 놀을 물려받을 수 없었음은 물론, 어린 시절부터 '여성적'이라고 여겨지는 것들을 힘겹게 감내해야 했다. 사회적으로 여성에게 부과되는 치장, 내조, 양육 등의 전통적 역할에 절대 동의하지 않았다. 남편을 향한 사랑과는 별개의 문제였다. 버지니아와 마찬가지로 비타는 페미니즘에 대해 복잡한 태도를 견지했으나, 여성이 결혼 제도를 통해 억압받고 있으며 여성에게 더 많은 자유가 주어져야 한다고 주장했다. 그는 자신의 신념대로 최대한 자유롭게 살기 위해 애썼다. 실제로 남편 해럴드는 슬레인 경처럼 외교관이었는데, 비타는 결혼 초기에 다른 외교관의 아내들이 (레이디 슬레인처럼) 남편의 편의에 맞춰 거주지와 생활 방식을 바꾸고, 각종 모임이나 구호 활동에 참여하며 오로지 내조에 전념하는 모습을 보고 기함했다. 그 뒤로 해럴드가 타지로 발령받더라도 이따금 오가기만 할 뿐 줄곧 영국에 기반을 두고 집필 활동을 하면서 자기만의 생활을 이어 갔고, 남편이 외교관을 그만두고 정계에 진출했을 때도 마찬가지였다. 남편 해럴드의 여성관은 딱히 진보적이지 않았으므로 비타가 자유로운 생활을 요구하면 더러 반대하고 나설 때도 있었지만, 아내를 사랑했기에 그의 자유를 존중했다. 이렇듯 두 사람의 결혼 생활은 현대적 기준에 비춰 봐도 꽤나 파격적이라 사람들의 호기심과 억측을 자극했다. 그 결과 비타는 어떤 방식으로든, 심지어 자신의 글을 통해서조차 사생활이 누설되지 않도록 전전긍긍했고, 관습과 편견에 얽매여 개인의 삶을 억압하는 사람들에게 치를 떨었다.

사실 비타는 선천적으로 비밀스럽고 내밀한 구석을 가지고 있었다. 스페인(모계)과 영국(부계)의 혈통을 모두 이어받은 까닭에 성격상 양면성을 지니고 있었으므로, 뜨겁고 열정적인 만큼 차갑고 고독했다. 어린 시절에도 또래 아이들과 어울리기보다는 성 곳곳에 쌓인 조상들의 일기와 서신을 뒤적이며 먼 옛날을 상상하고 이야기 짓기를 좋아했다. 그런 이야기 속에 비타 자신이 등장할 때면 언제나 내면세계에 집중하는 진지하고 수줍은 존재로 묘사되었다. 어엿한 숙녀로 성장해서 사교계에 진출할 무렵에도 화려한 드레스와 헤어스타일에 위화감을 느꼈으므로, 성인이 되어서는 줄곧 단발머리와 깔끔한 블라우스, 스커트 차림을 고수했다. 훗날 정원 가꾸기에 매진한 뒤로는 반바지와 부츠를 즐겨 착용했다. 한편 일과 사랑과 가정에 열렬히 전념하면서도 늘 삶에 깊은 허무감을 느꼈다. 그는 '나처럼 운 좋은 사람조차 삶이 뭔지 자문해 봐야 하다니!'라며 의아해했고, 여행을 좋아하고 호기심 역시 많았으나 한 철 내내 집에 틀어박힌 채 아무도 만나지 않을 때도 있었다. 특히 바이올렛과 도피했던 사건 이후로 늘 꼬리표가 따라붙었고 가까운 사람에게도 서운함을 느낄 때가 있었으므로[26] 편견과 관습적인 사고방식에 사로잡힌 사람들을 예민하게 경계했다. 때로는 세상과, 때로는 자신과 조화하지 못했던 비타의 오랜 신조는 "자기 자신에게 진실할 것(To thine own self be true)"이었다.

---

[26] 레즈비언에 관한 래드클리프 홀의 소설 『고독의 우물』이 금서로 지정되자 E. M. 포스터와 레너드 울프는 법원의 결정에 항의하기 위해 문인들의 서명을 모으기 시작했는데, 비타에게는 "다들 당신의 성향을 너무 잘 알고 있으니 굳이 서명받지 않겠다."라고 말했다.

『모든 열정이 다하고』는 비타의 소설 중 대표작으로 꼽힌다. 버지니아와 레너드 울프 부부가 운영하는 호가스 프레스에서 출판했는데, 레너드는 이 작품이 비타의 작품 중 가장 훌륭하다고 평가했다.(1부 후반부에서 2부까지, 레이디 슬레인의 내면세계를 탐험하는 부분에서는 분명 버지니아 울프의 영향이 감지된다.) 비타의 큰아들 벤도 시적 매력 때문에 이 소설을 가장 좋아했다고 전해진다. 대중적으로 큰 반향을 일으키며『에드워드 시대의 사람들』을 잇는 흥행을 기록했는데,『에드워드 시대의 사람들』을 출간했을 때보다 훨씬 많은 독자들로부터 편지를 받았다. 노년에 이르러서야 평온과 자유를 누리게 된 레이디 슬레인의 이야기에 보다 폭넓은 독자들이 공감한 것이다.

비타의 삶을 찬찬히 톺아보면 알 수 있듯이 이 소설 속엔 자전적 경험이 많이 녹아 있다. 그러나 레이디 슬레인의 실제 모델은 비타의 시어머니인 레이디 카녹으로, 단지 차이점이라면 레이디 카녹은 남편과 사별한 뒤 장남 프레디의 집에서 살았다는 것이다. 어쩌면 비타는 시어머니가 자유롭게 살기를 바라는 마음에서, 그가 스스로에게 진실하기를 바라는 마음에서 레이디 슬레인의 이야기를 썼는지도 모르겠다. 이 소설을 어린 두 아들에게 바친 이유도 그들이 자신에게 진실하기를, 관습에 충실하기보다 자유로운 삶을 추구하기를 바랐기 때문이었으리라. 비타가 세상으로부터 피로함과 지겨움을 분명히 느꼈던 만큼, 어쩌면 이 소설은 작가가 직접 겪고 목격한 복잡한 현실과 스스로에게 충실하고 싶은 바람을 혼합해서 노년이라는 먼 미래를 채색해 본 결과물일지도 모른다. (비타의 말년을 살펴보면 이 소설의 내용처럼 모든 재산을 처분하고 작은 집에서 간소하게 살아가지는 않았으나, 사람보다는 식물에 전념하며 자기만의 세계를 꾸리기에 매진했으니 소설로 꿈꿨던 삶을 반쯤은 이뤘다고 생각할 수 있을까?)

화가가 되려는 꿈을 포기하고 헌신적인 아내로 살아야 했던 레이디 슬레인, 그가 여든여덟 살에 이르러서야 분주하고 꽉 막힌 세계로부터 벗어나 자기만의 자유로운 세상을 발견해 내는 이야기에는 과연 생생한 해방감이 깃들어 있다. 게다가 레이디 슬레인 곁에 자리한 유쾌한 조력자들은 이야기에 매력을 더하며, 소설이 추구하는 진실이라는 가치를 꿋꿋이 지탱해 준다. 충성스러운 괴짜 하녀 제누(실제로 비타에게는 제누라는 프랑스 출신 하녀가 있었다.), 누군가 보는 사람이 없을 때에만 발레리노로 변신하는 종말론자 플로리스트 벅트라우트, 영혼을 꿰뚫어 보는 장의사 고셔론, "세상을 비웃었고, 자기만의 비밀스럽고 사적인 삶을 살았으며, 내면에서 즐거움을 찾았던" 피츠조지까지. 혹시 "세상이 끔찍한 까닭은 기를 쓰고 경쟁하는 것이 일상이기 때문"이라는 말에 동의한다면, "어쩌나 오랫동안 사람들 눈치를 살피며 살았던지, 이제는 휴가를 좀 즐기고 싶"다는 생각이 떠오를 때가 있다면, 산들바람이 부는 정원의 복숭아나무 아래 앉아서 인생을 돌아보고 친구와 차를 마시며 어떤 과자를 곁들일지 고민하는 할머니의 이야기에 귀가 솔깃하다면, 이 책은 비타의 두 아들뿐 아니라 당신을 위한 것일지도 모른다. 스스로에게 진실한 삶을 살 수 있기를, 모든 열정이 다하고 내면의 평온이 찾아오기를 바라는 마음으로.

1892년	영국 켄트 지방에 있는 성, 놀(Knole)에서 3월 9일에 출생. 아버지는 3대 색빌 남작 라이어널 색빌웨스트, 어머니는 빅토리아 색빌웨스트. 본래 세례명은 '빅토리아 메리 색빌웨스트'였으나 어머니와 구분하기 위해 '비타'라고 불린다.
1903년	학교에 다니기 시작한 뒤 첫사랑 로저먼드 그로브너와 바이올렛 케플(결혼 후 트리퓨시스)을 만난다.
1909년	사교계 데뷔. 시극 『채터튼(Chatterton)』을 집필한다.
1910년	놀의 상속 문제를 두고 벌어진 소송에서 부모가 승소. 파티에서 해럴드 니컬슨과 처음 만난다.
1913년	해럴드와 결혼. 외교관인 해럴드의 발령지 콘스탄티노플(현재 이스탄불)로 이주한다.
1914년	1차 세계 대전으로 혼란스러운 와중에 놀로 돌아와서 첫째 아들 베네딕트 출산. 아기의 이름 때문에 어머니와 싸운 뒤 놀에서 나온다. 출산

사 개월 만에 다시 임신한다.

1915년   놀 근처에 위치한 주택 '롱 반'을 구입. 시집 『콘스탄티노플: 여덟 편의 시(Constantinople: Eight Poems)』를 출간한다.

1916년   사산 뒤 한 달 동안 칩거한다.

1917년   둘째 아들 나이절 출산. 시집 『서쪽과 동쪽의 시(Poems of West and East)』 출간. 해럴드가 동성애 관계를 고백해서 충격을 받지만 진실을 받아들인다.

1918년   바이올렛 케플과 콘월로 도망쳤다가 귀가. 바이올렛을 '이브', 비타 자신을 '줄리언'이라는 인물에 투영한 소설 『도전(Challenge)』 집필 시작. 남장한 채 바이올렛을 만나서 부부인 척 여관에 머문다. 그 후 둘이서 프랑스 남부에 넉 달 동안 머물다가 아이들 때문에 영국으로 돌아온다.

1919년   소설 『유산(Heritage)』을 출간한다.

1920년   『도전』의 교정을 마무리했으나 출간 취소. 사후에 출간될 회고록 『결혼의 초상(Portrait of a Marriage)』을 집필하기 시작한다.

1921년   바이올렛과 두 달 동안 외국으로 도피. 스캔들이 커질 것을 우려해서 귀국하지만 벌써 비타의 방문을 거부하는 사람들이 생겨난다. 소설 『얕은 물속의 드래건(The Dragon in Shallow Waters)』을 출간, 곧 베스트셀러에 오른다. 시집 『과수원과 포도밭(Orchard and Vineyard)』을 출간한다.

1922년   단편집 『상속자(The Heir)』 출간. 이 주 만에

1923년	1400부 판매. 『놀과 색빌 가문(Knole and the Sackvilles)』 출간. 버지니아 울프와 처음 만난다. 『도전』 미국에서 출간. 소설 『회색 양(Gray Wethers)』을 출간한다.
1924년	소설 『에콰도르의 유혹자(Seducers in Ecuador)』를 출간한다.
1925년	해럴드가 테헤란으로 발령받는다.
1926년	테헤란과 러시아로 여행. 장시 『대지(The Land)』를 출간하고 호평을 받는다. 여행기 『테헤란으로 떠나는 여행자(Passenger to Teheran)』를 출간한다.
1927년	페르시아로 여행. 『대지』로 호손든상 받음. 해럴드는 베를린으로 발령받는다. 영국 최초의 여성 전업 작가, 애프러 벤의 전기 『애프러 벤(Aphra Behn)』을 출간한다.
1928년	아버지 사망. 남작 작위와 함께 놀이 삼촌 찰리에게 상속되며 크게 상심한다. 예전부터 아버지와 사이가 틀어졌던 어머니는 장례식에 참석하지 않는다. BBC 라디오에서 소설 리뷰 진행. 페르시아 여행기 『십이 일(Twelve Days)』 출간. 비타에게 영감받은 버지니아 울프의 소설 『올랜도(Orland)』가 출간된다.
1929년	시집 『왕의 딸(King's Daughter)』 출간. 출판사 파버의 '시인이 쓴 시인' 시리즈에 참여하며 『앤드루 마블(Andrew Marvell)』을 출간한다.
1930년	소설 『에드워드 시대의 사람들(The Edwardians)』을 출간한 뒤 즉각적인 성공을 거둔다. 시

싱허스트 성을 구입한다.

1931년   시집 『시싱허스트(Sissinghurst)』와 『버려진 감독관을 위한 초대(Invitation to Cast Out Care)』 출간. 릴케의 작품을 엮고 번역한 『릴케(Rilke)』 출간. 소설 『모든 열정이 다하고(All Passion Spent)』를 출간하고 큰 성공을 거둔다. 외교관을 그만두고 정계에 진출한 해럴드에게 별다른 성과가 없자 생계를 유지하고자 집필 활동에 전념한다.

1932년   소설집 『귀족 고다브리와 고트프리드 컨슬러의 죽음(The Death of Noble Godavary and Gottfried Kunstler)』과 『시계 서른 개가 시간을 알리다(Thirty Clocks Strike the Hour)』 출간. 소설 『가족사(Family History)』 출간. 출간 전 예약만으로 6000부 판매. 시싱허스트에 정착한 뒤 본격적인 수리와 개조에 돌입한다.

1933년   시집 『시 모음 1권(Collected Poems, vol.1)』 출간. 해럴드와 미국 전역을 돌며 강연한다.

1934년   소설 『어둠의 섬(The Dark Island)』을 출간한다.

1936년   어머니 사망. 잔 다르크의 전기 『성 잔 다르크(Saint Joan of Arc)』를 출간한다.

1937년   할머니 페피타의 전기 『페피타(Pepita)』 출간. 원예서 『어떤 꽃(Some Flowers)』을 출간한다.

1938년   시집 『고독(Solitude)』 출간. 시싱허스트 정원을 대중에게 개방한다.

1939년   《뉴스테이츠먼》에 기고한 글을 모아서 『시골에서 적은 메모(Country Notes)』를 출간한다.

1940년   『전쟁 중에 시골에서 적은 메모(Country Notes in Wartime)』 출간. 전시 상황이 되자 해럴드가 정보부 정무 차관에 임명된다.

1941년   출판사 콜린스의 '생생한 영국' 시리즈에 참여하며 『영국의 시골집(English Country Houses)』을 출간한다.

1942년   소설 『그랜드캐니언(Grand Canyon)』을 출간한다.

1943년   아빌라의 성녀 테레사와 리지외의 성녀 테레사에 관한 전기 『독수리와 비둘기(The Eagle and the Dove)』를 출간한다.

1944년   전시 여성 농업 지원회에서 활동하며 책 『전시 여성 농업 지원회(The Women's Land Army)』를 출간한다.

1945년   해럴드와 시 선집 『이곳이 아닌 다른 세상(Another World Than This)』을 출간한다.

1946년   장시 『정원(The Garden)』을 출간한 뒤 하이네만상 받음. 《옵서버》에 「당신의 정원에서」라는 제목으로 정원 조경에 관한 칼럼을 연재하기 시작한다. 칼럼 한 편이 공개되자 오백 통 넘는 팬 레터가 쇄도할 정도로 독자로부터 굉장한 호응을 얻는다.

1947년   『동요집(Nursery Rhymes)』 출간. 탐정 소설 『웨스티즈의 악마(Devil at Westease)』 출간. 왕립 문학회 회원으로 선출되고, 문학에 기여한 공로로 명예 훈장을 받는다.

1948년	내셔널 트러스트 정원 위원회의 창립 위원으로 참여한다.
1951년	《옵서버》에 연재한 칼럼을 모은 『당신의 정원에서(In Your Garden)』를 출간한다.
1953년	《옵서버》에 이어 연재한 칼럼을 모은 『또다시 당신의 정원에서(In Your Garden Again)』 출간. 소설 『부활절 파티(The Easter)』 출간. 해럴드가 기사 작위를 받고, 아들 나이절은 결혼한다.
1955년	《옵서버》에 이어 연재한 칼럼을 모은 『당신의 정원을 위한 더 많은 것들(More For Your Garden)』 출간. 아들 베네딕트 결혼. 허리와 손의 관절염이 극심해지고, 계단에서 구르는 등 건강이 악화된다. 해럴드도 뇌졸중으로 쓰러지지만 점차 회복한다.
1958년	《옵서버》에 이어 연재한 칼럼을 모은 『당신의 정원을 위한 더욱더 많은 것들(More For Your Garden)』을 출간한다.
1959년	몽팡시에 공작 부인 안 마리 도를레앙의 전기 『프랑스의 딸(Daughter of France)』을 출간한다.
1961년	소설 『이정표 없는 바다(No Signposts)』 출간. 마흔네 가지 견종의 사진과 에세이를 수록한 『얼굴들: 개의 프로필(Faces: Profiles of Dogs)』을 출간한다.
1962년	복부암으로 사망한다.

옮긴이
임슬애

고려대학교에서 불어불문학을, 이화여자대학교 통역번역대학원에서 한영 번역을 공부하고, 현재 번역가로 활동하고 있다. 오스카 와일드의 『도리언 그레이의 초상 1890』, 레이첼 커스크의 『영광』과 『두 번째 장소』, 엘리너 데이비스의 『오늘도 아무 생각 없이 페달을 밟습니다』, 니나 라쿠르의 『우리가 있던 자리에』 등을 우리말로 옮겼다.

모든 열정이
다하고

1판 1쇄 찍음 2023년 3월 17일
1판 1쇄 펴냄 2023년 3월 24일

지은이 비타 색빌웨스트
옮긴이 임슬애
발행인 박근섭, 박상준
펴낸곳 (주)민음사

출판등록 1966. 5. 19. 제16-490호
서울시 강남구 도산대로 1길 62(신사동)
강남출판문화센터 5층 06027
대표전화 02-515-2000 팩시밀리 02-515-2007
www.minumsa.com

© 임슬애, 2023. Printed in Seoul, Korea

ISBN 978 89 374 2990 3 04800
ISBN 978 89 374 2900 2 (세트)